LE COLONEL CHABERT
suivi de
LE CONTRAT DE MARIAGE

HONORÉ DE BALZAC

Le Colonel Chabert

suivi de

Le Contrat de mariage

PRÉFACE, COMMENTAIRES ET NOTES
DE PIERRE BARBÉRIS

LE LIVRE DE POCHE

Les textes de ce volume ont été établis
d'après l'édition fac-similé
des *Œuvres complètes illustrées* de Balzac
publiées par les Bibliophiles de l'Originale.

Pierre Barbéris, né en 1926, professeur à l'Université de Caen; enseigne
également à l'E.N.S. de Saint-Cloud et à l'Ecole des Hautes Etudes en
Sciences sociales. A notamment publié, outre des travaux sur Stendhal,
Chateaubriand et le romantisme en général, *Balzac et le Mal du siècle*
(2 vol., Gallimard 1970), *Mythes balzaciens* (A. Colin, 1972), *Le Monde de
Balzac* (Arthaud, 1973, Prix de la Critique) et *Balzac, une mythologie réa-
liste* (Larousse, Thèmes et Textes 1972, livre d'initiation aux problèmes
balzaciens). Fondateur de la Société des Etudes romantiques (1970).
Coresponsable de l'*Histoire littéraire de la France* (Editions Sociales).
Collaborateur de la nouvelle édition de Balzac dans la *Pléiade*.

PRÉFACE

LE *Contrat de mariage* (qui ne porte ce titre qu'à partir de 1842) est, en 1835, à la veille du *Lys dans la vallée* dont il est l'un des inducteurs négligés par la tradition balzacienne, un texte qui se situe au point de rencontre de trois thématiques : le juridique, la vie privée, la vie de province. A cette époque, Balzac est passé maître dans ces trois domaines, dont il est devenu comme le « spécialiste » attitré. Revenons donc en arrière.

Le juridique, ç'avait été, en 1830, dans les premières *Scènes de la vie privée*, le fidéicommis de *Gobseck*, (alors intitulé *Les Dangers de l'inconduite*) les actes respectueux de *La Vendetta*. *La Transaction* en 1832 (futur *Colonel Chabert*) avait allongé la liste. Il s'agissait de ces actes authentiques, passés par-devant notaire, qui rythment la vie bourgeoise mais surtout qui en font apparaître en pleine lumière les drames, les tensions spécifiques. Par un fidéicommis, Gobseck sauvait la fortune du jeune Restaud des frasques de sa mère. Par les actes respectueux, les deux jeunes amoureux passaient outre à une interdiction familiale de se marier. Par la transaction, Derville essayait de faire obtenir quelque chose au revenant d'Eylau, en tenant compte des réalités de la société moderne. Balzac, ancien clerc d'avoué comme c'est bien connu, avait pu, sans aucun doute, mesurer tout ce que, par-delà la technique, signifiaient ces actes de chicane : décisive mutation par rapport à la tradition française qui va de *L'Enfer* de Marot aux *Plaideurs* de Racine en passant par les Chicanous de Rabelais. La tradition, en effet, s'en tenait à une satire et à une vision globale ; elle nommait certes le scandale, mais elle s'attachait plus à celui des juges corrompus ou incapables qu'à celui, secret, des familles et des individus. La tradition littéraire et idéologique antichicane pouvait d'ailleurs très bien s'alimenter dans un reste de vision aristocratique des choses : les parlements et leurs boutiques à procès étaient la plaie du monde moderne selon la monarchie absolue, les bureaux, etc. Ce que Balzac voit et fait voir de neuf, c'est que la chicane n'est nullement quelque chose de monstrueux mais quelque chose de structurel. Ni la chicane ne définit plus quelque univers à la Dante (voir le Chatelet-Enfer de Marot) ni elle n'est le champ le plus riche du ridicule et des manies simplement articulées sur les intérêts d'une profession (*Les Plaideurs* de Racine). La chicane est l'une des pièces maîtresses du système. C'est par elle que se saisissent les rapports nouveaux, exclusivement fondés sur la propriété, à l'exclusion de tout autre critère de valeur. Dès lors, Balzac ne donne plus à voir la chicane du côté des juges et des officiers ministériels (ils ne font, après tout, que ce que leur demande la société) mais bien du côté des plaideurs et des assujettis, du côté de tout ce non-dit de l'argent, du sexe, du pouvoir, des prestiges sociaux qui seul, et toujours, vous conduit chez le notaire, chez l'avoué. La chicane devient l'instrument de quelque chose dont on n'avait jamais parlé. Elle n'est pas une manie, un détournement ; elle est la vérité d'une certaine société. Les écrivains bourgeois ou plébéiens qui écrivaient pour les cours pouvaient bien faire des notaires des intervenants résolutifs pour dernier acte (voir *Le Barbier de Séville* et le tour de passe-passe qui permet de marier Rosine et Alma-viva). Au pire (voir la fin de *Tartuffe*), ils pou-vaient toujours faire intervenir le pouvoir royal, suprême recours contre une justice qui, manipu-lée par des hypocrites, pouvait faire le malheur d'honnêtes gens : l'huissier de Tartuffe demeure ainsi un pion parfaitement secondaire dans la dramaturgie sociale d'ensemble. Mais qui peut quelque chose sur Derville, sur Solonet ? C'est eux qui sont les interprètes, les metteurs en scène du vrai Pouvoir. Les nouvelles juridiques de Balzac ne visent donc nullement quelque bizarrerie, mais bien une nature des choses.

La *vie privée*, elle, on sait bien quelle est son origine : *portées* par la vague révolutionnaire et bourgeoise, les familles sont aussi *déchirées* par les règlements de comptes, les rivalités, les désirs de revanche. Les bâtardises et leurs consé-quences, la condition féminine, le statut des enfants, la puissance, mais aussi la fragilité des maris, tout ce que le Code civil avait mis en forme et réglementé était à l'origine d'une littérature désormais fondée sur autre chose que les amours des rois et des princesses aveuglés par les dieux. Mères encore jeunes qui jalousent leurs filles ; mères possessives qui ne veulent pas voir leur fils devenir adulte ; filles qui, follement, rêvent de se libérer par la passion et croient pouvoir refaire le monde à partir de leurs désirs sans se douter que l'aventure du désir ne peut se développer que dans l'univers balisé et organisé, structuré, par les intérêts et les fantasmes bourgeois : qu'est-ce que l'idéalisme révolutionnaire a vu de tout cela, et qu'est-ce surtout qu'il y a changé, quand il ne l'a pas *créé* ? La famille bourgeoise est un enfer, un lieu de meurtres silencieux où le sang ne coule jamais. Que sert ici Talma ? Par ailleurs, la théma-tique de la vie privée est faite, littérairement, pour être dégustée par la lecture individuelle, passionnément attentive et silencieuse. La vie privée ne deviendra sujet de théâtre que ritualisée, vaudevillisée par Scribe et ses successeurs. La vie privée relève encore du roman et de la lectrice « à la blanche main » dont il était question au début du *Père Goriot.* La vie privée ne s'adresse pas à la foule mais aux consciences blessées. La vie privée n'a ni annales ni légendes. Les premiers grands succès de Balzac (y compris *Le Dernier Chouan* en 1828 qui, roman historique, est aussi le roman d'une femme abandonnée et d'un couple impossible) viennent de là : il s'est fait l'analyste et le chroniqueur d'une réalité qui n'avait encore que ses faiseurs d'anecdotes et qui finira par avoir ses André Roussin.

Quant à la vie de province, quoi de plus naturel qu'elle soit apparue aussitôt après les deux autres thématiques ? N'est-ce pas dans le silence et le secret de la province (terre non plus du ridicule comme dans la tradition classique : la province à Paris de Molière et de tant d'autres) que le juridique et le privé prennent toutes leurs dimensions ? N'est-ce pas là que le jeu des fortunes, la destruction lente des individus peut se saisir hors de tout déguisement par la « civilisation » ? Nulle part, le désir n'est plus ouvertement et constamment brimé, nié en sa légitimité. Nulle part les calculs n'apparaissent plus décapés du vernis parisien. Cette vie de province, « inventée » par Balzac dans ces années qui suivent Juillet, selon l'expression de Bernard Guyon (comme le même Balzac a « inventé » la femme de trente ans, comme Marx a « inventé » le prolétariat : qu'est-ce qui existe sans avoir été nommé, théorisé ?) n'a rien à voir avec le folklore, avec le provincialisme. C'est une vie de province qui sert à dire, à mettre en texte, et c'est la raison sans doute pour laquelle elle communique si bien avec une certaine vie parisienne : celle de la mort de Goriot, celle de l'enfermement de

Chabert. A l'intérieur de Paris, loin du boulevard de Gand, il est une véritable province, un véritable ailleurs, où se trament les mêmes drames que ceux dont sont ou seront victimes les Eugénie Grandet, les Véronique Graslin. L'étude d'avoué de Derville, la ferme où s'est retiré Chabert dans le Faubourg Saint-Marceau, bientôt l'hospice de Bicêtre : autant de creux, autant d'enclaves où la vie est ralentie, feutrée, mais où se trame l'essentiel. Paris a sa province aussi, dans laquelle il faut descendre, et la géographie balzacienne dépend étroitement de l'analyse sociale. Ce n'est pas une géographie de paysages (la Touraine posera un problème particulier). C'est une géographie de fonctions.

Les deux textes ici présentés ensemble relèvent donc de cette esthétique et de cette problématique balzacienne qui se sont constituées avant le roman feuilleton. Les bas-fonds, les cavernes, les antres y sont encore bourgeois, avant de devenir massivement « mystères de Paris ». Quelque chose, en apparence, les sépare : alors que *Chabert* est une tragédie, *Le Contrat de mariage* ressemble plutôt à une comédie. Mais il ne faut pas s'y tromper : cette comédie est celle de la prise en main d'un homme par une femme redoutable, qui manipule sa propre fille et, dans l'alcôve conjugale, tisse ses trames. La souriante Madame Évangelista est un monstre. Et ne négligeons pas le fait capital qu'à côté du « gros Paul » se profile l'ombre de de Marsay et des Treize. Ne négligeons pas non plus cet autre fait que de Marsay intervient trop tard et pour rien, que le destin s'est accompli et que le navire vogue vers les Indes. Et le texte se termine sur le mot de *Waterloo* : comment mieux dire que les combats sociaux désormais ont cessé d'être militaires, et que la comédie n'est autre chose ici que l'ironie sinistre du destin ? Deux femmes vampires, deux débâcles, de la neige d'Eylau à Bicêtre puis de l'absurde provincial à ce 1830 qui devait donner Louis-Philippe, deux textes authentifiés par-devant notaire : rien à dire. Le secrétaire de la Société a bien fait son travail.

N.B. Le couplage, dans un même volume, du *Colonel Chabert* (ex-*Transaction*) avec *Le Contrat de mariage,* se trouve justifié par Balzac lui-même (voir note 1, p. 148) lorsqu'il désigne comme une *transaction,* elle aussi fatale et immorale, le contrat matrimonial discuté par les notaires Mathias et Solonet au nom de Paul de Manerville et de Nathalie Évangelista et de sa mère.

P. Barbéris

LE COLONEL CHABERT

LE COLONEL CHABERT.

... Sur la table vermoulue, les Bulletins de la Grande
Armée étaient ouverts et paraissaient être la lecture
du Colonel.

A MADAME LA COMTESSE IDA DE BOCARMÉ,
NÉE DU CHASTELER.

— ALLONS! encore notre vieux carrick[1]!

Cette exclamation échappait à un clerc appartenant au genre de ceux qu'on appelle dans les Études des *saute-ruisseaux*, et qui mordait en ce moment de fort bon appétit dans un morceau de pain[2]; il en arracha un peu de mie pour faire une boulette et la lança railleusement par le vasistas d'une fenêtre sur laquelle il s'appuyait. Bien dirigée, la boulette rebondit presque à la hauteur de la croisée, après avoir frappé le chapeau d'un inconnu qui traversait la cour d'une maison située rue Vivienne, où demeurait maître Derville, avoué.

— Allons, Simonnin, ne faites donc pas de sottises aux gens, ou je vous mets à la porte. Quelque pauvre que soit un client, c'est toujours un homme, que diable! dit le Maître-clerc en interrompant l'addition d'un mémoire de frais.

Le saute-ruisseau est généralement, comme était Simonnin, un garçon de treize à quatorze ans, qui dans toutes les Études se trouve sous la domination spéciale du Principal clerc dont les commissions et les billets doux l'occupent tout en allant porter des exploits chez les huissiers et des placets au Palais. Il tient au gamin de Paris par ses mœurs, et à la Chicane par sa destinée. Cet enfant est presque toujours sans pitié, sans frein, indisciplinable, faiseur de couplets, goguenard, avide et paresseux. Néanmoins presque tous les petits clercs ont une vieille mère logée à un cinquième étage avec laquelle ils partagent les trente ou quarante francs qui leur sont alloués par mois.

— Si c'est un homme, pourquoi l'appelez-vous *vieux carrick ?* dit Simonnin de l'air de l'écolier qui prend son maître en faute.

Et il se remit à manger son pain et son fromage en accotant son épaule sur le montant de la fenêtre, car il se reposait debout, ainsi que les chevaux de coucou, l'une de ses jambes relevée et appuyée contre l'autre, sur le bout du soulier.

— Quel tour pourrions-nous jouer à ce chinois-là ? dit à voix basse le troisième clerc nommé Godeschal en s'arrêtant au milieu d'un raisonnement qu'il engendrait dans une requête grossoyée par le quatrième clerc et dont les copies étaient faites par deux néophytes venus de province. Puis il continua son improvisation : ... *Mais, dans sa noble et bienveillante sagesse, Sa Majesté Louis Dix-Huit* (mettez en toutes lettres, hé ! Desroches le savant qui faites la Grosse !), *au moment où Elle reprit les rênes de son royaume, comprit...* (qu'est-ce qu'il comprit, ce gros farceur-là ?) *la haute mission à laquelle Elle était appelée par la divine Providence !......* (point admiratif et six points : on est assez religieux au Palais pour nous les passer), *et sa première pensée fut, ainsi que le prouve la date de l'ordonnance ci-dessous désignée, de réparer les infortunes causées par les affreux et tristes désastres de nos temps révolutionnaires, en restituant à ses fidèles et nombreux serviteurs* (nombreux est une flatterie qui doit plaire au Tribunal) *tous leurs biens non vendus, soit qu'ils se trouvassent dans le domaine public, soit qu'ils se trouvassent dans le domaine ordinaire ou extraordinaire de la couronne, soit enfin qu'ils se trouvassent dans les dotations d'établisse-*

ments publics, car nous sommes et nous nous prétendons habiles à soutenir que tel est l'esprit et le sens de la fameuse et si loyale ordonnance rendue en...[1] — Attendez, dit Godeschal aux trois clercs, cette scélérate de phrase a rempli la fin de ma page. — Eh! bien, reprit-il en mouillant de sa langue le dos du cahier afin de pouvoir tourner la page épaisse de son papier timbré, eh! bien, si vous voulez lui faire une farce, il faut lui dire que le patron ne peut parler à ses clients qu'entre deux et trois heures du matin : nous verrons s'il viendra, le vieux malfaiteur ! Et Godeschal reprit la phrase commencée : — *rendue en...* Y êtes-vous ? demanda-t-il.

— Oui, crièrent les trois copistes.

Tout marchait à la fois, la requête, la causerie et la conspiration.

— *Rendue en...* Hein ? papa Boucard, quelle est la date de l'ordonnance ? il faut mettre les points sur les i, saquerlotte ! Cela fait des pages.

— *Saquerlotte !* répéta l'un des copistes avant que Boucard le Maître-clerc n'eût répondu.

— Comment, vous avez écrit *Saquerlotte ?* s'écria Godeschal en regardant l'un des nouveaux venus d'un air à la fois sévère et goguenard.

— Mais oui, dit Desroches le quatrième clerc en se penchant sur la copie de son voisin, il a écrit : *Il faut mettre les points sur les i*, et *sakerlotte* avec un k.

Tous les clercs partirent d'un grand éclat de rire.

— Comment, monsieur Huré, vous prenez *Saquerlotte* pour un terme de Droit, et vous dites que vous êtes de Mortagne ! s'écria Simonnin.

— Effacez bien ça ! dit le Principal clerc. Si le juge chargé de taxer le dossier voyait des choses pareilles, il dirait qu'*on se moque de la barbouillée !* Vous causeriez des désagréments au patron. Allons, ne faites plus de ces bêtises-là, monsieur Huré ! Un Normand ne doit pas écrire insouciamment une requête. C'est le : — *Portez arme!* de la Bazoche.

— *Rendue en... en?* ... demanda Godeschal. Dites-moi donc, quand, Boucard ?

— Juin 1814, répondit le Premier clerc sans quitter son travail.

Un coup frappé à la porte de l'Étude interrompit la phrase de la prolixe requête. Cinq clercs bien endentés, aux yeux vifs et railleurs, aux têtes crépues, levèrent le nez vers la porte, après avoir tous crié d'une voix de chantre : — Entrez. Boucard resta la face ensevelie dans un monceau d'actes, nommés *broutille* en style de Palais, et continua de dresser le mémoire de frais auquel il travaillait.

L'Étude était une grande pièce ornée du poêle classique qui garnit tous les antres de la chicane. Les tuyaux traversaient diagonalement la chambre et rejoignaient une cheminée condamnée sur le marbre de laquelle se voyaient divers morceaux de pain, des triangles de fromage de Brie, des côtelettes de porc frais, des verres, des bouteilles, et la tasse de chocolat du Maître-clerc. L'odeur de ces comestibles s'amalgamait si bien avec la puanteur du poêle chauffé sans mesure, avec le parfum particulier aux bureaux et aux paperasses, que la puanteur d'un renard n'y aurait pas été sensible. Le plancher était déjà couvert de fange et de neige apportées par les clercs. Près de la fenêtre se trouvait le secrétaire à cylindre du Principal, et auquel était adossée la petite table destinée au second clerc. Le second *faisait* en ce moment *le palais*[1]. Il pouvait être de huit à neuf heures du matin. L'Étude avait pour tout ornement ces grandes affiches jaunes qui annoncent des saisies immobilières, des ventes, des licitations entre majeurs et mineurs, des adjudications définitives ou préparatoires, la gloire des Études ! Derrière le Maître-clerc était un énorme casier qui garnissait le mur du haut en bas, et dont chaque compartiment était bourré de liasses d'où pendaient un nombre infini d'étiquettes et de bouts de fil rouge qui donnent une physionomie spéciale aux dossiers de procédure. Les rangs inférieurs du casier étaient pleins de cartons jaunis par l'usage, bordés de papier bleu, et sur lesquels se lisaient les noms des gros clients dont les affaires juteuses se cuisinaient en ce moment. Les sales vitres de la croisée laissaient passer peu de jour. D'ailleurs, au mois de février, il existe à Paris très-peu d'Études où l'on puisse écrire sans le secours d'une lampe avant dix heures, car elles sont toutes l'objet d'une négligence assez concevable : tout le monde y va, personne n'y reste, aucun intérêt personnel ne s'attache à ce qui est si banal ; ni l'avoué, ni les plaideurs, ni les clercs ne tiennent à l'élégance d'un endroit qui pour les uns est une classe, pour les autres un passage, pour le maître un laboratoire. Le mobilier crasseux se transmet d'avoués en avoués avec un scrupule si religieux que certaines Études possèdent encore des boîtes à *résidus*, des moules à *tirets*, des sacs provenant des procureurs au *Chlet*, abréviation du mot CHATELET, juridiction qui représentait dans l'ancien ordre de choses le Tribunal de Première Instance actuel. Cette Étude obscure, grasse de poussière, avait donc, comme toutes les autres, quelque chose de repoussant pour les plaideurs, et qui en faisait une des plus hideuses monstruosités parisiennes. Certes, si les sacristies humides où les prières se pèsent et se payent comme des épices, si les magasins des revendeuses où flottent des guenilles qui flétrissent toutes les illusions de la vie en nous montrant où aboutissent nos fêtes, si ces deux cloaques de la poésie n'existaient pas, une Étude d'avoué serait de toutes les boutiques sociales la plus horrible. Mais il en est ainsi de la maison de jeu, du tribunal, du bureau de loterie et du mauvais lieu. Pourquoi ? Peut-être dans ces endroits le drame, en se jouant dans l'âme de l'homme, lui rend-il les accessoires indifférents : ce qui expliquerait aussi la simplicité des grands penseurs et des grands ambitieux[1].

— Où est mon canif ?

— Je déjeune !

— Va te faire lanlaire, voilà un pâté sur la requête !

— Chît ! messieurs.

Ces diverses exclamations partirent à la fois au moment où le vieux plaideur ferma la porte avec cette sorte d'humilité qui dénature les mouvements de l'homme malheureux. L'inconnu essaya de sourire, mais les muscles de son visage se détendirent quand il eut vainement cherché quelques symptômes d'aménité sur les visages inexorablement insouciants des six clercs. Accoutumé sans doute à juger les hommes, il s'adressa fort poliment au saute-ruisseau, en espérant que ce Pâtiras lui répondrait avec douceur.

— Monsieur, votre patron est-il visible ?

Le malicieux saute-ruisseau ne répondit au pauvre homme qu'en se donnant avec les doigts de la main gauche de petits coups répétés sur l'oreille, comme pour dire : — Je suis sourd.

— Que souhaitez-vous, monsieur ? demanda Godeschal qui tout en faisant cette question avalait une bouchée de pain avec laquelle on eût pu charger une pièce de quatre, brandissait son couteau, et se croisait les jambes en mettant à la hauteur de son œil celui de ses pieds qui se trouvait en l'air.

— Je viens ici, monsieur, pour la cinquième fois, répondit le patient. Je souhaite parler à monsieur Derville.

— Est-ce pour une affaire ?.

— Oui, mais je ne puis l'expliquer qu'à monsieur...

— Le patron dort, si vous désirez le consulter sur quelques difficultés, il ne travaille sérieusement qu'à minuit. Mais si vous vouliez nous dire votre cause, nous pourrions, tout aussi bien que lui, vous[1]...

L'inconnu resta impassible. Il se mit à regarder modestement autour de lui, comme un chien qui, en se glissant dans une cuisine étrangère, craint d'y recevoir des coups. Par une grâce de leur état, les clercs n'ont jamais peur des voleurs, ils ne soupçonnèrent donc point l'homme au carrick et lui laissèrent observer le local, où il cherchait vainement un siège pour se reposer, car il était visiblement fatigué. Par système, les avoués laissent peu de chaises dans leurs Études. Le client vulgaire, lassé d'attendre sur ses jambes, s'en va grognant, mais il ne prend pas un temps qui, suivant le mot d'un vieux procureur, n'est pas admis en *taxe.*

— Monsieur, répondit-il, j'ai déjà eu l'honneur de vous prévenir que je ne pouvais expliquer mon affaire qu'à monsieur Derville, je vais attendre son lever.

Boucard avait fini son addition. Il sentit l'odeur de son chocolat, quitta son fauteuil de canne, vint à la cheminée, toisa le vieil homme, regarda le carrick et fit une grimace indescriptible. Il pensa probablement que, de quelque manière que l'on tordît ce client, il serait impossible d'en extraire un centime ; il intervint alors par une parole brève, dans l'intention de débarrasser l'Étude d'une mauvaise pratique.

— Ils vous disent la vérité, monsieur. Le patron ne travaille que pendant la nuit. Si votre affaire est grave, je vous conseille de revenir à une heure du matin.

Le plaideur regarda le Maître-clerc d'un air stupide, et demeura pendant un moment immobile. Habitués à tous les changements de physionomie et aux singuliers caprices produits par l'indécision ou par la rêverie qui caractérisent les gens processifs, les clercs continuèrent à manger, en faisant autant de bruit avec leurs mâchoires que doivent en faire des chevaux au râtelier, et ne s'inquiétèrent plus du vieillard.

— Monsieur, je viendrai ce soir, dit enfin le vieux qui par une ténacité particulière aux gens malheureux voulait prendre en défaut l'humanité.

La seule épigramme permise à la Misère est d'obliger la Justice et la Bienfaisance à des denis injustes. Quand les malheureux ont convaincu la Société de mensonge, ils se rejettent plus vivement dans le sein de Dieu.

— Ne voilà-t-il pas un fameux *crâne* ? dit Simonnin sans attendre que le vieillard eût fermé la porte.

— Il a l'air d'un déterré, reprit le dernier clerc.

— C'est quelque colonel qui réclame un arriéré, dit le Maître-clerc.

— Non, c'est un ancien concierge, dit Godeschal.

— Parions qu'il est noble, s'écria Boucard.

— Je parie qu'il a été portier, répliqua Godeschal. Les portiers sont seuls doués par la nature de carricks usés, huileux et déchiquetés par le bas comme l'est celui de ce vieux bonhomme ! Vous n'avez donc vu ni ses bottes éculées qui prennent l'eau, ni sa cravate qui lui sert de chemise ? Il a couché sous les ponts.

— Il pourrait être noble et avoir tiré le cordon, s'écria Desroches. Ça s'est vu !.

— Non, reprit Boucard au milieu des rires, je soutiens qu'il a été brasseur en 1789, et colonel sous la République.

— Ah ! je parie un spectacle pour tout le monde qu'il n'a pas été soldat, dit Godeschal.

— Ça va, répliqua Boucard.

— Monsieur ! monsieur ? cria le petit clerc en ouvrant la fenêtre.

— Que fais-tu Simonnin ? demanda Boucard.

— Je l'appelle pour lui demander s'il est colonel ou portier, il doit le savoir, lui.

Tous les clercs se mirent à rire. Quant au vieillard, il remontait déjà l'escalier.

— Qu'allons-nous lui dire ? s'écria Godeschal.

— Laissez-moi faire ! répondit Boucard.

Le pauvre homme rentra timidement en baissant les yeux, peut-être pour ne pas révéler sa faim en regardant avec trop d'avidité les comestibles.

— Monsieur, lui dit Boucard, voulez-vous avoir la complaisance de nous donner votre nom, afin que le patron sache si...

— Chabert.

— Est-ce le colonel mort à Eylau ? demanda Huré qui n'ayant encore rien dit était jaloux d'ajouter une raillerie à toutes les autres.

— Lui-même, monsieur, répondit le bonhomme avec une simplicité antique. Et il se retira.

— Chouit !

— Dégommé !

— Puff !

— Oh !

— Ah !

— Bâoun !

— Ah ! le vieux drôle !

— Trinn, la, la, trinn, trinn.

— Enfoncé[1] !

— Monsieur Desroches, vous irez au spectacle sans payer, dit Huré au quatrième clerc, en lui donnant sur l'épaule une tape à tuer un rhinocéros.

Ce fut un torrent de cris, de rires et d'exclamations, à la peinture duquel on userait toutes les onomatopées de la langue.

— A quel théâtre irons-nous ?

— A l'Opéra ! s'écria le Principal.

— D'abord, reprit Godeschal, le théâtre n'a pas été désigné. je puis, si je veux, vous mener chez madame Saqui.

— Madame Saqui n'est pas un spectacle, dit Desroches.

— Qu'est-ce qu'un spectacle? reprit Godeschal. Établissons d'abord le *point de fait.* Qu'ai-je parié, messieurs? un spectacle. Qu'est-ce qu'un spectacle? une chose qu'on voit...

— Mais dans ce système-là, vous vous acquitteriez donc en nous menant voir l'eau couler sous le Pont-Neuf? s'écria Simonnin en interrompant.

— Qu'on voit pour de l'argent, disait Godeschal en continuant.

— Mais on voit pour de l'argent bien des choses qui ne sont pas un spectacle. La définition n'est pas exacte, dit Desroches.

— Mais, écoutez-moi donc!

— Vous déraisonnez, mon cher, dit Boucard.

— Curtius est-il un spectacle? dit Godeschal.

— Non, répondit le Maître-clerc, c'est un cabinet de figures.

— Je parie cent francs contre un sou, reprit Godeschal, que le cabinet de Curtius constitue l'ensemble de choses auquel est dévolu le nom de spectacle. Il comporte une chose à voir à différents prix, suivant les différentes places où l'on veut se mettre...

— Et *berlik berlok*, dit Simonnin.

— Prends garde que je ne te gifle, toi! dit Godeschal.

Les clercs haussèrent les épaules.

— D'ailleurs, il n'est pas prouvé que ce vieux singe ne se soit pas moqué de nous, dit-il en cessant son argumentation étouffée par le rire des autres clercs. En conscience, le colonel Chabert est bien mort, sa femme est remariée au comte Ferraud, Conseiller d'État. Madame Ferraud est une des clientes de l'Étude!

— La cause est remise à demain, dit Boucard. A l'ouvrage, messieurs! Sac-à-papier! l'on ne fait rien ici. Finissez donc votre requête, elle doit être signifiée avant l'audience de la quatrième Chambre. L'affaire se juge aujourd'hui. Allons, à cheval.

— Si c'eût été le colonel Chabert, est-ce qu'il

n'aurait pas chaussé le bout de son pied dans le postérieur de ce farceur de Simonnin quand il a fait le sourd? dit Desroches en regardant cette observation comme plus concluante que celle de Godeschal.

— Puisque rien n'est décidé, reprit Boucard, convenons d'aller aux secondes loges des Français voir Talma dans Néron[1]. Simonnin ira au parterre.

Là-dessus, le Maître-clerc s'assit à son bureau, et chacun l'imita.

— *Rendue en juin mil huit cent quatorze* (en toutes lettres), dit Godeschal, y êtes-vous?

— Oui, répondirent les deux copistes et le gros-soyeur dont les plumes recommencèrent à crier sur le papier timbré en faisant dans l'Étude le bruit de cent hannetons enfermés par des écoliers dans des cornets de papier.

— *Et nous espérons que Messieurs composant le Tribunal*, dit l'improvisateur. Halte! il faut que je relise ma phrase, je ne me comprends plus moi-même.

— Quarante-six... Ça doit arriver souvent!... Et trois, quarante-neuf, dit Boucard.

— *Nous espérons*, reprit Godeschal après avoir tout relu, *que Messieurs composant le Tribunal ne seront pas moins grands que ne l'est l'auguste auteur de l'ordonnance, et qu'ils feront justice des misérables prétentions de l'administration de la grande chancellerie de la Légion-d'Honneur en fixant la jurisprudence dans le sens large que nous établissons ici...*

— Monsieur Godeschal, voulez-vous un verre d'eau? dit le petit clerc.

— Ce farceur de Simonnin! dit Boucard. Tiens, apprête tes chevaux à double semelle, prends ce paquet, et valse jusqu'aux Invalides.

— *Que nous établissons ici*, reprit Godeschal. Ajoutez: *dans l'intérêt de madame...* (en toutes lettres) *la vicomtesse de Grandlieu...*

— Comment ! s'écria le Maître-clerc, vous vous avisez de faire des requêtes dans l'affaire Vicomtesse de Grandlieu contre Légion-d'Honneur, une affaire pour compte d'Étude, entreprise à forfait ? Ah ! vous êtes un fier nigaud ! Voulez-vous bien me mettre de côté vos copies et votre minute, gardez-moi cela pour l'affaire Navarreins contre les Hospices. Il est tard, je vais faire un bout de placet, avec des *attendu*, et j'irai moi-même au Palais...

Cette scène représente un des mille plaisirs qui, plus tard, font dire en pensant à la jeunesse : — C'était le bon temps !

Vers une heure du matin, le prétendu colonel Chabert vint frapper à la porte de maître Derville, avoué près le Tribunal de Première Instance du département de la Seine. Le portier lui répondit que monsieur Derville n'était pas rentré. Le vieillard allégua le rendez-vous et monta chez ce célèbre légiste, qui, malgré sa jeunesse, passait pour être une des plus fortes têtes du Palais. Après avoir sonné, le défiant solliciteur ne fut pas médiocrement étonné de voir le premier clerc occupé à ranger sur la table de la salle à manger de son patron les nombreux dossiers des affaires qui *venaient* le lendemain en ordre utile. Le clerc, non moins étonné, salua le colonel en le priant de s'asseoir : ce que fit le plaideur.

— Ma foi, monsieur, j'ai cru que vous plaisantiez hier en m'indiquant une heure si matinale pour une consultation, dit le vieillard avec la fausse gaieté d'un homme ruiné qui s'efforce de sourire.

— Les clercs plaisantaient et disaient vrai tout ensemble, reprit le Principal en continuant son travail. Monsieur Derville a choisi cette heure pour examiner ses causes, en résumer les moyens, en ordonner la conduite, en disposer les *défenses.* Sa prodigieuse intelligence est plus libre en ce moment, le seul où il obtienne le silence et la tranquillité nécessaires à la conception des bonnes idées. Vous êtes, depuis qu'il est avoué, le troisième exemple d'une consultation donnée à cette heure nocturne. Après être rentré, le patron discutera chaque affaire, lira tout, passera peut-être quatre ou cinq heures à sa besogne ; puis, il me sonnera et m'expliquera ses intentions. Le matin, de dix heures à deux heures, il écoute ses clients, puis il emploie le reste de la journée à ses rendez-vous. Le soir, il va dans le monde pour y entretenir ses relations. Il n'a donc que la nuit pour creuser ses procès, fouiller les arsenaux du Code et faire ses plans de bataille. Il ne veut pas perdre une seule cause, il a l'amour de son art. Il ne se charge pas, comme ses confrères, de toute espèce d'affaire. Voilà sa vie, qui est singulièrement active. Aussi gagne-t-il beaucoup d'argent[1].

En entendant cette explication, le vieillard resta silencieux, et sa bizarre figure prit une expression si dépourvue d'intelligence, que le clerc, après l'avoir regardé, ne s'occupa plus de lui. Quelques instants après, Derville rentra, mis en costume de bal ; son Maître-clerc lui ouvrit la porte, et se remit à achever le classement des dossiers. Le jeune avoué demeura pendant un moment stupéfait en entrevoyant dans le clair-obscur le singulier client qui l'attendait. Le colonel Chabert était aussi parfaitement immobile que peut l'être une figure en cire de ce cabinet de Curtius où Godeschal avait voulu mener ses camarades. Cette immobilité n'aurait peut-être pas été un sujet d'étonnement, si elle n'eût complété le spectacle surnaturel que présentait l'ensemble du personnage. Le vieux soldat était sec et maigre. Son front, volontairement caché sous les cheveux de sa perruque lisse, lui donnait quelque chose de mystérieux. Ses yeux paraissaient couverts d'une taie transparente : vous eussiez dit de la nacre sale dont les reflets bleuâtres chatoyaient à la lueur des bougies. Le visage pâle, livide, et en lame de couteau, s'il est permis d'emprunter cette expression vulgaire, semblait mort. Le cou était serré par une mauvaise cravate de soie noire. L'ombre cachait si bien le corps à partir de la ligne brune que décrivait ce haillon, qu'un homme d'imagination aurait pu prendre cette vieille tête pour quelque silhouette due au hasard, ou pour un portrait de Rembrandt, sans cadre[1]. Les bords du chapeau qui couvrait le front du vieillard projetaient un sillon noir sur le haut du visage. Cet effet bizarre, quoique naturel, faisait ressortir, par la brusquerie du contraste, les rides blanches, les sinuosités froides, le sentiment décoloré de cette physionomie cadavéreuse. Enfin l'absence de tout mouvement dans le corps, de toute chaleur dans le regard, s'accordait avec une certaine expression de démence triste, avec les dégradants symptômes par lesquels se caractérise l'idiotisme, pour faire de cette figure je ne sais quoi de funeste qu'aucune parole humaine ne pourrait exprimer. Mais un observateur, et surtout un avoué, aurait trouvé de plus en cet homme foudroyé les signes d'une douleur profonde, les indices d'une misère qui avait dégradé ce visage, comme les gouttes d'eau tombées du ciel sur un beau marbre l'ont à la longue défiguré. Un médecin, un auteur, un magistrat eussent pressenti tout un drame à l'aspect de cette sublime horreur dont le moindre mérite était de ressembler à ces fantaisies que les peintres s'amusent à dessiner au bas de leurs pierres lithographiques en causant avec leurs amis[2].

En voyant l'avoué, l'inconnu tressaillit par un mouvement convulsif semblable à celui qui échappe aux poètes quand un bruit inattendu vient les détourner d'une féconde rêverie, au milieu du silence et de la nuit. Le vieillard se découvrit promptement et se leva pour saluer le jeune homme ; le cuir qui garnissait l'intérieur de son chapeau étant sans doute fort gras, sa perruque y resta collée sans qu'il s'en aperçût, et laissa voir à nu son crâne horriblement mutilé par une cicatrice transversale qui prenait à l'occiput et venait mourir à l'œil droit, en formant partout une grosse couture saillante. L'enlèvement soudain de cette perruque sale, que le pauvre homme portait pour cacher sa blessure, ne donna nulle envie de rire aux deux gens de loi, tant ce crâne fendu était épouvantable à voir. La première pensée que suggérait l'aspect de cette blessure était celle-ci : — Par là s'est enfuie l'intelligence !

— Si ce n'est pas le colonel Chabert, ce doit être un fier troupier ! pensa Boucard.

— Monsieur, lui dit Derville, à qui ai-je l'honneur de parler ?

— Au colonel Chabert.

— Lequel ?

— Celui qui est mort à Eylau, répondit le vieillard.

En entendant cette singulière phrase, le clerc et l'avoué se jetèrent un regard qui signifiait : — C'est un fou !

— Monsieur, reprit le colonel, je désirerais ne confier qu'à vous le secret de ma situation.

Une chose digne de remarque est l'intrépidité naturelle aux avoués. Soit l'habitude de recevoir un grand nombre de personnes, soit le profond sentiment de la protection que les lois leur accordent, soit la confiance en leur ministère, ils entrent partout sans rien craindre, comme les prêtres et les médecins. Derville fit un signe à Boucard, qui disparut.

— Monsieur, reprit l'avoué, pendant le jour je ne suis pas trop avare de mon temps ; mais au milieu de la nuit les minutes me sont précieuses. Ainsi, soyez bref et concis. Allez au fait sans digression. Je vous demanderai moi-même les éclaircissements qui me sembleront nécessaires. Parlez.

Après avoir fait asseoir son singulier client, le

jeune homme s'assit lui-même devant la table; mais, tout en prêtant son attention au discours du feu colonel, il feuilleta ses dossiers.

— Monsieur, dit le défunt, peut-être savez-vous que je commandais un régiment de cavalerie à Eylau. J'ai été pour beaucoup dans le succès de la célèbre charge que fit Murat, et qui décida le gain de la bataille. Malheureusement pour moi, ma mort est un fait historique consigné dans les *Victoires et Conquêtes*, où elle est rapportée en détail. Nous fendîmes en deux les trois lignes russes, qui, s'étant aussitôt reformées, nous obligèrent à les retraverser en sens contraire. Au moment où nous revenions vers l'Empereur, après avoir dispersé les Russes, je rencontrai un gros de cavalerie ennemie. Je me précipitai sur ces entêtés-là. Deux officiers russes, deux vrais géants, m'attaquèrent à la fois. L'un d'eux m'appliqua sur la tête un coup de sabre qui fendit tout jusqu'à un bonnet de soie noire que j'avais sur la tête, et m'ouvrit profondément le crâne. Je tombai de cheval. Murat vint à mon secours, il me passa sur le corps, lui et tout son monde, quinze cents hommes, excusez du peu! Ma mort fut annoncée à l'Empereur, qui, par prudence (il m'aimait un peu, le patron!), voulut savoir s'il n'y aurait pas quelque chance de sauver l'homme auquel il était redevable de cette vigoureuse attaque. Il envoya, pour me reconnaître et me rapporter aux ambulances, deux chirurgiens en leur disant, peut-être trop négligemment, car il avait de l'ouvrage: — Allez donc voir si, par hasard, mon pauvre Chabert vit encore? Ces sacrés carabins, qui venaient de me voir foulé aux pieds par les chevaux de deux régiments, se dispensèrent sans doute de me tâter le pouls et dirent que j'étais bien mort. L'acte de mon décès fut donc probablement dressé d'après les règles établies par la jurisprudence militaire.

En entendant son client s'exprimer avec une

lucidité parfaite et raconter des faits si vraisemblables, quoique étranges, le jeune avoué laissa ses dossiers, posa son coude gauche sur la table, se mit la tête dans la main, et regarda le colonel fixement[1].

— Savez-vous, monsieur, lui dit-il en l'interrompant, que je suis l'avoué de la comtesse Ferraud, veuve du colonel Chabert ?

— Ma femme ! Oui, monsieur. Aussi, après cent démarches infructueuses chez des gens de loi qui m'ont tous pris pour un fou, me suis-je déterminé à venir vous trouver. Je vous parlerai de mes malheurs plus tard. Laissez-moi d'abord vous établir les faits, vous expliquer plutôt comme ils ont dû se passer, que comme ils sont arrivés. Certaines circonstances, qui ne doivent être connues que du Père éternel, m'obligeant à en présenter plusieurs comme des hypothèses. Donc, monsieur, les blessures que j'ai reçues auront probablement produit un tétanos, ou m'auront mis dans une crise analogue à une maladie nommée, je crois, catalepsie. Autrement comment concevoir que j'aie été, suivant l'usage de la guerre, dépouillé de mes vêtements, et jeté dans la fosse aux soldats par les gens chargés d'enterrer les morts ? Ici, permettez-moi de placer un détail que je n'ai pu connaître que postérieurement à l'événement qu'il faut bien appeler ma mort. J'ai rencontré, en 1814, à Stuttgard un ancien maréchal-des-logis de mon régiment. Ce cher homme, le seul qui ait voulu me reconnaître, et de qui je vous parlerai tout à l'heure, m'expliqua le phénomène de ma conservation, en me disant que mon cheval avait reçu un boulet dans le flanc au moment où je fus blessé moi-même. La bête et le cavalier s'étaient donc abattus comme des capucins de cartes. En me renversant, soit à droite, soit à gauche, j'avais été sans doute couvert par le corps de mon cheval qui m'empêcha d'être écrasé par les chevaux, ou atteint par des boulets. Lorsque je revins à moi, monsieur, j'étais dans une position et dans une atmosphère dont je ne vous donnerais pas une idée en vous entretenant jusqu'à demain. Le peu d'air que je respirais était méphitique. Je voulus me mouvoir, et ne trouvai point d'espace. En ouvrant les yeux, je ne vis rien. La rareté de l'air fut l'accident le plus menaçant, et qui m'éclaira le plus vivement sur ma position. Je compris que là où j'étais, l'air ne se renouvelait point, et que j'allais mourir. Cette pensée m'ôta le sentiment de la douleur inexprimable par laquelle j'avais été réveillé. Mes oreilles tintèrent violemment. J'entendis, ou crus entendre, je ne veux rien affirmer, des gémissements poussés par le monde de cadavres au milieu duquel je gisais. Quoique la mémoire de ces mouvements soit bien ténébreuse, quoique mes souvenirs soient bien confus, malgré les impressions de souffrances encore plus profondes que je devais éprouver et qui ont brouillé mes idées, il y a des nuits où je crois encore entendre ces soupirs étouffés ! Mais il y a eu quelque chose de plus horrible que les cris, un silence que je n'ai jamais retrouvé nulle part, le vrai silence du tombeau. Enfin, en levant les mains, en tâtant les morts, je reconnus un vide entre ma tête et le fumier humain supérieur. Je pus donc mesurer l'espace qui m'avait été laissé par un hasard dont la cause m'était inconnue. Il paraît, grâce à l'insouciance ou à la précipitation avec laquelle on nous avait jetés pêle-mêle, que deux morts s'étaient croisés au-dessus de moi de manière à décrire un angle semblable à celui de deux cartes mises l'une contre l'autre par un enfant qui pose les fondements d'un château. En furetant avec promptitude, car il ne fallait pas flâner, je rencontrai fort heureusement un bras qui ne tenait à rien, le bras d'un Hercule ! un bon os auquel je dus mon salut. Sans ce secours inespéré, je périssais ! Mais, avec une rage que vous devez concevoir, je me mis à travailler les cadavres qui me séparaient de la couche de terre sans doute jetée sur nous, je dis nous, comme s'il y eût eu des vivants ! J'y allais ferme, monsieur, car me voici ! Mais je ne sais pas aujourd'hui comment j'ai pu parvenir à percer la couverture de chair qui mettait une barrière entre la vie et moi. Vous me direz que j'avais trois bras ! Ce levier, dont je me servais avec habileté, me procurait toujours un peu de l'air qui se trouvait entre les cadavres que je déplaçais, et je ménageais mes aspirations. Enfin je vis le jour, mais à travers la neige, monsieur ! En ce moment, je m'aperçus que j'avais la tête ouverte. Par bonheur, mon sang, celui de mes camarades ou la peau meurtrie de mon cheval peut-être, que sais-je ! m'avait, en se coagulant, comme enduit d'un emplâtre naturel. Malgré cette croûte, je m'évanouis quand mon crâne fut en contact avec la neige[1]. Cependant, le peu de chaleur qui me restait ayant fait fondre la neige autour de moi, je me trouvai, quand je repris connaissance, au centre d'une petite ouverture par laquelle je criai aussi long-temps que je le pus. Mais alors le soleil se levait, j'avais donc bien peu de chances pour être entendu. Y avait-il déjà du monde aux champs ? Je me haussais en faisant de mes pieds un ressort dont le point d'appui était sur les défunts qui avaient les reins solides. Vous sentez que ce n'était pas le moment de leur dire : — *Respect au courage malheureux !* Bref, monsieur, après avoir eu la douleur, si le mot peut rendre ma rage, de voir pendant long-temps, oh ! oui, long-temps ! ces sacrés Allemands se sauvant en entendant une voix là où ils n'apercevaient point d'homme, je fus enfin dégagé par une femme assez hardie ou assez curieuse pour s'approcher de ma tête qui semblait avoir poussé hors de terre comme un champignon. Cette femme alla chercher son mari, et tous deux me transportèrent dans leur pauvre baraque. Il paraît que j'eus une rechute de catalepsie, passez-moi cette expression pour vous peindre un état duquel je n'ai nulle idée, mais que j'ai jugé, sur les dires de mes hôtes, devoir être un effet de cette maladie. Je suis resté pendant six mois entre la vie et la mort, ne parlant pas, ou déraisonnant quand je parlais. Enfin mes hôtes me firent admettre à l'hôpital d'Heilsberg. Vous comprenez, monsieur, que j'étais sorti du ventre de la fosse aussi nu que de celui de ma mère ; en sorte que, six mois après, quand, un beau matin, je me souvins d'avoir été le colonel Chabert, et qu'en recouvrant ma raison je voulus obtenir de ma garde plus de respect qu'elle n'en accordait à un pauvre diable, tous mes camarades de chambrée se mirent à rire. Heureusement pour moi, le chirurgien avait répondu, par amour-propre, de ma guérison, et s'était naturellement intéressé à son malade. Lorsque je lui parlai d'une manière suivie de mon ancienne existence, ce brave homme, nommé Sparchmann, fit constater, dans les formes juridiques voulues par le droit du pays, la manière miraculeuse dont j'étais sorti de la fosse des morts, le jour et l'heure où j'avais été trouvé par ma bienfaitrice et par son mari ; le genre, la position exacte de mes blessures, en joignant à ces différents procès-verbaux une description de ma personne. Eh ! bien, monsieur, je n'ai ni ces pièces importantes, ni la déclaration que j'ai faite chez un notaire d'Heilsberg, en vue d'établir mon identité ! Depuis le jour où je fus chassé de cette ville par les événements de la guerre, j'ai constamment erré comme un vagabond, mendiant mon pain, traité de fou lorsque je racontais mon aventure, et sans avoir ni trouvé, ni gagné un sou pour me procurer les actes qui pouvaient prouver mes dires, et me rendre à la vie sociale. Souvent, mes douleurs me retenaient durant des semestres entiers dans de petites villes où l'on prodiguait des soins au Français malade, mais où l'on riait au nez de cet homme dès qu'il prétendait être le colonel Chabert. Pendant long-temps ces rires, ces doutes me mettaient dans une fureur qui me nuisit et me fit même enfermer comme fou à Stuttgard. A la vérité, vous pouvez juger, d'après mon récit, qu'il y avait des raisons suffisantes pour faire coffrer un homme! Après deux ans de détention que je fus obligé de subir, après avoir entendu mille fois mes gardiens disant: — « Voilà un pauvre homme qui croit être le colonel Chabert!» à des gens qui répondaient: « Le pauvre homme!» je fus convaincu de l'impossibilité de ma propre aventure, je devins triste, résigné, tranquille, et renonçai à me dire le colonel Chabert, afin de pouvoir sortir de prison et revoir la France. Oh! monsieur, revoir Paris! c'était un délire que je ne...

A cette phrase inachevée, le colonel Chabert tomba dans une rêverie profonde que Derville respecta.

— Monsieur, un beau jour, reprit le client, un jour de printemps, on me donna la clef des champs et dix thalers, sous prétexte que je parlais très-sensément sur toutes sortes de sujets et que je ne me disais plus le colonel Chabert[1]. Ma foi, vers cette époque, et encore aujourd'hui, par moments, mon nom m'est désagréable. Je voudrais n'être pas moi. Le sentiment de mes droits me tue. Si ma maladie m'avait ôté tout souvenir de mon existence passée, j'aurais été heureux! J'eusse repris du service sous un nom quelconque, et qui sait? je serais peut-être devenu feld-maréchal en Autriche ou en Russie.

— Monsieur, dit l'avoué, vous brouillez toutes mes idées[2]. Je crois rêver en vous écoutant. De grâce, arrêtons-nous pendant un moment.

— Vous êtes, dit le colonel d'un air mélancolique, la seule personne qui m'ait si patiemment écouté. Aucun homme de loi n'a voulu m'avancer dix napoléons afin de faire venir d'Allemagne les pièces nécessaires pour commencer mon procès...

— Quel procès? dit l'avoué, qui oubliait la situation douloureuse de son client en entendant le récit de ses misères passées.

— Mais, monsieur, la comtesse Ferraud n'est-elle pas ma femme! Elle possède trente mille livres de rente qui m'appartiennent, et ne veut pas me donner deux liards. Quand je dis ces choses à des avoués, à des hommes de bon sens; quand je propose, moi, mendiant, de plaider contre un comte et une comtesse; quand je m'élève, moi, mort, contre un acte de décès, un acte de mariage et des actes de naissance, ils m'éconduisent, suivant leur caractère, soit avec cet air froidement poli que vous savez prendre pour vous débarrasser d'un malheureux, soit brutalement, en gens qui croient rencontrer un intrigant ou un fou. J'ai été enterré sous des morts, mais maintenant je suis enterré sous des vivants, sous des actes, sous des faits, sous la société tout entière, qui veut me faire rentrer sous terre!

— Monsieur, veuillez poursuivre maintenant, dit l'avoué.

— *Veuillez*, s'écria le malheureux vieillard en prenant la main du jeune homme, voilà le premier mot de politesse que j'entends depuis...

Le colonel pleura. La reconnaissance étouffa sa voix. Cette pénétrante et indicible éloquence qui est dans le regard, dans le geste, dans le silence même, acheva de convaincre Derville et le toucha vivement.

— Écoutez, monsieur, dit-il à son client, j'ai gagné ce soir trois cents francs au jeu; je puis bien employer la moitié de cette somme à faire le bonheur d'un homme. Je commencerai les poursuites et diligences nécessaires pour vous procurer les pièces dont vous me parlez, et jusqu'à leur arrivée je vous remettrai cent sous par jour. Si vous êtes le colonel Chabert, vous saurez pardonner la modicité du prêt à un jeune homme qui a sa fortune à faire[1]. Poursuivez.

Le prétendu colonel resta pendant un moment immobile et stupéfait : son extrême malheur avait sans doute détruit ses croyances. S'il courait après son illustration militaire, après sa fortune, après lui-même, peut-être était-ce pour obéir à ce sentiment inexplicable, en germe dans le cœur de tous les hommes, et auquel nous devons les recherches des alchimistes, la passion de la gloire, les découvertes de l'astronomie, de la physique, tout ce qui pousse l'homme à se grandir en se multipliant par les faits ou par les idées. L' *ego*, dans sa pensée, n'était plus qu'un objet secondaire, de même que la vanité du triomphe ou le plaisir du gain deviennent plus chers au parieur que ne l'est l'objet du pari. Les paroles du jeune avoué furent donc comme un miracle pour cet homme rebuté pendant dix années par sa femme, par la justice, par la création sociale entière. Trouver chez un avoué ces dix pièces d'or qui lui avaient été refusées pendant si long-temps, par tant de personnes et de tant de manières ! Le colonel ressemblait à cette dame qui, ayant eu la fièvre durant quinze années, crut avoir changé de maladie le jour où elle fut guérie. Il est des félicités auxquelles on ne croit plus ; elles arrivent, c'est la foudre, elles consument. Aussi la reconnaissance du pauvre homme était-elle trop vive pour qu'il pût l'exprimer. Il eût paru froid aux gens superficiels, mais Derville devina toute une probité dans cette stupeur. Un fripon aurait eu de la voix.

— Où en étais-je ? dit le colonel avec la naïveté d'un enfant ou d'un soldat, car il y a souvent de l'enfant dans le vrai soldat, et presque toujours du soldat chez l'enfant, surtout en France.

— A Stuttgard. Vous sortiez de prison, répondit l'avoué.

— Vous connaissez ma femme ? demanda le colonel.

— Oui, répliqua Derville en inclinant la tête.

— Comment est-elle ?

— Toujours ravissante.

Le vieillard fit un signe de main, et parut dévorer quelque secrète douleur avec cette résignation grave et solennelle qui caractérise les hommes éprouvés dans le sang et le feu des champs de bataille.

— Monsieur, dit-il avec une sorte de gaieté ; car il respirait, ce pauvre colonel, il sortait une seconde fois de la tombe, il venait de fondre une couche de neige moins soluble que celle qui jadis lui avait glacé la tête[1], et il aspirait l'air comme s'il quittait un cachot. Monsieur, dit-il, si j'avais été joli garçon, aucun de mes malheurs ne me serait arrivé. Les femmes croient les gens quand ils farcissent leurs phrases du mot amour. Alors elles trottent, elles vont, elles se mettent en quatre, elles intriguent, elles affirment les faits, elles font le diable pour celui qui leur plaît. Comment aurais-je pu intéresser une femme ? j'avais une face de *requiem*, j'étais vêtu comme un sansculotte, je ressemblais plutôt à un Esquimau qu'à un Français, moi qui jadis passais pour le plus joli des muscadins, en 1799 ! moi, Chabert, comte de l'Empire ! Enfin, le jour même où l'on me jeta sur le pavé comme un chien, je rencontrai le maréchal-des-logis de qui je vous ai déjà parlé. Le camarade se nommait Boutin. Le pauvre diable et moi faisions la plus belle paire de rosses que j'aie jamais vue ; je l'aperçus à la promenade, si je le reconnus, il lui fut impossible de deviner qui j'étais. Nous allâmes ensemble dans un cabaret. Là, quand je me nommai, la bouche de Boutin se fendit en éclats de rire comme un mortier qui crève. Cette gaieté, monsieur, me causa l'un de mes plus vifs chagrins ! Elle me révélait sans fard tous les changements qui étaient survenus en moi ! J'étais donc méconnaissable, même pour l'œil du plus humble et du plus reconnaissant de mes amis ! jadis j'avais sauvé la vie à Boutin, mais c'était une revanche que je lui devais. Je ne vous dirai pas comment il me rendit ce service. La scène eut lieu en Italie, à Ravenne. La maison où Boutin m'empêcha d'être poignardé n'était pas une maison fort décente[1]. A cette époque je n'étais pas colonel, j'étais simple cavalier, comme Boutin. Heureusement cette histoire comportait des détails qui ne pouvaient être connus que de nous seuls ; et, quand je les lui rappelai, son incrédulité diminua. Puis je lui contai les accidents de ma bizarre existence. Quoique mes yeux, ma voix fussent, me dit-il, singulièrement altérés, que je n'eusse plus ni cheveux, ni dents, ni sourcils, que je fusse blanc comme un Albinos, il finit par retrouver son colonel dans le mendiant, après mille interrogations auxquelles je répondis victorieusement. Il me raconta ses aventures, elles n'étaient pas moins extraordinaires que les miennes : il revenait des confins de la Chine, où il avait voulu pénétrer après s'être échappé de la Sibérie. Il m'apprit les désastres de la campagne de Russie et la première abdication de Napoléon. Cette nouvelle est une des choses qui m'ont fait le plus de mal ! Nous étions deux débris curieux après avoir roulé sur le globe comme roulent dans l'Océan les cailloux emportés d'un rivage à l'autre par les tempêtes. A nous deux nous avions vu l'Egypte, la Syrie, l'Espagne, la Russie, la Hollande, l'Allemagne, l'Italie, la Dalmatie, l'Angleterre, la Chine, la Tartarie, la Sibérie ; il ne nous manquait que d'être allés dans les Indes et en Amérique ! Enfin, plus ingambe que je ne l'étais, Boutin se chargea d'aller à Paris le plus lestement possible afin d'instruire ma femme de l'état dans lequel je me trouvais. J'écrivis à madame Chabert une lettre bien détaillée. C'était la quatrième, monsieur ! si j'avais eu des parents, tout cela ne serait peut-être pas arrivé ; mais, il faut vous l'avouer, je suis un enfant d'hôpital, un soldat qui pour patrimoine avait son courage, pour famille tout le monde, pour patrie la France, pour tout protecteur le bon Dieu. Je me trompe ! j'avais un père, l'Empereur ! Ah ! s'il était debout, le cher homme ! et qu'il vît *son Chabert*, comme il me nommait, dans l'état où je suis, mais il se mettrait en colère. Que voulez-vous ! notre soleil s'est couché, nous avons tous froid maintenant. Après tout, les événements politiques pouvaient justifier le silence de ma femme ! Boutin partit. Il était bien heureux, lui ! Il avait deux ours blancs supérieurement dressés qui le faisaient vivre. Je ne pouvais l'accompagner ; mes douleurs ne me permettaient pas de faire de longues étapes. Je pleurai, monsieur, quand nous nous séparâmes, après avoir marché aussi long-temps que mon état put me le permettre en compagnie de ses ours et de lui. A Carlsruhe j'eus un accès de névralgie à la tête, et restai six semaines sur la paille dans une auberge ! Je ne finirais pas, monsieur, s'il fallait vous raconter tous les malheurs de ma vie de mendiant. Les souffrances morales, auprès desquelles pâlissent les douleurs physiques, excitent cependant moins de pitié, parce qu'on ne les voit point. Je me souviens d'avoir pleuré devant un hôtel de Strasbourg où j'avais donné jadis une fête, et où je n'obtins rien, pas même un morceau de pain. Ayant déterminé de concert avec Boutin l'itinéraire que je devais suivre, j'allais à chaque bureau de poste demander s'il y avait une lettre et de l'argent pour moi. Je vins jusqu'à Paris sans avoir rien trouvé. Combien de désespoirs ne m'at-il pas fallu dévorer ! — Boutin sera mort, me disais-je. En effet, le pauvre diable avait succombé à Waterloo. J'appris sa mort plus tard et par hasard. Sa mission auprès de ma femme fut sans doute infructueuse. Enfin j'entrai dans Paris en même temps que les Cosaques. Pour moi c'était douleur sur douleur. En voyant les Russes en France, je ne pensais plus que je n'avais ni souliers aux pieds ni argent dans ma poche. Oui, monsieur, mes vêtements étaient en lambeaux. La veille de mon arrivée je fus forcé de bivouaquer[1] dans les bois de Claye. La fraîcheur de la nuit me causa sans doute un accès de je ne sais quelle maladie, qui me prit quand je traversai le faubourg Saint-Martin. Je tombai presque évanoui à la porte d'un marchand de fer. Quand je me réveillai j'étais dans un lit à l'Hôtel-Dieu. Là je restai pendant un mois assez heureux. Je fus bientôt renvoyé. J'étais sans argent, mais bien portant et sur le bon pavé de Paris. Avec quelle joie et quelle promptitude j'allai rue du Mont-Blanc, où ma femme devait être logée dans un hôtel à moi! Bah! la rue du Mont-Blanc était devenue la rue de la Chaussée-d'Antin[2]. Je n'y vis plus mon hôtel, il avait été vendu, démoli[3]. Des spéculateurs avaient bâti plusieurs maisons dans mes jardins. Ignorant que ma femme fût mariée à monsieur Ferraud, je ne pouvais obtenir aucun renseignement. Enfin je me rendis chez un vieil avocat qui jadis était chargé de mes affaires. Le bonhomme était mort après avoir cédé sa clientèle à un jeune homme. Celui-ci m'apprit, à mon grand étonnement, l'ouverture de ma succession, sa liquidation, le mariage de ma femme et la naissance de ses deux enfants. Quand je lui dis être le colonel Chabert, il se mit à rire si franchement que je le quittai sans lui faire la moindre observation. Ma détention de Stuttgard me fit songer à Charenton, et je résolus d'agir avec prudence. Alors, monsieur, sachant où demeurait ma femme, je m'acheminai vers son hôtel, le cœur plein d'espoir. Eh! bien, dit le colonel avec un mouvement de rage concentrée, je n'ai pas été reçu lorsque je me fis annoncer sous un nom d'emprunt, et le jour où je pris le mien je fus consigné à sa porte. Pour voir la comtesse rentrant du bal ou du spectacle, au matin, je suis resté pendant des nuits entières collé contre la borne de sa porte cochère. Mon regard plongeait dans cette voiture qui passait devant mes yeux avec la rapidité de l'éclair, et où j'entrevoyais à peine cette femme qui est mienne et qui n'est plus à moi ! Oh ! dès ce jour j'ai vécu pour la vengeance, s'écria le vieillard d'une voix sourde en se dressant tout à coup devant Derville. Elle sait que j'existe ; elle a reçu de moi, depuis mon retour, deux lettres écrites par moi-même. Elle ne m'aime plus ! Moi, j'ignore si je l'aime ou si je la déteste ! je la désire et la maudis tour à tour. Elle me doit sa fortune, son bonheur ; eh ! bien, elle ne m'a pas seulement fait parvenir le plus léger secours ! Par moments je ne sais plus que devenir !

A ces mots, le vieux soldat retomba sur sa chaise, et redevint immobile. Derville resta silencieux, occupé à contempler son client.

— L'affaire est grave, dit-il enfin machinalement. Même en admettant l'authenticité des pièces qui doivent se trouver à Heilsberg, il ne m'est pas prouvé que nous puissions triompher tout d'abord. Le procès ira successivement devant trois tribunaux. Il faut réfléchir à tête reposée sur une semblable cause, elle est tout exceptionnelle.

— Oh ! répondit froidement le colonel en relevant la tête par un mouvement de fierté, si je succombe, je saurai mourir, mais en compagnie.

Là, le vieillard avait disparu. Les yeux de l'homme énergique brillaient rallumés aux feux du désir et de la vengeance.

— Il faudra peut-être transiger, dit l'avoué.

— Transiger, répéta le colonel Chabert. Suis-je mort ou suis-je vivant[1] ?

— Monsieur, reprit l'avoué, vous suivrez, je l'espère, mes conseils. Votre cause sera ma cause. Vous vous apercevrez bientôt de l'intérêt que je prends à votre situation, presque sans exemple dans les fastes judiciaires. En attendant, je vais vous donner un mot pour mon notaire, qui vous remettra, sur votre quittance, cinquante francs tous les dix jours. Il ne serait pas convenable que vous vinssiez chercher ici des secours. Si vous êtes le colonel Chabert, vous ne devez être à la merci de personne. Je donnerai à ces avances la forme d'un prêt. Vous avez des biens à recouvrer, vous êtes riche.

Cette dernière délicatesse arracha des larmes au vieillard. Derville se leva brusquement, car il n'était peut-être pas de coutume qu'un avoué parût s'émouvoir ; il passa dans son cabinet, d'où il revint avec une lettre non cachetée qu'il remit au comte Chabert. Lorsque le pauvre homme la tint entre ses doigts, il sentit deux pièces d'or à travers le papier.

— Voulez-vous me désigner les actes, me donner le nom de la ville, du royaume ? dit l'avoué.

Le colonel dicta les renseignements en vérifiant l'orthographe des noms de lieux ; puis, il prit son chapeau d'une main, regarda Derville, lui tendit l'autre main, une main calleuse, et lui dit d'une voix simple : — Ma foi, monsieur, après l'Empereur, vous êtes l'homme auquel je devrai le plus ! Vous êtes *un brave*[1].

L'avoué frappa dans la main du colonel, le reconduisit jusque sur l'escalier et l'éclaira.

— Boucard, dit Derville à son Maître-clerc, je viens d'entendre une histoire qui me coûtera peut-être vingt-cinq louis. Si je suis volé, je ne regretterai pas mon argent, j'aurai vu le plus habile comédien de notre époque.

Quand le colonel se trouva dans la rue et devant un réverbère, il retira de la lettre les deux pièces de vingt francs que l'avoué lui avait données, et les regarda pendant un moment à la lumière. Il revoyait de l'or pour la première fois depuis neuf ans.

— Je vais donc pouvoir fumer des cigares, se dit-il[2].

Environ trois mois après cette consultation nuitamment faite par le colonel Chabert chez Derville, le notaire chargé de payer la demi-solde[3] que l'avoué faisait à son singulier client, vint le voir pour conférer sur une affaire grave, et commença par lui réclamer six cents francs donnés au vieux militaire.

— Tu t'amuses donc à entretenir l'ancienne armée ? lui dit en riant ce notaire nommé Crottat, jeune homme qui venait d'acheter l'étude où il était Maître-clerc, et dont le patron venait de prendre la fuite en faisant une épouvantable faillite.

— Je te remercie, mon cher maître, répondit Derville, de me rappeler cette affaire-là. Ma philanthropie n'ira pas au delà de vingt-cinq louis, je crains déjà d'avoir été la dupe de mon patriotisme.

Au moment où Derville achevait sa phrase, il vit sur son bureau les paquets que son Maître-clerc y avait mis. Ses yeux furent frappés à l'aspect des timbres oblongs, carrés, triangulaires, rouges, bleus, apposés sur une lettre par les postes prussienne, autrichienne, bavaroise et française.

— Ah ! dit-il en riant, voici le dénoûment de la comédie, nous allons voir si je suis attrapé. Il prit la lettre et l'ouvrit, mais il n'y put rien lire, elle était écrite en allemand. — Boucard, allez vous-même faire traduire cette lettre, et revenez promptement, dit Derville en entr'ouvrant la porte de son cabinet et tendant la lettre à son Maître-clerc.

Le notaire de Berlin auquel s'était adressé l'avoué, lui annonçait que les actes dont les expéditions étaient demandées lui parviendraient quelques jours après cette lettre d'avis. Les pièces étaient, disait-il, parfaitement en règle, et revêtues des légalisations nécessaires pour faire foi en justice. En outre, il lui mandait que presque tous les témoins des faits consacrés par les procès-verbaux existaient à Prussich-Eylau ; et que la femme à laquelle monsieur le comte Chabert devait la vie, vivait encore dans un des faubourgs d'Heilsberg.

— Ceci devient sérieux[1], s'écria Derville quand Boucard eut fini de lui donner la substance de la lettre.

— Mais, dis donc, mon petit, reprit-il en s'adressant au notaire, je vais avoir besoin de renseignements qui doivent être en ton étude. N'est-ce pas chez ce vieux fripon de Roguin...

— Nous disons l'infortuné, le malheureux Roguin, reprit maître Alexandre Crottat en riant et interrompant Derville[2].

— N'est-ce pas chez cet infortuné qui vient d'emporter huit cent mille francs à ses clients et de réduire plusieurs familles au désespoir, que s'est faite la liquidation de la succession Chabert ? Il me semble que j'ai vu cela dans nos pièces Ferraud.

— Oui, répondit Crottat, j'étais alors troisième clerc, je l'ai copiée et bien étudiée, cette liquidation. Rose Chapotel, épouse et veuve de Hyacinthe, dit Chabert, comte de l'Empire, grand-officier de la Légion-d'Honneur ; ils s'étaient mariés sans contrat, ils étaient donc communs en biens. Autant que je puis m'en souvenir, l'actif s'élevait à six cent mille francs. Avant son mariage, le comte Chabert avait fait un testament en faveur des hospices de Paris, par lequel il leur attribuait le quart de la fortune qu'il posséderait au moment de son décès, le domaine héritait de l'autre quart. Il y a eu licitation, vente et partage, parce que les avoués sont allés bon train. Lors de la liquidation, le monstre qui gouvernait alors la France a rendu par un décret la portion du fisc à la veuve du colonel.

— Ainsi la fortune personnelle du comte Chabert ne se monterait donc qu'à trois cent mille francs.

— Par conséquent, mon vieux ! répondit Crottat. Vous avez parfois l'esprit juste, vous autres avoués, quoiqu'on vous accuse de vous le fausser en plaidant aussi bien le Pour que le Contre.

Le comte Chabert, dont l'adresse se lisait au bas de la première quittance que lui avait remise le notaire, demeurait dans le faubourg Saint-Marceau, rue du Petit-Banquier, chez un vieux maréchal-des-logis de la garde impériale, devenu nourrisseur, et nommé Vergniaud. Arrivé là, Derville fut forcé d'aller à pied à la recherche de son client ; car son cocher refusa de s'engager dans une rue non pavée et dont les ornières étaient un peu trop profondes pour les roues d'un cabriolet. En regardant de tous les côtés, l'avoué finit par trouver, dans la partie de cette rue qui avoisine le boulevard, entre deux murs bâtis avec des ossements et de la terre, deux mauvais pilastres en moellons, que le passage des voitures avait ébréchés, malgré deux morceaux de bois placés en forme de bornes. Ces pilastres soutenaient une poutre couverte d'un chaperon en tuiles, sur laquelle ces mots étaient écrits en rouge : VERGNIAUD, NOURICEURE[1]. A droite de ce nom, se voyaient des œufs, et à gauche une vache, le tout peint en blanc. La porte était ouverte et restait sans doute ainsi pendant toute la journée. Au fond d'une cour assez spacieuse, s'élevait, en face de la porte, une maison, si toutefois ce nom convient à l'une de ces masures bâties dans les faubourgs de Paris, et qui ne sont comparables à rien, pas même aux plus chétives habitations de la campagne, dont elles ont la misère sans en avoir la poésie. En effet, au milieu des champs, les cabanes ont encore une grâce que leur donnent la pureté de l'air, la verdure, l'aspect des champs, une colline, un chemin tortueux, des vignes, une haie vive, la mousse des chaumes, et les ustensiles champêtres ; mais à Paris la misère ne se grandit que par son horreur. Quoique récemment construite, cette maison semblait près de tomber en ruine. Aucun des matériaux n'y avait eu sa vraie destination, ils provenaient tous des démolitions qui se font journellement dans Paris. Derville lut sur un volet fait avec les planches d'une enseigne : *Magasin de nouveautés.* Les fenêtres ne se ressemblaient point entre elles et se trouvaient bizarrement placées. Le rez-de-chaussée, qui paraissait être la partie habitable, était exhaussé d'un côté, tandis que de l'autre les chambres étaient enterrées par une éminence. Entre la porte et la maison s'étendait une mare pleine de fumier où coulaient les eaux pluviales et ménagères. Le mur sur lequel s'appuyait ce chétif logis, et qui paraissait être plus solide que les autres, était garni de cabanes grillagées où de vrais lapins faisaient leurs nombreuses familles. A droite de la porte cochère se trouvait la vache-rie surmontée d'un grenier à fourrages, et qui communiquait à la maison par une laiterie. A gauche étaient une basse-cour, une écurie et un toit à cochons qui avait été fini, comme celui de la maison, en mauvaises planches de bois blanc clouées les unes sur les autres, et mal recouvertes avec du jonc. Comme presque tous les endroits où se cuisinent les éléments du grand repas que Paris dévore chaque jour, la cour dans laquelle Derville mit le pied offrait les traces de la précipi-tation voulue par la nécessité d'arriver à heure fixe. Ces grands vases de fer-blanc bossués dans lesquels se transporte le lait, et les pots qui contiennent la crème, étaient jetés pêle-mêle devant la laiterie, avec leurs bouchons de linge. Les loques trouées qui servaient à les essuyer flot-taient au soleil étendues sur des ficelles attachées à des piquets. Ce cheval pacifique, dont la race ne se trouve que chez les laitières, avait fait quelques pas en avant de sa charrette et restait devant l'écurie, dont la porte était fermée. Une chèvre broutait le pampre de la vigne grêle et poudreuse qui garnissait le mur jaune et lézardé de la mai-son. Un chat était accroupi sur les pots à crème et les léchait. Les poules, effarouchées à l'approche de Derville, s'envolèrent en criant, et le chien de garde aboya.

— L'homme qui a décidé le gain de la bataille d'Eylau serait là! se dit Derville[1] en saisissant d'un seul coup d'œil l'ensemble de ce spectacle ignoble.

La maison était restée sous la protection de trois gamins. L'un, grimpé sur le faîte d'une charrette chargée de fourrage vert, jetait des pierres dans un tuyau de cheminée de la maison voisine, espérant qu'elles y tomberaient dans la marmite. L'autre essayait d'amener un cochon sur le plancher de la charrette qui touchait à terre, tandis que le troisième pendu à l'autre bout attendait que le cochon y fût placé pour l'enlever en faisant faire la bascule à la charrette. Quand Derville leur demanda si c'était bien là que demeurait monsieur Chabert, aucun ne répondit, et tous trois le regardèrent avec une stupidité spirituelle, s'il est permis d'allier ces deux mots. Derville réitéra ses questions sans succès. Impatienté par l'air narquois des trois drôles, il leur dit de ces injures plaisantes que les jeunes gens se croient le droit d'adresser aux enfants, et les gamins rompirent le silence par un rire brutal. Derville se fâcha. Le colonel qui l'entendit, sortit d'une petite chambre basse située près de la laiterie et apparut sur le seuil de sa porte avec un flegme militaire inexprimable. Il avait à la bouche une de ces pipes notablement *culottées* (expression technique des fumeurs), une de ces humbles pipes de terre blanche nommées des *brûle-gueules.* Il leva la visière d'une casquette horriblement crasseuse, aperçut Derville et traversa le fumier, pour venir plus promptement à son bienfaiteur, en criant d'une voix amicale aux gamins : — Silence dans les rangs! Les enfants gardèrent aussitôt un silence respectueux qui annonçait l'empire exercé sur eux par le vieux soldat.

— Pourquoi ne m'avez-vous pas écrit? dit-il à Derville. Allez le long de la vacherie! Tenez, là, le chemin est pavé, s'écria-t-il en remarquant l'indécision de l'avoué qui ne voulait pas se mouiller les pieds dans le fumier.

En sautant de place en place, Derville arriva sur le seuil de la porte par où le colonel était sorti. Chabert parut désagréablement affecté d'être obligé de le recevoir dans la chambre qu'il occupait. En effet, Derville n'y aperçut qu'une seule chaise. Le lit du colonel consistait en quelques bottes de paille sur lesquelles son hôtesse avait étendu deux ou trois lambeaux de ces vieilles tapisseries, ramassées je ne sais où, qui servent aux laitières à garnir les bancs de leurs charrettes. Le plancher était tout simplement en terre battue. Les murs salpêtrés, verdâtres et fendus répandaient une si forte humidité, que le mur contre lequel couchait le colonel était tapissé d'une natte en jonc. Le fameux carrick pendait à un clou. Deux mauvaises paires de bottes gisaient dans un coin. Nul vestige de linge. Sur la table vermoulue, les Bulletins de la Grande-Armée réimprimés par Plancher étaient ouverts, et paraissaient être la lecture du colonel, dont la physionomie était calme et sereine au milieu de cette misère. Sa visite chez Derville semblait avoir changé le caractère de ses traits, où l'avoué trouva les traces d'une pensée heureuse, une lueur particulière qu'y avait jetée l'espérance.

— La fumée de la pipe vous incommode-t-elle? dit-il en tendant à son avoué la chaise à moitié dépaillée.

— Mais, colonel, vous êtes horriblement mal ici.

Cette phrase fut arrachée à Derville par la défiance naturelle aux avoués, et par la déplorable expérience que leur donnent de bonne heure les épouvantables drames inconnus auxquels ils assistent.

— Voilà, se dit-il, un homme qui aura certainement employé mon argent à satisfaire les trois vertus théologales du troupier : le jeu, le vin et les femmes !

— C'est vrai, monsieur, nous ne brillons pas ici par le luxe. C'est un bivouac tempéré par l'amitié, mais... Ici le soldat lança un regard profond à l'homme de loi. Mais, je n'ai fait de tort à personne, je n'ai jamais repoussé personne, et je dors tranquille.

L'avoué songea qu'il y aurait peu de délicatesse à demander compte à son client des sommes qu'il lui avait avancées, et il se contenta de lui dire : — Pourquoi n'avez-vous donc pas voulu venir dans Paris où vous auriez pu vivre aussi peu chèrement que vous vivez ici, mais où vous auriez été mieux ?

— Mais, répondit le colonel, les braves gens chez lesquels je suis m'avaient recueilli, nourri *gratis* depuis un an ! comment les quitter au moment où j'avais un peu d'argent ? Puis le père de ces trois gamins est un vieux *égyptien*...

— Comment, un égyptien ?

— Nous appelons ainsi les troupiers qui sont revenus de l'expédition d'Égypte de laquelle j'ai fait partie. Non-seulement tous ceux qui en sont revenus sont un peu frères, mais Vergniaud était alors dans mon régiment, nous avions partagé de l'eau dans le désert. Enfin, je n'ai pas encore fini d'apprendre à lire à ses marmots.

— Il aurait bien pu vous mieux loger, pour votre argent, lui.

— Bah ! dit le colonel, ses enfants couchent comme moi sur la paille ! Sa femme et lui n'ont pas un lit meilleur, ils sont bien pauvres, voyez-vous ? ils ont pris un établissement au-dessus de leurs forces. Mais si je recouvre ma fortune !... Enfin, suffit !

— Colonel, je dois recevoir demain ou après vos actes d'Heilsberg. Votre libératrice vit encore !

— Sacré argent! Dire que je n'en ai pas! s'écria-t-il en jetant par terre sa pipe.

Une pipe *culottée* est une pipe précieuse pour un fumeur; mais ce fut par un geste si naturel, par un mouvement si généreux, que tous les fumeurs et même la Régie lui eussent pardonné ce crime de lèse-tabac. Les anges auraient peut-être ramassé les morceaux.

— Colonel, votre affaire est excessivement compliquée, lui dit Derville en sortant de la chambre pour s'aller promener au soleil le long de la maison.

— Elle me paraît, dit le soldat, parfaitement simple. L'on m'a cru mort, me voilà! rendez-moi, ma femme et ma fortune; donnez-moi le grade de général auquel j'ai droit, car j'ai passé colonel dans la garde impériale, la veille de la bataille d'Eylau.

— Les choses ne vont pas ainsi dans le monde judiciaire[1], reprit Derville. Écoutez-moi. Vous êtes le comte Chabert, je le veux bien, mais il s'agit de le prouver judiciairement à des gens qui vont avoir intérêt à nier votre existence. Ainsi, vos actes seront discutés. Cette discussion entraînera dix ou douze questions préliminaires. Toutes iront contradictoirement jusqu'à la cour suprême, et constitueront autant de procès coûteux, qui traîneront en longueur, quelle que soit l'activité que j'y mette. Vos adversaires demanderont une enquête à laquelle nous ne pourrons pas nous refuser, et qui nécessitera peut-être une commission rogatoire en Prusse. Mais supposons tout au mieux: admettons qu'il soit reconnu promptement par la justice que vous êtes le colonel Chabert. Savons-nous comment sera jugée la question soulevée par la bigamie fort innocente de la comtesse Ferraud? Dans votre cause, le point de droit est en dehors du code, et ne peut être jugé par les juges que suivant les lois de la conscience, comme fait le jury dans les questions délicates que présentent les bizarreries sociales de quelques procès criminels. Or, vous n'avez pas eu d'enfants de votre mariage, et monsieur le comte Ferraud en a deux du sien, les juges peuvent déclarer nul le mariage où se rencontrent les liens les plus faibles, au profit du mariage qui en comporte de plus forts, du moment où il y a eu bonne foi chez les contractants. Serez-vous dans une position morale bien belle, en voulant *mordicus* avoir à votre âge et dans les circonstances où vous vous trouvez, une femme qui ne vous aime plus ? Vous aurez contre vous votre femme et son mari, deux personnes puissantes qui pourront influencer les tribunaux. Le procès a donc des éléments de durée. Vous aurez le temps de vieillir dans les chagrins les plus cuisants.

— Et ma fortune ?

— Vous vous croyez donc une grande fortune ?

— N'avais-je pas trente mille livres de rente ?

— Mon cher colonel, vous aviez fait, en 1799, avant votre mariage, un testament qui léguait le quart de vos biens aux hospices.

— C'est vrai.

— Eh ! bien, vous censé mort, n'a-t-il pas fallu procéder à un inventaire, à une liquidation afin de donner ce quart aux hospices ? Votre femme ne s'est pas fait scrupule de tromper les pauvres. L'inventaire, où sans doute elle s'est bien gardée de mentionner l'argent comptant, les pierreries, où elle aura produit peu d'argenterie, et où le mobilier a été estimé à deux tiers au-dessous du prix réel, soit pour la favoriser, soit pour payer moins de droits au fisc, et aussi parce que les commissaires-priseurs sont responsables de leurs estimations, l'inventaire ainsi fait a établi six cent mille francs de valeurs. Pour sa part, votre veuve avait droit à la moitié. Tout a été vendu, racheté par elle, elle a bénéficié sur tout, et les hospices ont eu leurs soixante-quinze mille francs. Puis, comme le fisc héritait de vous, attendu que vous n'aviez pas fait mention de votre femme dans votre testament, l'Empereur a rendu par un décret à votre veuve la portion qui revenait au domaine public. Maintenant, à quoi avez-vous droit ? à trois cent mille francs seulement, moins les frais.

— Et vous appelez cela la justice[1] ? dit le colonel ébahi.

— Mais, certainement...

— Elle est belle.

— Elle est ainsi, mon pauvre colonel. Vous voyez que ce que vous avez cru facile ne l'est pas. Madame Ferraud peut même vouloir garder la portion qui lui a été donnée par l'Empereur.

— Mais elle n'était pas veuve, le décret est nul...

— D'accord. Mais tout se plaide. Écoutez-moi. Dans ces circonstances, je crois qu'une transaction serait, et pour vous et pour elle, le meilleur dénoûment du procès. Vous y gagnerez une fortune plus considérable que celle à laquelle vous auriez droit.

— Ce serait vendre ma femme !

— Avec vingt-quatre mille francs de rente, vous aurez, dans la position où vous vous trouvez, des femmes qui vous conviendront mieux que la vôtre, et qui vous rendront plus heureux. Je compte aller voir aujourd'hui même madame la comtesse Ferraud afin de sonder le terrain ; mais je n'ai pas voulu faire cette démarche sans vous en prévenir.

— Allons ensemble chez elle...

— Fait comme vous êtes ? dit l'avoué. Non, non, colonel, non. Vous pourriez y perdre tout à fait votre procès...

— Mon procès est-il gagnable ?

— Sur tous les chefs, répondit Derville. Mais, mon cher colonel Chabert, vous ne faites pas attention à une chose. Je ne suis pas riche, ma charge n'est pas entièrement payée. Si les tribunaux vous accordent une *provision*, c'est-à-dire une somme à prendre par avance sur votre fortune, ils ne l'accorderont qu'après avoir reconnu vos qualités de comte Chabert, grand-officier de la Légion-d'Honneur.

— Tiens, je suis grand-officier de la Légion, je n'y pensais plus, dit-il naïvement.

— Eh! bien, jusque-là, reprit Derville, ne faut-il pas plaider, payer des avocats, lever et solder les jugements, faire marcher des huissiers, et vivre? les frais des instances préparatoires se monteront, à vue de nez, à plus de douze ou quinze mille francs. Je ne les ai pas, moi qui suis écrasé par les intérêts énormes que je paye à celui qui m'a prêté l'argent de ma charge[1]. Et vous! où les trouverez-vous?

De grosses larmes tombèrent des yeux flétris du pauvre soldat et roulèrent sur ses joues ridées. A l'aspect de ces difficultés, il fut découragé. Le monde social et judiciaire lui pesait sur la poitrine comme un cauchemar.

— J'irai, s'écria-t-il, au pied de la colonne de la place Vendôme, je crierai là: «Je suis le colonel Chabert qui a enfoncé le grand carré des Russes à Eylau!» Le bronze, lui! me reconnaîtra.

— Et l'on vous mettra sans doute à Charenton[2].

A ce nom redouté, l'exaltation du militaire tomba.

— N'y aurait-il donc pas pour moi quelques chances favorables au ministère de la guerre?

— Les bureaux! dit Derville. Allez-y, mais avec un jugement bien en règle qui déclare nul votre acte de décès. Les bureaux voudraient pouvoir anéantir les gens de l'Empire.

Le colonel resta pendant un moment interdit, immobile, regardant sans voir, abîmé dans un désespoir sans bornes. La justice militaire est franche, rapide, elle décide à la turque, et juge presque toujours bien; cette justice était la seule que connût Chabert. En apercevant le dédale de difficultés où il fallait s'engager, en voyant combien il fallait d'argent pour y voyager, le pauvre soldat reçut un coup mortel dans cette puissance particulière à l'homme et que l'on nomme la *volonté*. Il lui parut impossible de vivre en plaidant, il fût pour lui mille fois plus simple de rester pauvre, mendiant, de s'engager comme cavalier si quelque régiment voulait de lui. Ses souffrances physiques et morales lui avaient déjà vicié le corps dans quelques-uns des organes les plus importants. Il touchait à l'une de ces maladies pour lesquelles la médecine n'a pas de nom, dont le siège est en quelque sorte mobile comme l'appareil nerveux qui paraît le plus attaqué parmi tous ceux de notre machine, affection qu'il faudrait nommer le *spleen*[1] du malheur. Quelque grave que fût déjà ce mal invisible, mais réel, il était encore guérissable par une heureuse conclusion. Pour ébranler tout à fait cette vigoureuse organisation, il suffirait d'un obstacle nouveau, de quelque fait imprévu qui en romprait les ressorts affaiblis et produirait ces hésitations, ces actes incompris, incomplets, que les physiologistes observent chez les êtres ruinés par les chagrins.

En reconnaissant alors les symptômes d'un profond abattement chez son client, Derville lui dit : — Prenez courage, la solution de cette affaire ne peut que vous être favorable. Seulement, examinez si vous pouvez me donner toute votre confiance, et accepter aveuglément le résultat que je croirai le meilleur pour vous.

— Faites comme vous voudrez, dit Chabert.

— Oui, mais vous vous abandonnez à moi comme un homme qui marche à la mort ?

— Ne vais-je pas rester sans état, sans nom ? Est-ce tolérable ?

— Je ne l'entends pas ainsi, dit l'avoué. Nous poursuivrons à l'amiable un jugement pour annuler votre acte de décès et votre mariage, afin que vous repreniez vos droits. Vous serez même, par l'influence du comte Ferraud, porté sur les cadres de l'armée comme général, et vous obtiendrez sans doute une pension.

— Allez donc ! répondit Chabert, je me fie entièrement à vous.

— Je vous enverrai donc une procuration à signer, dit Derville. Adieu, bon courage ! S'il vous faut de l'argent, comptez sur moi.

Chabert serra chaleureusement la main de Derville, et resta le dos appuyé contre la muraille, sans avoir la force de le suivre autrement que des yeux. Comme tous les gens qui comprennent peu les affaires judiciaires, il s'effrayait de cette lutte imprévue. Pendant cette conférence, à plusieurs reprises, il s'était avancé, hors d'un pilastre de la porte cochère, la figure d'un homme posté dans la rue pour guetter la sortie de Derville, et qui l'accosta quand il sortit. C'était un vieux homme vêtu d'une veste bleue, d'une cotte blanche plissée semblable à celle des brasseurs, et qui portait sur la tête une casquette de loutre. Sa figure était brune, creusée, ridée, mais rougie sur les pommettes par l'excès du travail et hâlée par le grand air.

— Excusez, monsieur, dit-il à Derville en l'arrêtant par le bras, si je prends la liberté de vous parler, mais je me suis douté, en vous voyant, que vous étiez l'ami de notre général.

— Eh ! bien ? dit Derville, en quoi vous intéressez-vous à lui ? Mais qui êtes-vous ? reprit le défiant avoué.

— Je suis Louis Vergniaud, répondit-il d'abord. Et j'aurais deux mots à vous dire.

— Et c'est vous qui avez logé le comte Chabert comme il l'est ?

— Pardon, excuse, monsieur, il a la plus belle chambre. Je lui aurais donné la mienne, si je n'en avais eu qu'une. J'aurais couché dans l'écurie. Un homme qui a souffert comme lui, qui apprend à lire à mes *mioches*, un général, un égyptien, le premier lieutenant sous lequel j'ai servi… faudrait voir ? Du tout, il est le mieux logé. J'ai partagé avec lui ce que j'avais. Malheureusement ce n'était pas grand'chose, du pain, du lait, des œufs ; enfin à la guerre comme à la guerre ! C'est de bon cœur. Mais il nous a vexés.

— Lui ?

— Oui, monsieur, vexés, là ce qui s'appelle en plein. J'ai pris un établissement au-dessus de mes forces, il le voyait bien. Ça vous le contrariait, et il pansait le cheval ! Je lui dis : — Mais, mon général ? — Bah ! qui dit, je ne veux pas être comme un fainéant, et il y a long-temps que je sais brosser le lapin. J'avais donc fait des billets pour le prix de ma vacherie à un nommé Orados… Le connaissez-vous, monsieur ?

— Mais, mon cher, je n'ai pas le temps de vous écouter. Seulement dites-moi comment le colonel vous a vexés !

— Il nous a vexés, monsieur, aussi vrai que je m'appelle Louis Vergniaud et que ma femme en a pleuré. Il a su par les voisins que nous n'avions pas le premier sou de notre billet. Le vieux grognard, sans rien dire, a amassé tout ce que vous lui donniez, a guetté le billet et l'a payé. C'te malice ! Que ma femme et moi nous savions qu'il n'avait pas de tabac, ce pauvre vieux, et qu'il s'en passait ! Oh ! maintenant, tous les matins il a ses cigares ! je me vendrais plutôt… Non ! nous sommes vexés. Donc, je voudrais vous proposer de nous prêter, vu qu'il nous a dit que vous étiez un brave homme, une centaine d'écus sur notre établissement, afin que nous lui fassions faire des habits, que nous lui meublions sa chambre. Il a cru nous acquitter, pas vrai ? Eh bien, au contraire, voyez-vous, l'ancien nous a endettés… et vexés ! Il ne devait pas nous faire cette avanie-là. Il nous a vexés ! et des amis, encore ? Foi d'honnête homme, aussi vrai que je m'appelle

Louis Vergniaud, je m'engagerais plutôt que de ne pas vous rendre cet argent-là...

Derville regarda le nourrisseur, et fit quelques pas en arrière pour revoir la maison, la cour, les fumiers, l'étable, les lapins, les enfants.

— Par ma foi, je crois qu'un des caractères de la vertu est de ne pas être propriétaire, se dit-il. Va, tu auras tes cent écus ! et plus même. Mais ce ne sera pas moi qui te les donnerai, le colonel sera bien assez riche pour t'aider, et je ne veux pas lui en ôter le plaisir.

— Ce sera-t-il bientôt ?

— Mais oui.

— Ah ! mon Dieu, que mon épouse va-t-être contente !

Et la figure tannée du nourrisseur sembla s'épanouir.

— Maintenant, se dit Derville en remontant dans son cabriolet, allons chez notre adversaire. Ne laissons pas voir notre jeu, tâchons de connaître le sien, et gagnons la partie d'un seul coup. Il faudrait l'effrayer ? Elle est femme. De quoi s'effraient le plus les femmes ? Mais les femmes ne s'effraient que de...

Il se mit à étudier la position de la comtesse, et tomba dans une de ces méditations auxquelles se livrent les grands politiques en concevant leurs plans, en tâchant de deviner le secret des cabinets ennemis. Les avoués ne sont-ils pas en quelque sorte des hommes d'État chargés des affaires privées ? Un coup d'œil jeté sur la situation de monsieur le comte Ferraud et de sa femme est ici nécessaire pour faire comprendre le génie de l'avoué[1].

Monsieur le comte Ferraud était le fils d'un ancien Conseiller au Parlement de Paris, qui avait émigré pendant le temps de la Terreur, et qui s'il sauva sa tête, perdit sa fortune. Il rentra sous le Consulat et resta constamment fidèle aux intérêts de Louis XVIII, dans les entours duquel était son père avant la révolution. Il appartenait donc à cette partie du faubourg Saint-Germain qui résista noblement aux séductions de Napoléon. La réputation de capacité que se fit le jeune comte, alors simplement appelé monsieur Ferraud, le rendit l'objet des coquetteries de l'Empereur, qui souvent était aussi heureux de ses conquêtes sur l'aristocratie que du gain d'une bataille. On promit au comte la restitution de son titre, celle de ses biens non vendus, on lui montra dans le lointain un ministère, une sénatorerie. L'Empereur échoua. Monsieur Ferraud était, lors de la mort du comte Chabert, un jeune homme de vingt-six ans, sans fortune, doué de formes agréables, qui avait des succès et que le faubourg Saint-Germain avait adopté comme une de ses gloires ; mais madame la comtesse Chabert avait su tirer un si bon parti de la succession de son mari, qu'après dix-huit mois de veuvage elle possédait environ quarante mille livres de rente. Son mariage avec le jeune comte ne fut pas accepté comme une nouvelle, par les coteries du faubourg Saint-Germain. Heureux de ce mariage qui répondait à ses idées de fusion, Napoléon rendit à madame Chabert la portion dont héritait le fisc dans la succession du colonel ; mais l'espérance de Napoléon fut encore trompée. Madame Ferraud n'aimait pas seulement son amant dans le jeune homme, elle avait été séduite aussi par l'idée d'entrer dans cette société dédaigneuse qui, malgré son abaissement, dominait la cour impériale. Toutes ses vanités étaient flattées autant que ses passions dans ce mariage. Elle allait devenir une *femme comme il faut.* Quand le faubourg Saint-Germain sut que le mariage du jeune comte n'était pas une défection, les salons s'ouvrirent à sa femme. La Restauration vint. La fortune politique du comte Ferraud ne fut pas rapide. Il comprenait les exigences de la position dans laquelle se trouvait Louis XVIII, il était du nombre des initiés qui attendaient *que l'abîme des révolutions fût fermé*, car cette phrase royale, dont se moquèrent tant les libéraux, cachait un sens politique. Néanmoins, l'ordonnance citée dans la longue phase cléricale qui commence cette histoire lui avait rendu deux forêts et une terre dont la valeur avait considérablement augmenté pendant le séquestre. En ce moment, quoique le comte Ferraud fût Conseiller d'État, Directeur-général, il ne considérait sa position que comme le début de sa fortune politique. Préoccupé par les soins d'une ambition dévorante, il s'était attaché comme secrétaire un ancien avoué ruiné nommé Delbecq, homme plus qu'habile, qui connaissait admirablement les ressources de la chicane, et auquel il laissait la conduite de ses affaires privées. Le rusé praticien avait assez bien compris sa position chez le comte, pour y être probe par spéculation. Il espérait parvenir à quelque place par le crédit de son patron, dont la fortune était l'objet de tous ses soins. Sa conduite démentait tellement sa vie antérieure qu'il passait pour un homme calomnié. Avec le tact et la finesse dont sont plus ou moins douées toutes les femmes, la comtesse, qui avait deviné son intendant, le surveillait adroitement, et savait si bien le manier, qu'elle en avait déjà tiré un très-bon parti pour l'augmentation de sa fortune particulière. Elle avait su persuader à Delbecq qu'elle gouvernait monsieur Ferraud, et lui avait promis de le faire nommer président d'un tribunal de première instance dans l'une des plus importantes villes de France, s'il se dévouait entièrement à ses intérêts. La promesse d'une place inamovible qui lui permettrait de se marier avantageusement et de conquérir plus tard une haute position dans la carrière politique en devenant député, fit de Delbecq l'âme damnée de la comtesse. Il ne lui avait laissé manquer aucune des chances favorables que les mouvements de Bourse et la hausse des propriétés présentèrent dans Paris aux gens habiles pendant les trois premières années de la Restauration. Il avait triplé les capitaux de sa protectrice, avec d'autant plus de facilité que tous les moyens avaient paru bons à la comtesse afin de rendre promptement sa fortune énorme. Elle employait les émoluments des places occupées par le comte, aux dépenses de la maison, afin de pouvoir capitaliser ses revenus, et Delbecq se prêtait aux calculs de cette avarice sans chercher à s'en expliquer les motifs. Ces sortes de gens ne s'inquiètent que des secrets dont la découverte est nécessaire à leurs intérêts. D'ailleurs il en trouvait si naturellement la raison dans cette soif d'or dont sont atteintes la plupart des Parisiennes, et il fallait une si grande fortune pour appuyer les prétentions du comte Ferraud, que l'intendant croyait parfois entrevoir dans l'avidité de la comtesse un effet de son dévouement pour l'homme de qui elle était toujours éprise. La comtesse avait enseveli les secrets de sa conduite au fond de son cœur. Là étaient des secrets de vie et de mort pour elle, là était précisément le nœud de cette histoire. Au commencement de l'année 1818, la Restauration fut assise sur des bases en apparence inébranlables[1], ses doctrines gouvernementales, comprises par les esprits élevés, leur parurent devoir amener pour la France une ère de prospérité nouvelle, alors la société parisienne changea de face. Madame la comtesse Ferraud se trouva par hasard avoir fait tout ensemble un mariage d'amour, de fortune et d'ambition. Encore jeune et belle, madame Ferraud joua le rôle d'une femme à la mode, et vécut dans l'atmosphère de la cour. Riche par elle-même, riche par son mari, qui, prôné comme un des hommes les plus capables du parti royaliste et l'ami du roi, semblait promis à quelque ministère, elle appartenait à l'aristocratie, elle en partageait la splendeur. Au milieu de ce triomphe, elle fut atteinte d'un cancer moral. Il est de ces sentiments que les femmes devinent malgré le soin avec lequel les hommes mettent à les enfouir. Au premier retour du roi, le comte Ferraud avait conçu quelques regrets de son mariage. La veuve du colonel Chabert ne l'avait allié à personne, il était seul et sans appui pour se diriger dans une carrière pleine d'écueils et pleine d'ennemis. Puis, peut-être, quand il avait pu juger froidement sa femme, avait-il reconnu chez elle quelques vices d'éducation qui la rendaient impropre à le seconder dans ses projets. Un mot dit par lui à propos du mariage de Talleyrand éclaira la comtesse, à laquelle il fut prouvé que si son mariage était à faire, jamais elle n'eût été madame Ferraud. Ce regret, quelle femme le pardonnerait ? Ne contient-il pas toutes les injures, tous les crimes, toutes les répudiations en germe ? Mais quelle plaie ne devait pas faire ce mot dans le cœur de la comtesse, si l'on vient à supposer qu'elle craignait de voir revenir son premier mari ! Elle l'avait su vivant, elle l'avait repoussé. Puis, pendant le temps où elle n'en avait plus entendu parler, elle s'était plu à le croire mort à Waterloo avec les aigles impériales en compagnie de Boutin. Néanmoins elle conçut d'attacher le comte à elle par le plus fort des liens, par la chaîne d'or, et voulut être si riche que sa fortune rendît son second mariage indissoluble, si par hasard le comte Chabert reparaissait encore. Et il avait reparu, sans qu'elle s'expliquât pourquoi la lutte qu'elle redoutait n'avait pas déjà commencé. Les souffrances, la maladie l'avaient peut-être délivrée de cet homme. Peut-être était-il à moitié fou, Charenton pouvait encore lui en faire raison. Elle n'avait pas voulu mettre Delbecq ni la police dans sa confidence, de peur de se donner un maître, ou de précipiter la catastrophe. Il existe à Paris beaucoup de femmes qui, semblables à la comtesse Ferraud, vivent avec un monstre moral inconnu, ou

64

côtoient un abîme ; elles se font un calus à l'endroit de leur mal, et peuvent encore rire et s'amuser.

— Il y a quelque chose de bien singulier dans la situation de monsieur le comte Ferraud, se dit Derville en sortant de sa longue rêverie, au moment où son cabriolet s'arrêtait rue de Varennes, à la porte de l'hôtel Ferraud. Comment, lui si riche, aimé du roi, n'est-il pas encore pair de France ? Il est vrai qu'il entre peut-être dans la politique du roi, comme me le disait madame de Grandlieu, de donner une haute importance à la pairie en ne la prodiguant pas. D'ailleurs, le fils d'un Conseiller au Parlement n'est ni un Crillon, ni un Rohan. Le comte Ferraud ne peut entrer que subrepticement dans la chambre haute. Mais, si son mariage était cassé, ne pourrait-il faire passer sur sa tête, à la grande satisfaction du roi, la pairie d'un de ces vieux sénateurs qui n'ont que des filles[1]. Voilà certes une bonne bourde à mettre en avant pour effrayer notre comtesse, se dit-il en montant le perron.

Derville avait, sans le savoir, mis le doigt sur la plaie secrète, enfoncé la main dans le cancer qui dévorait madame Ferraud. Il fut reçu par elle dans une jolie salle à manger d'hiver, où elle déjeunait en jouant avec un singe attaché par une chaîne à une espèce de petit poteau garni de bâtons en fer. La comtesse était enveloppée dans un élégant peignoir, les boucles de ses cheveux, négligemment rattachés, s'échappaient d'un bonnet qui lui donnait un air mutin. Elle était fraîche et rieuse. L'argent, le vermeil, la nacre étincelaient sur la table, et il y avait autour d'elle des fleurs curieuses plantées dans de magnifiques vases en porcelaine. En voyant la femme du comte Chabert, riche de ses dépouilles, au sein du luxe, au faîte de la société, tandis que le malheureux vivait chez un pauvre nourrisseur au milieu des bestiaux, l'avoué se dit : « La morale de ceci est qu'une jolie femme ne voudra jamais reconnaître son mari, ni même son amant dans un homme en vieux carrick, en perruque de chiendent et en bottes percées. » Un sourire malicieux et mordant exprima les idées moitié philosophiques, moitié railleuses qui devaient venir à un homme si bien placé pour connaître le fond des choses, malgré les mensonges sous lesquels la plupart des familles parisiennes cachent leur existence.

— Bonjour, monsieur Derville, dit-elle en continuant à faire prendre du café au singe.

— Madame, dit-il brusquement, car il se choqua du ton léger avec lequel la comtesse lui avait dit — Bonjour, monsieur Derville, je viens causer avec vous d'une affaire assez grave.

— J'en suis *désespérée*, monsieur le comte est absent...

— J'en suis enchanté, moi, madame. Il serait *désespérant* qu'il assistât à notre conférence. Je sais d'ailleurs, par Delbecq, que vous aimez à faire vos affaires vous-même sans en ennuyer monsieur le comte.

— Alors, je vais faire appeler Delbecq, dit-elle.

— Il vous serait inutile, malgré son habileté, reprit Derville. Écoutez, madame, un mot suffira pour vous rendre sérieuse. Le comte Chabert existe.

— Est-ce en disant de semblables bouffonneries que vous voulez me rendre sérieuse ? dit-elle en partant d'un éclat de rire.

Mais la comtesse fut tout à coup domptée par l'étrange lucidité du regard fixe par lequel Derville l'interrogeait en paraissant lire au fond de son âme.

— Madame, répondit-il avec une gravité froide et perçante, vous ignorez l'étendue des dangers qui vous menacent. Je ne vous parlerai pas de l'incontestable authenticité des pièces, ni de la certitude des preuves qui attestent l'existence du comte Chabert. Je ne suis pas homme à me charger d'une mauvaise cause, vous le savez. Si vous vous opposez à notre inscription en faux contre l'acte de décès, vous perdrez ce premier procès, et cette question résolue en notre faveur nous fait gagner toutes les autres.

— De quoi prétendez-vous donc me parler ?

— Ni du colonel, ni de vous. Je ne vous parlerai pas non plus des mémoires que pourraient faire des avocats spirituels[1], armés des faits curieux de cette cause, et du parti qu'ils tireraient des lettres que vous avez reçues de votre premier mari avant la célébration de votre mariage avec votre second.

— Cela est faux ! dit-elle avec toute la violence d'une petite-maîtresse. Je n'ai jamais reçu de lettre du comte Chabert ; et si quelqu'un se dit être le colonel, ce ne peut-être qu'un intrigant, quelque forçat libéré, comme Cogniard peut-être. Le frisson prend rien que d'y penser. Le colonel peut-il ressusciter, monsieur ? Bonaparte m'a fait complimenter sur sa mort par un aide-de-camp, et je touche encore aujourd'hui trois mille francs de pension accordée à sa veuve par les Chambres. J'ai eu mille fois raison de repousser tous les Chabert qui sont venus, comme je repousserai tous ceux qui viendront.

— Heureusement nous sommes seuls, madame. Nous pouvons mentir à notre aise, dit-il froidement en s'amusant à aiguillonner la colère qui agitait la comtesse afin de lui arracher quelques indiscrétions, par une manœuvre familière aux avoués, habitués à rester calmes quand leurs adversaires ou leurs clients s'emportent.

— Hé ! bien donc, à nous deux, se dit-il à lui-même en imaginant à l'instant un piège pour lui démontrer sa faiblesse. — La preuve de la remise de la première lettre existe, madame, reprit-il à haute voix, elle contenait des valeurs...

— Oh ! pour des valeurs, elle n'en contenait pas.

— Vous avez donc reçu cette première lettre, reprit Derville en souriant. Vous êtes déjà prise dans le premier piège que vous tend un avoué, et vous croyez pouvoir lutter avec la justice...

La comtesse rougit, pâlit, se cacha la figure dans les mains. Puis, elle secoua sa honte, et reprit avec le sang-froid naturel à ces sortes de femmes : — Puisque vous êtes l'avoué du prétendu Chabert, faites-moi le plaisir de...

— Madame, dit Derville en l'interrompant, je suis encore en ce moment votre avoué comme celui du colonel. Croyez-vous que je veuille perdre une clientèle aussi précieuse que l'est la vôtre ? Mais vous ne m'écoutez pas...

— Parlez, monsieur, dit-elle gracieusement.

— Votre fortune vous venait de monsieur le comte Chabert et vous l'avez repoussé. Votre fortune est colossale, et vous le laissez mendier. Madame, les avocats sont bien éloquents lorsque les causes sont éloquentes par elles-mêmes, il se rencontre ici des circonstances capables de soulever contre vous l'opinion publique.

— Mais, monsieur, dit la comtesse impatientée de la manière dont Derville la tournait et retournait sur le gril, en admettant que votre monsieur Chabert existe, les tribunaux maintiendront mon second mariage à cause des enfants, et j'en serai quitte pour rendre deux cent vingt-cinq mille francs à monsieur Chabert.

— Madame, nous ne savons pas de quel côté les tribunaux verront la question sentimentale. Si, d'une part, nous avons une mère et ses enfants, nous avons de l'autre un homme accablé de malheurs, vieilli par vous, par vos refus. Où trouvera-t-il une femme ? Puis, les juges peuvent-ils heurter la loi ? Votre mariage avec le colonel a pour lui le droit, la priorité. Mais si vous êtes représentée sous d'odieuses couleurs, vous pourriez avoir un adversaire auquel vous ne vous attendez pas. Là, madame, est ce danger dont je voudrais vous préserver.

— Un nouvel adversaire ! dit-elle, qui ?

— Monsieur le comte Ferraud, madame.

— Monsieur Ferraud a pour moi un trop vif attachement, et, pour la mère de ses enfants, un trop grand respect...

— Ne parlez pas de ces niaiseries-là, dit Derville en l'interrompant, à des avoués habitués à lire au fond des cœurs. En ce moment monsieur Ferraud n'a pas la moindre envie de rompre votre mariage et je suis persuadé qu'il vous adore ; mais si quelqu'un venait lui dire que son mariage peut être annulé, que sa femme sera traduite en criminelle au ban de l'opinion publique...

— Il me défendrait ! monsieur.

— Non, madame.

— Quelle raison aurait-il de m'abandonner, monsieur ?

— Mais celle d'épouser la fille unique d'un pair de France, dont la pairie lui serait transmise par ordonnance du Roi...

La comtesse pâlit.

— Nous y sommes ! se dit en lui-même Derville. Bien, je te tiens, l'affaire du pauvre colonel est gagnée.

— D'ailleurs, madame, reprit-il à haute voix, il aurait d'autant moins de remords, qu'un homme couvert de gloire, général, comte, grand-officier de la Légion-d'Honneur, ne serait pas un pis-aller ; et si cet homme lui redemande sa femme...

— Assez ! assez ! monsieur, dit-elle. Je n'aurai jamais que vous pour avoué. Que faire ?

— Transiger ! dit Derville.

— M'aime-t-il encore ? dit-elle.

— Mais je ne crois pas qu'il puisse en être autrement.

A ce mot, la comtesse dressa la tête. Un éclair d'espérance brilla dans ses yeux ; elle comptait peut-être spéculer sur la tendresse de son premier mari pour gagner son procès par quelque ruse de femme.

— J'attendrai vos ordres, madame, pour savoir s'il faut vous signifier nos[1] actes, ou si vous voulez venir chez moi pour arrêter les bases d'une transaction, dit Derville en saluant la comtesse.

Huit jours après les deux visites que Derville avait faites, et par une belle matinée du mois de juin, les époux, désunis par un hasard presque surnaturel, partirent des deux points les plus opposés de Paris, pour venir se rencontrer dans l'Étude de leur avoué commun. Les avances qui furent largement faites par Derville au colonel Chabert lui avaient permis d'être vêtu selon son rang. Le défunt arriva donc voituré dans un cabriolet fort propre. Il avait la tête couverte d'une perruque appropriée à sa physionomie, il était habillé de drap bleu, avait du linge blanc, et portait sous son gilet le sautoir rouge des grands-officiers de la Légion-d'Honneur. En reprenant les habitudes de l'aisance, il avait retrouvé son ancienne élégance martiale. Il se tenait droit. Sa figure, grave et mystérieuse, où se peignaient le bonheur et toutes ses espérances, paraissait être rajeunie et plus grasse, pour emprunter à la peinture une de ses expressions les plus pittoresques. Il ne ressemblait pas plus au Chabert en vieux carrick, qu'un gros sou ne ressemble à une pièce de quarante francs nouvellement frappée. A le voir, les passants eussent facilement reconnu en lui l'un de ces beaux débris de notre ancienne armée, un de ces hommes héroïques sur lesquels se reflète notre gloire nationale, et qui la représentent comme un éclat de glace illuminé par le soleil semble en réfléchir tous les rayons. Ces vieux soldats sont tout ensemble des tableaux et des livres. Quand le comte descendit de sa voiture pour monter chez Derville, il sauta légèrement comme aurait pu faire un jeune homme. A peine son cabriolet avait-il retourné, qu'un joli coupé tout armorié arriva. Madame la comtesse Ferraud en sortit dans une toilette simple, mais habilement calculée pour montrer la jeunesse de sa taille. Elle avait une jolie capote doublée de rose qui encadrait parfaitement sa figure, en dissimulait les contours, et la ravivait. Si les clients s'étaient rajeunis, l'Étude était restée semblable à elle-même, et offrait alors le tableau par la description duquel cette histoire a commencé. Simonnin déjeunait, l'épaule appuyée sur la fenêtre qui alors était ouverte ; et il regardait le bleu du ciel par l'ouverture de cette cour entourée de quatre corps de logis noirs.

— Ha ! s'écria le petit clerc, qui veut parier un spectacle que le colonel Chabert est général, et cordon rouge ?

— Le patron est un fameux sorcier ! dit Godeschal.

— Il n'y a donc pas de tour à lui jouer cette fois ? demanda Desroches.

— C'est sa femme qui s'en charge, la comtesse Ferraud ! dit Boucard.

— Allons, dit Godeschal, la comtesse Ferraud serait donc obligée d'être à deux[1]...

— La voilà ! dit Simonnin.

En ce moment, le colonel entra et demanda Derville.

— Il y est, monsieur le comte, répondit Simonnin.

— Tu n'es donc pas sourd, petit drôle ? dit Chabert en prenant le saute-ruisseau par l'oreille et la lui tortillant à la satisfaction des clercs, qui se mirent à rire et regardèrent le colonel avec la curieuse considération due à ce singulier personnage.

Le comte Chabert était chez Derville, au moment où sa femme entra par la porte de l'Étude.

— Dites donc, Boucard, il va se passer une singulière scène dans le cabinet du patron ! Voilà une femme qui peut aller les jours pairs chez le comte Ferraud et les jours impairs chez le comte Chabert.

— Dans les années bissextiles, dit Godeschal, le compte y sera.

— Taisez-vous donc! messieurs, l'on peut entendre, dit sévèrement Boucard; je n'ai jamais vu d'Étude où l'on plaisantât, comme vous le faites, sur les clients.

Derville avait consigné le colonel dans la chambre à coucher, quand la comtesse se présenta.

— Madame, lui dit-il, ne sachant pas s'il vous serait agréable de voir monsieur le comte Chabert, je vous ai séparés. Si cependant vous désiriez...

— Monsieur, c'est une attention dont je vous remercie.

— J'ai préparé la minute d'un acte dont les conditions pourront être discutées par vous et par monsieur Chabert, séance tenante. J'irai alternativement de vous à lui, pour vous présenter, à l'un et à l'autre, vos raisons respectives.

— Voyons, monsieur, dit la comtesse en laissant échapper un geste d'impatience.

Derville lut.

« Entre les soussignés,

»Monsieur Hyacinthe, *dit Chabert*, comte, maréchal-de-camp et grand-officier de la Légion-d'Honneur, demeurant à Paris, rue du Petit-Banquier, d'une part;

»Et la dame Rose Chapotel, épouse de monsieur le comte Chabert, ci-dessus nommé, née... »

— Passez, dit-elle, laissons les préambules, arrivons aux conditions.

— Madame, dit l'avoué, le préambule explique succinctement la position dans laquelle vous vous trouvez l'un et l'autre. Puis, par l'article premier, vous reconnaissez, en présence de trois témoins, qui sont deux notaires et le nourrisseur chez lequel a demeuré votre mari, auxquels j'ai confié sous le secret votre affaire, et qui garderont le plus profond silence ; vous reconnaissez, dis-je, que l'individu désigné dans les actes joints au sous-seing, mais dont l'état se trouve d'ailleurs établi par un acte de notoriété préparé chez Alexandre Crottat, votre notaire, est le comte Chabert, votre premier époux. Par l'article second, le comte Chabert, dans l'intérêt de votre bonheur, s'engage à ne faire usage de ses droits que dans les cas prévus par l'acte lui-même. — Et ces cas, dit Derville en faisant une sorte de parenthèse, ne sont autres que la non-exécution des clauses de cette convention secrète. De son côté, reprit-il, monsieur Chabert consent à poursuivre de gré à gré avec vous un jugement qui annulera son acte de décès et prononcera la dissolution de son mariage.

— Ça ne me convient pas du tout, dit la comtesse étonnée, je ne veux pas de procès. Vous savez pourquoi.

— Par l'article trois, dit l'avoué en continuant avec un flegme imperturbable, vous vous engagez à constituer au nom d'Hyacinthe, comte Chabert, une rente viagère de vingt-quatre mille francs, inscrite sur le grand-livre de la dette publique, mais dont le capital vous sera dévolu à sa mort...

— Mais c'est beaucoup trop cher, dit la comtesse.

— Pouvez-vous transiger à meilleur marché ?

— Peut-être.

— Que voulez-vous donc, madame ?

— Je veux, je ne veux pas de procès, je veux...

— Qu'il reste mort, dit vivement Derville en l'interrompant.

— Monsieur, dit la comtesse, s'il faut vingt-quatre mille livres de rente, nous plaiderons...

— Oui, nous plaiderons, s'écria d'une voix sourde le colonel qui ouvrit la porte et apparut[1] tout à coup devant sa femme, en tenant une main dans son gilet et l'autre étendue vers le parquet, geste auquel le souvenir de son aventure donnait une horrible énergie.

— C'est lui, se dit en elle-même la comtesse.

— Trop cher! reprit le vieux soldat. Je vous ai donné près d'un million, et vous marchandez mon malheur. Hé! bien, je vous veux maintenant vous et votre fortune. Nous sommes communs en biens, notre mariage n'a pas cessé...

— Mais monsieur n'est pas le colonel Chabert, s'écria la comtesse en feignant la surprise.

— Ah! dit le vieillard d'un ton profondément ironique, voulez-vous des preuves? Je vous ai prise au Palais-Royal...

La comtesse pâlit. En la voyant pâlir sous son rouge, le vieux soldat, touché de la vive souffrance qu'il imposait à une femme jadis aimée avec ardeur, s'arrêta; mais il en reçut un regard si venimeux qu'il reprit tout à coup: — Vous étiez chez la[1]...

— De grâce, monsieur, dit la comtesse à l'avoué, trouvez bon que je quitte la place. Je ne suis pas venue ici pour entendre de semblables horreurs.

Elle se leva et sortit. Derville s'élança dans l'Étude. La comtesse avait trouvé des ailes et s'était comme envolée. En revenant dans son cabinet, l'avoué trouva le colonel dans un violent accès de rage, et se promenant à grands pas.

— Dans ce temps-là chacun prenait sa femme où il voulait, disait-il; mais j'ai eu tort de la mal choisir, de me fier à des apparences. Elle n'a pas de cœur.

— Eh! bien, colonel, n'avais-je pas raison en vous priant de ne pas venir. Je suis maintenant certain de votre identité. Quand vous vous êtes montré, la comtesse a fait un mouvement dont la pensée n'était pas équivoque. Mais vous avez perdu votre procès, votre femme sait que vous êtes méconnaissable!

— Je la tuerai...

— Folie ! vous serez pris et guillotiné comme un misérable[1]. D'ailleurs peut-être manquerez-vous votre coup ! ce serait impardonnable, on ne doit jamais manquer sa femme quand on veut la tuer. Laissez-moi réparer vos sottises, grand enfant ! Allez-vous-en. Prenez garde à vous, elle serait capable de vous faire tomber dans quelque piège et de vous enfermer à Charenton. Je vais lui signifier nos actes afin de vous garantir de toute surprise.

Le pauvre colonel obéit à son jeune bienfaiteur, et sortit en lui balbutiant des excuses. Il descendait lentement les marches de l'escalier noir, perdu dans des sombres pensées, accablé peut-être par le coup qu'il venait de recevoir, pour lui le plus cruel, le plus profondément enfoncé dans son cœur, lorsqu'il entendit, en parvenant au dernier palier, le frôlement d'une robe, et sa femme apparut.

— Venez, monsieur, lui dit-elle en lui prenant le bras par un mouvement semblable à ceux qui lui étaient familiers autrefois.

L'action de la comtesse, l'accent de sa voix redevenue gracieuse, suffirent pour calmer la colère du colonel, qui se laissa mener jusqu'à la voiture.

— Eh ! bien, montez donc ! lui dit la comtesse quand le valet eut achevé de déplier le marche-pied.

Et il se trouva, comme par enchantement, assis près de sa femme dans le coupé[2].

— Où va madame ? demanda le valet.

— A Groslay, dit-elle.

Les chevaux partirent et traversèrent tout Paris.

— Monsieur ! dit la comtesse au colonel d'un son de voix qui révélait une de ces émotions rares dans la vie, et par lesquelles tout en nous est agité.

En ces moments, cœur, fibres, nerfs, physionomie, âme et corps, tout, chaque pore même tressaille. La vie semble ne plus être en nous ; elle en sort et jaillit, elle se communique comme une contagion, se transmet par le regard, par l'accent de la voix, par le geste, en imposant notre vouloir aux autres. Le vieux soldat tressaillit en entendant ce seul mot, ce premier, ce terrible : — Monsieur ! » Mais aussi était-ce tout à la fois un reproche, une prière, un pardon, une espérance, un désespoir, une interrogation, une réponse. Ce mot comprenait tout. Il fallait être comédienne pour jeter tant d'éloquence, tant de sentiments dans un mot. Le vrai n'est pas si complet dans son expression, il ne met pas tout en dehors, il laisse voir tout ce qui est au dedans. Le colonel eut mille remords de ses soupçons, de ses demandes, de sa colère, et baissa les yeux pour ne pas laisser deviner son trouble.

— Monsieur, reprit la comtesse après une pause imperceptible, je vous ai bien reconnu !

— Rosine, dit le vieux soldat, ce mot contient le seul baume qui pût me faire oublier mes malheurs.

Deux grosses larmes roulèrent toutes chaudes sur les mains de sa femme, qu'il pressa pour exprimer une tendresse paternelle.

— Monsieur, reprit-elle, comment n'avez-vous pas deviné qu'il me coûtait horriblement de paraître devant un étranger dans une position aussi fausse que l'est la mienne ! Si j'ai à rougir de ma situation, que ce ne soit au moins qu'en famille. Ce secret ne devait-il pas rester enseveli dans nos cœurs ? Vous m'absoudrez, j'espère, de mon indifférence apparente pour les malheurs d'un Chabert à l'existence duquel je ne devais pas croire. J'ai reçu vos lettres, dit-elle vivement, en lisant sur les traits de son mari l'objection qui s'y exprimait, mais elles me parvinrent treize mois après la bataille d'Eylau ; elles étaient ouvertes, salies, l'écriture en était méconnaissable, et j'ai dû croire, après avoir obtenu la signature de Napoléon sur mon nouveau contrat de mariage, qu'un adroit intrigant voulait se jouer de moi. Pour ne pas troubler le repos de monsieur le comte Ferraud, et ne pas altérer les liens de la famille, j'ai donc dû prendre des précautions contre un faux Chabert. N'avais-je pas raison, dites?

— Oui, tu as eu raison, c'est moi qui suis un sot, un animal, une bête, de n'avoir pas su mieux calculer les conséquences d'une situation semblable. Mais où allons-nous? dit le colonel en se voyant à la barrière de La Chapelle.

— A ma campagne, près de Groslay, dans la vallée de Montmorency. Là, monsieur, nous réfléchirons ensemble au parti que nous devons prendre. Je connais mes devoirs. Si je suis à vous en droit, je ne vous appartiens plus en fait. Pouvez-vous désirer que nous devenions la fable de tout Paris? N'instruisons pas le public de cette situation qui pour moi présente un côté ridicule, et sachons garder notre dignité. Vous m'aimez encore, reprit-elle en jetant sur le colonel un regard triste et doux; mais moi, n'ai-je pas été autorisée à former d'autres liens? En cette singulière position, une voix secrète me dit d'espérer en votre bonté qui m'est si connue. Aurais-je donc tort en vous prenant pour seul et unique arbitre de mon sort? Soyez juge et partie. Je me confie à la noblesse de votre caractère. Vous aurez la générosité de me pardonner les résultats de fautes innocentes. Je vous l'avouerai donc, j'aime monsieur Ferraud. Je me suis crue en droit de l'aimer. Je ne rougis pas de cet aveu devant vous; s'il vous offense, il ne vous déshonore point. Je ne puis vous cacher les faits. Quand le hasard m'a laissée veuve, je n'étais pas mère.

Le colonel fit un signe de main à sa femme, pour lui imposer silence, et ils restèrent sans proférer un seul mot pendant une demi-lieue. Chabert croyait voir les deux petits enfants devant lui.

— Rosine !

— Monsieur ?

— Les morts ont donc bien tort de revenir ?

— Oh ! monsieur, non, non ! Ne me croyez pas ingrate. Seulement, vous trouvez une amante, une mère, là où vous aviez laissé une épouse. S'il n'est plus en mon pouvoir de vous aimer, je sais tout ce que je vous dois et puis vous offrir encore toutes les affections d'une fille.

— Rosine, reprit le vieillard d'une voix douce, je n'ai plus aucun ressentiment contre toi. Nous oublierons tout, ajouta-t-il avec un de ces sourires dont la grâce est toujours le reflet d'une belle âme. Je ne suis pas assez peu délicat pour exiger les semblants de l'amour chez une femme qui n'aime plus.

La comtesse lui lança un regard empreint d'une telle reconnaissance, que le pauvre Chabert aurait voulu rentrer dans sa fosse d'Eylau. Certains hommes ont une âme assez forte pour de tels dévouements, dont la récompense se trouve pour eux dans la certitude d'avoir fait le bonheur d'une personne aimée.

— Mon ami, nous parlerons de tout ceci plus tard et à cœur reposé, dit la comtesse.

La conversation prit un autre cours, car il était impossible de la continuer long-temps sur ce sujet. Quoique les deux époux revinssent souvent à leur situation bizarre, soit par des allusions, soit sérieusement, ils firent un charmant voyage, se rappelant les événements de leur union passée et les choses de l'Empire. La comtesse sut imprimer un charme doux à ces souvenirs, et répandit dans la conversation une teinte de mélancolie nécessaire pour y maintenir la gravité. Elle faisait revivre l'amour sans exciter aucun désir, et laissait entrevoir à son premier époux toutes les richesses morales qu'elle avait acquises, en tâchant de l'accoutumer à l'idée de restreindre son bonheur aux seules jouissances que goûte un père près d'une fille chérie. Le colonel avait connu la comtesse de l'Empire, il revoyait une comtesse de la Restauration. Enfin les deux époux arrivèrent par un chemin de traverse à un grand parc situé dans la petite vallée qui sépare les hauteurs de Margency du joli village de Groslay. La comtesse possédait là une délicieuse maison où le colonel vit, en arrivant, tous les apprêts que nécessitaient son séjour et celui de sa femme. Le malheur est une espèce de talisman dont la vertu consiste à corroborer notre constitution primitive : il augmente la défiance et la méchanceté chez certains hommes, comme il accroît la bonté de ceux qui ont un cœur excellent. L'infortune avait rendu le colonel encore plus secourable et meilleur qu'il ne l'avait été, il pouvait donc s'initier au secret des souffrances féminines qui sont inconnues à la plupart des hommes. Néanmoins, malgré son peu de défiance, il ne put s'empêcher de dire à sa femme : — Vous étiez donc bien sûre de m'emmener ici ?

— Oui, répondit-elle, si je trouvais le colonel Chabert dans le plaideur.

L'air de vérité qu'elle sut mettre dans cette réponse dissipa les légers soupçons que le colonel eut honte d'avoir conçus. Pendant trois jours la comtesse fut admirable près de son premier mari. Par de tendres soins et par sa constante douceur elle semblait vouloir effacer le souvenir des souffrances qu'il avait endurées, se faire pardonner les malheurs que, suivant ses aveux, elle avait innocemment causés ; elle se plaisait à déployer pour lui, tout en lui faisant apercevoir une sorte de mélancolie, les charmes auxquels elle le savait faible : car nous sommes plus particulièrement accessibles à certaines façons, à des grâces de cœur ou d'esprit auxquelles nous ne résistons pas ; elle voulait l'intéresser à sa situation, et l'attendrir assez pour s'emparer de son esprit et disposer souverainement de lui. Décidée à tout pour arriver à ses fins, elle ne savait pas encore ce qu'elle devait faire de cet homme, mais certes elle voulait l'anéantir socialement. Le soir du troisième jour elle sentit que, malgré ses efforts, elle ne pouvait cacher les inquiétudes que lui causait le résultat de ses manœuvres. Pour se trouver un moment à l'aise, elle monta chez elle, s'assit à son secrétaire, déposa le masque de tranquillité qu'elle conservait devant le comte Chabert, comme une actrice qui, rentrant fatiguée dans sa loge après un cinquième acte pénible, tombe demi-morte et laisse dans la salle une image d'elle-même à laquelle elle ne ressemble plus. Elle se mit à finir une lettre commencée qu'elle écrivait à Delbecq, à qui elle disait d'aller, en son nom, demander chez Derville communication des actes qui concernaient le colonel Chabert, de les copier et de venir aussitôt la trouver à Groslay. A peine avait-elle achevé, qu'elle entendit dans le corridor le bruit des pas du colonel, qui, tout inquiet, venait la retrouver.

— Hélas ! dit-elle à haute voix, je voudrais être morte ! Ma situation est intolérable...

— Eh ! bien, qu'avez-vous donc ? demanda le bonhomme.

— Rien, rien, dit-elle.

Elle se leva, laissa le colonel et descendit pour parler sans témoin à sa femme de chambre, qu'elle fit partir pour Paris, en lui recommandant de remettre elle-même à Delbecq la lettre qu'elle venait d'écrire, et de la lui rapporter aussitôt qu'il l'aurait lue. Puis la comtesse alla s'asseoir sur un banc où elle était assez en vue pour que le colonel vînt l'y trouver aussitôt qu'il le voudrait. Le colonel, qui déjà cherchait sa femme, accourut et s'assit près d'elle.

— Rosine, lui dit-il, qu'avez-vous ?

Elle ne répondit pas. La soirée était une de ces

soirées magnifiques et calmes dont les secrètes harmonies répandent, au mois de juin, tant de suavité dans les couchers du soleil. L'air était pur et le silence profond, en sorte que l'on pouvait entendre dans le lointain du parc les voix de quelques enfants qui ajoutaient une sorte de mélodie aux sublimités du paysage.

— Vous ne me répondez pas ? demanda le colonel à sa femme.

— Mon mari... dit la comtesse, qui s'arrêta, fit un mouvement, et s'interrompit pour lui demander en rougissant : — Comment dirai-je en parlant de monsieur le comte Ferraud ?

— Nomme-le ton mari, ma pauvre enfant, répondit le colonel avec un accent de bonté, n'est-ce pas le père de tes enfants ?

— Eh ! bien, reprit-elle, si monsieur me demande ce que je suis venue faire ici, s'il apprend que je m'y suis enfermée avec un inconnu, que lui dirai-je ? Écoutez, monsieur, reprit-elle en prenant une attitude pleine de dignité, décidez de mon sort, je suis résignée à tout...

— Ma chère, dit le colonel en s'emparant des mains de sa femme, j'ai résolu de me sacrifier entièrement à votre bonheur...

— Cela est impossible, s'écria-t-elle en laissant échapper un mouvement convulsif. Songez donc que vous devriez alors renoncer à vous-même et d'une manière authentique...

— Comment, dit le colonel, ma parole ne vous suffit pas [1] ?

Le mot *authentique* tomba sur le cœur du vieillard et y réveilla des défiances involontaires. Il jeta sur sa femme un regard qui la fit rougir, elle baissa les yeux, et il eut peur de se trouver obligé de la mépriser. La comtesse craignait d'avoir effarouché la sauvage pudeur, la probité sévère d'un homme dont le caractère généreux, les vertus primitives lui étaient connus. Quoique ces idées eussent répandu quelques nuages sur leurs fronts, la bonne harmonie se rétablit aussitôt entre eux. Voici comment. Un cri d'enfant retentit au loin.

— Jules, laissez votre sœur tranquille, s'écria la comtesse.

— Quoi ! vos enfants sont ici ? dit le colonel.

— Oui, mais je leur ai défendu de vous importuner.

Le vieux soldat comprit la délicatesse, le tact de femme renfermé dans ce procédé si gracieux, et prit la main de la comtesse pour la baiser.

— Qu'ils viennent donc, dit-il.

La petite fille accourait pour se plaindre de son frère.

— Maman !

— Maman !

— C'est lui qui...

— C'est elle...

Les mains étaient étendues vers la mère, et les deux voix enfantines se mêlaient. Ce fut un tableau soudain et délicieux !

— Pauvres enfants ! s'écria la comtesse en ne retenant plus ses larmes, il faudra les quitter ; à qui le jugement les donnera-t-il ? On ne partage pas un cœur de mère, je les veux, moi !

— Est-ce vous qui faites pleurer maman ? dit Jules en jetant un regard de colère au colonel.

— Taisez-vous, Jules, s'écria la mère d'un air impérieux.

Les deux enfants restèrent debout et silencieux, examinant leur mère et l'étranger avec une curiosité qu'il est impossible d'exprimer par des paroles.

— Oh ! oui, reprit-elle, si l'on me sépare du comte, qu'on me laisse les enfants, et je serai soumise à tout...

Ce fut un mot décisif qui obtint tout le succès qu'elle en avait espéré.

— Oui, s'écria le colonel comme s'il achevait

une phrase mentalement commencée, je dois rentrer sous terre. Je me le suis déjà dit.

— Puis-je accepter un tel sacrifice ? répondit la comtesse. Si quelques hommes sont morts pour sauver l'honneur de leur maîtresse, ils n'ont donné leur vie qu'une fois. Mais ici vous donneriez votre vie tous les jours ! Non, non, cela est impossible. S'il ne s'agissait que de votre existence, ce ne serait rien ; mais signer que vous n'êtes pas le colonel Chabert, reconnaître que vous êtes un imposteur, donner votre honneur, commettre un mensonge à toute heure du jour, le dévouement humain ne saurait aller jusque-là. Songez donc ! Non. Sans mes pauvres enfants, je me serais déjà enfuie avec vous au bout du monde...

— Mais, reprit Chabert, est-ce que je ne puis pas vivre ici, dans votre petit pavillon, comme un de vos parents ? Je suis usé comme un canon de rebut, il ne me faut qu'un peu de tabac et *le Constitutionnel*[1].

La comtesse fondit en larmes. Il y eut entre la comtesse Ferraud et le colonel Chabert un combat de générosité d'où le soldat sortit vainqueur. Un soir, en voyant cette mère au milieu de ses enfants, le soldat fut séduit par les touchantes grâces d'un tableau de famille, à la campagne, dans l'ombre et le silence ; il prit la résolution de rester mort, et, ne s'effrayant plus de l'authenticité d'un acte, il demanda comment il fallait s'y prendre pour assurer irrévocablement le bonheur de cette famille.

— Faites comme vous voudrez ! lui répondit la comtesse, je vous déclare que je ne me mêlerai en rien de cette affaire. Je ne le dois pas.

Delbecq était arrivé depuis quelques jours, et, suivant les instructions verbales de la comtesse, l'intendant avait su gagner la confiance du vieux militaire. Le lendemain matin donc, le colonel Chabert partit avec l'ancien avoué pour Saint-

Leu-Taverny, où Delbecq avait fait préparer chez le notaire un acte conçu en termes si crus que le colonel sortit brusquement de l'Étude après en avoir entendu la lecture.

— Mille tonnerres! je serais un joli coco! Mais je passerais pour un faussaire, s'écria-t-il.

— Monsieur, lui dit Delbecq, je ne vous conseille pas de signer trop vite. À votre place je tirerais au moins trente mille livres de rente de ce procès-là, car madame les donnerait.

Après avoir foudroyé ce coquin émérite par le lumineux regard de l'honnête homme indigné, le colonel s'enfuit emporté par mille sentiments contraires. Il redevint défiant, s'indigna, se calma tour à tour. Enfin il entra dans le parc de Groslay par la brèche d'un mur, et vint à pas lents se reposer et réfléchir à son aise dans un cabinet pratiqué sous un kiosque d'où l'on découvrait le chemin de Saint-Leu. L'allée étant sablée avec cette espèce de terre jaunâtre par laquelle on remplace le gravier de rivière, la comtesse, qui était assise dans le petit salon de cette espèce de pavillon, n'entendit pas le colonel, car elle était trop préoccupée du succès de son affaire pour prêter la moindre attention au léger bruit que fit son mari. Le vieux soldat n'aperçut pas non plus sa femme au-dessus de lui dans le petit pavillon.

— Hé! bien, monsieur Delbecq, a-t-il signé? demanda la comtesse à son intendant qu'elle vit seul sur le chemin par-dessus la haie d'un saut de loup.

— Non, madame. Je ne sais même pas ce que notre homme est devenu. Le vieux cheval s'est cabré.

— Il faudra donc finir par le mettre à Charenton, dit-elle, puisque nous le tenons[1].

Le colonel, qui retrouva l'élasticité de la jeunesse pour franchir le saut de loup, fut en un clin d'œil devant l'intendant, auquel il appliqua la plus belle paire de soufflets qui jamais ait été reçue sur deux joues de procureur.

— Ajoute que les vieux chevaux savent ruer, lui dit-il.

Cette colère dissipée, le colonel ne se sentit plus la force de sauter le fossé. La vérité s'était montrée dans sa nudité. Le mot de la comtesse et la réponse de Delbecq avaient dévoilé le complot dont il allait être la victime. Les soins qui lui avaient été prodigués étaient une amorce pour le prendre dans un piège. Ce mot fut comme une goutte de quelque poison subtil qui détermina chez le vieux soldat le retour de ses douleurs et physiques et morales. Il revint vers le kiosque par la porte du parc, en marchant lentement, comme un homme affaissé. Donc, ni paix ni trêve pour lui ! Dès ce moment il fallait commencer avec cette femme la guerre odieuse dont lui avait parlé Derville, entrer dans une vie de procès, se nourrir de fiel, boire chaque matin un calice d'amertume. Puis, pensée affreuse, où trouver l'argent nécessaire pour payer les frais des premières instances ? Il lui prit un si grand dégoût de la vie, que s'il y avait eu de l'eau près de lui il s'y serait jeté, que s'il avait eu des pistolets il se serait brûlé la cervelle. Puis il retomba dans l'incertitude d'idées, qui, depuis sa conversation avec Derville chez le nourrisseur, avait changé son moral. Enfin, arrivé devant le kiosque, il monta dans le cabinet aérien dont les rosaces de verre offraient la vue de chacune des ravissantes perspectives de la vallée, et où il trouva sa femme assise sur une chaise. La comtesse examinait le paysage et gardait une contenance pleine de calme en montrant cette impénétrable physionomie que savent prendre les femmes déterminées à tout. Elle s'essuya les yeux comme si elle eût versé des pleurs, et joua par un geste distrait avec le long ruban rose de sa ceinture. Néanmoins, malgré son assurance apparente, elle ne put s'empêcher de frissonner en voyant devant elle son vénérable bienfaiteur, debout, les bras croisés, la figure pâle, le front sévère.

— Madame, dit-il après l'avoir regardée fixement pendant un moment et l'avoir forcée à rougir, madame, je ne vous maudis pas, je vous méprise[1]. Maintenant, je remercie le hasard qui nous a désunis. Je ne sens même pas un désir de vengeance, je ne vous aime plus. Je ne veux rien de vous. Vivez tranquille sur la foi de ma parole, elle vaut mieux que les griffonnages de tous les notaires de Paris. Je ne réclamerai jamais le nom que j'ai peut-être illustré. Je ne suis plus qu'un pauvre diable nommé Hyacinthe, qui ne demande que sa place au soleil. Adieu...

La comtesse se jeta aux pieds du colonel, et voulut le retenir en lui prenant les mains ; mais il la repoussa avec dégoût, en lui disant : — Ne me touchez pas.

La comtesse fit un geste intraduisible lorsqu'elle entendit le bruit des pas de son mari. Puis, avec la profonde perspicacité que donne une haute scélératesse ou le féroce égoïsme du monde, elle crut pouvoir vivre en paix sur la promesse et le mépris de ce loyal soldat.

Chabert disparut en effet. Le nourrisseur fit faillite et devint cocher de cabriolet. Peut-être le colonel s'adonna-t-il d'abord à quelque industrie du même genre. Peut-être, semblable à une pierre lancée dans un gouffre, alla-t-il, de cascade en cascade, s'abîmer dans cette boue de haillons qui foisonne à travers les rues de Paris.

Six mois après cet événement, Derville, qui n'entendait plus parler ni du colonel Chabert ni de la comtesse Ferraud, pensa qu'il était survenu sans doute entre eux une transaction, que, par vengeance, la comtesse avait fait dresser dans une autre Étude. Alors, un matin, il supputa les sommes avancées audit Chabert, y ajouta les frais, et pria la comtesse Ferraud de réclamer à monsieur le comte Chabert le montant de ce mémoire, en présumant qu'elle savait où se trouvait son premier mari[1].

Le lendemain même l'intendant du comte Ferraud, récemment nommé Président du Tribunal de Première Instance dans une ville importante, écrivit à Derville ce mot désolant :

« Monsieur,

»Madame la comtesse Ferraud me charge de vous prévenir que votre client avait complètement abusé de votre confiance, et que l'individu qui disait être le comte Chabert a reconnu avoir indûment pris de fausses qualités.

»Agréez, etc.

» DELBECQ. »

— On rencontre des gens qui sont aussi, ma parole d'honneur, pas trop bêtes. Ils ont volé le baptême, s'écria Derville. Soyez donc humain, généreux, philanthrope et avoué, vous vous faites enfoncer ! Voilà une affaire qui me coûte plus de deux billets de mille francs.

Quelque temps après la réception de cette lettre, Derville cherchait au Palais un avocat auquel il voulait parler, et qui plaidait à la Police correctionnelle. Le hasard voulut que Derville entrât à la Sixième Chambre au moment où le Président condamnait comme vagabond le nommé Hyacinthe à deux mois de prison, et ordonnait qu'il fût ensuite conduit au dépôt de mendicité de Saint-Denis, sentence qui, d'après le jurisprudence des préfets de police, équivaut à une détention perpétuelle. Au nom d'Hyacinthe, Derville regarda le délinquant assis entre deux gendarmes sur le banc des prévenus, et reconnut, dans la personne du condamné, son faux colonel Chabert. Le vieux soldat était calme, immobile, presque distrait. Malgré ses haillons, malgré la misère empreinte sur sa physionomie, elle déposait d'une noble fierté. Son regard avait une expression de stoïcisme qu'un magistrat n'aurait pas dû méconnaître ; mais, dès qu'un homme tombe entre les mains de la justice, il n'est plus qu'un être moral, une question de Droit ou de Fait, comme aux yeux des statisticiens il devient un chiffre. Quand le soldat fut reconduit au Greffe pour être emmené plus tard avec la fournée de vagabonds que l'on jugeait en ce moment, Derville usa du droit qu'ont les avoués d'entrer partout au Palais, l'accompagna au Greffe et l'y contempla pendant quelques instants, ainsi que les curieux mendiants parmi lesquels il se trouvait. L'antichambre du Greffe offrait alors un de ces spectacles que malheureusement ni les législateurs, ni les philanthropes, ni les peintres, ni les écrivains ne viennent étudier. Comme tous les laboratoires de la chicane, cette antichambre est une pièce obscure et puante, dont les murs sont garnis d'une banquette en bois noirci par le séjour perpétuel des malheureux qui viennent à ce rendez-vous de toutes les misères sociales, et auquel pas un d'eux ne manque. Un poète dirait que le jour a honte d'éclairer ce terrible égout par lequel passent tant d'infortunes ! Il n'est pas une seule place où ne se soit assis quelque crime en germe ou consommé ; pas un seul endroit où ne se soit rencontré quelque homme qui, désespéré par la légère flétrissure que la justice avait imprimée à sa première faute, n'ait commencé une existence au bout de laquelle devait se dresser la guillotine, ou détoner le pistolet du suicide. Tous ceux qui tombent sur le pavé de Paris rebondissent contre ces murailles jaunâtres, sur lesquelles un philanthrope qui ne serait pas un spéculateur pourrait déchiffrer la justification des nombreux suicides dont se plaignent des écrivains hypocrites, incapables de faire un pas pour les prévenir, et qui se trouve écrite dans cette antichambre, espèce de préface pour les drames de la Morgue ou pour ceux de la place de Grève. En ce moment le colonel Chabert s'assit au milieu de ces hommes à faces énergiques, vêtus des horribles livrées de la misère, silencieux par intervalles, ou causant à voix basse, car trois gendarmes de faction se promenaient en faisant retentir leurs sabres sur le plancher.

— Me reconnaissez-vous ? dit Derville au vieux soldat en se plaçant devant lui.

— Oui, monsieur, répondit Chabert en se levant.

— Si vous êtes un honnête homme, reprit Derville à voix basse, comment avez-vous pu rester mon débiteur ?

Le vieux soldat rougit comme aurait pu le faire une jeune fille accusée par sa mère d'un amour clandestin.

— Quoi ! madame Ferraud ne vous a pas payé ? s'écria-t-il à haute voix.

— Payé ! dit Derville. Elle m'a écrit que vous étiez un intrigant.

Le colonel leva les yeux par un sublime mouvement d'horreur et d'imprécation, comme pour en appeler au ciel de cette tromperie nouvelle.

— Monsieur, dit-il d'une voix calme à force d'altération, obtenez des gendarmes la faveur de me laisser entrer au Greffe, je vais vous signer un mandat qui sera certainement acquitté.

Sur un mot dit par Derville au brigadier, il lui fut permis d'emmener son client dans le Greffe, où Hyacinthe écrivit quelques lignes adressées à la comtesse Ferraud.

— Envoyez cela chez elle, dit le soldat, et vous serez remboursé de vos frais et de vos avances. Croyez, monsieur, que si je ne vous ai pas témoigné la reconnaissance que je vous dois pour vos bons offices, elle n'en est pas moins là, dit-il en se mettant la main sur le cœur. Oui, elle est là, pleine et entière. Mais que peuvent les malheureux ? Ils aiment, voilà tout.

— Comment, lui dit Derville, n'avez-vous pas stipulé pour vous quelque rente ?

— Ne me parlez pas de cela ! répondit le vieux militaire. Vous ne pouvez pas savoir jusqu'où va mon mépris pour cette vie extérieure à laquelle tiennent la plupart des hommes[1]. J'ai subitement été pris d'une maladie, le dégoût de l'humanité. Quand je pense que Napoléon est à Sainte-Hélène[2], tout ici-bas m'est indifférent. Je ne puis plus être soldat, voilà tout mon malheur. Enfin, ajouta-t-il en faisant un geste plein d'enfantillage, il vaut mieux avoir du luxe dans ses sentiments que sur ses habits. Je ne crains, moi, le mépris de personne.

Et le colonel alla se remettre sur son banc. Derville sortit. Quand il revint à son Étude, il envoya Godeschal, alors son second clerc, chez la comtesse Ferraud, qui, à la lecture du billet, fit immédiatement payer la somme due à l'avoué du comte Chabert.

En 1840[3], vers la fin du mois de juin, Godeschal, alors avoué allait à Ris, en compagnie de Derville son prédécesseur. Lorsqu'ils parvinrent à l'avenue qui conduit de la grande route à Bicêtre, ils aperçurent sous des ormes du chemin un de ces vieux pauvres chenus et cassés qui ont obtenu le bâton de maréchal des mendiants, en vivant à Bicêtre comme les femmes indigentes vivent à la Salpêtrière. Cet homme, l'un des deux mille malheureux logés dans l'*Hospice de la Vieillesse*, était assis sur une borne et paraissait concentrer toute son intelligence dans une opération bien connue des invalides, et qui consiste à faire sécher au soleil le tabac de leurs mouchoirs, pour éviter de les blanchir, peut-être. Ce vieillard avait une physionomie attachante. Il était vêtu de cette robe de drap rougeâtre que l'Hospice accorde à ses hôtes, espèce de livrée horrible.

— Tenez, Derville, dit Godeschal à son compagnon de voyage, voyez donc ce vieux. Ne ressemble-t-il pas à ces grotesques qui nous viennent d'Allemagne. Et cela vit, et cela est heureux peut-être !

Derville prit son lorgnon, regarda le pauvre, laissa échapper un mouvement de surprise et dit :
— Ce vieux-là, mon cher, est tout un poème, ou, comme disent les romantiques, un drame. As-tu rencontré quelquefois la comtesse Ferraud ?

— Oui, c'est une femme d'esprit et très-agréable ; mais un peu trop dévote, dit Godeschal.

— Ce vieux bicêtrien est son mari légitime, le comte Chabert, l'ancien colonel, elle l'aura sans doute fait placer là. S'il est dans cet hospice au lieu d'habiter un hôtel, c'est uniquement pour avoir rappelé à la jolie comtesse Ferraud qu'il l'avait prise, comme un fiacre, sur la place. Je me souviens encore du regard de tigre qu'elle lui jeta dans ce moment-là.

Ce début ayant excité la curiosité de Godeschal, Derville lui raconta l'histoire qui précède[1]. Deux jours après, le lundi matin, en revenant à Paris, les deux amis jetèrent un coup d'œil sur Bicêtre, et Derville proposa d'aller voir le colonel Chabert. A moitié chemin de l'avenue, les deux amis trouvèrent assis sur la souche d'un arbre abattu le vieillard qui tenait à la main un bâton et s'amusait à tracer des raies sur le sable. En le regardant attentivement, ils s'aperçurent qu'il venait de déjeuner autre part qu'à l'établissement.

— Bonjour, colonel Chabert, lui dit Derville.

— Pas Chabert ! pas Chabert ! je me nomme Hyacinthe, répondit le vieillard. Je ne suis plus un homme, je suis le numéro 164, septième salle, ajouta-t-il en regardant Derville avec une anxiété peureuse, avec une crainte de vieillard et d'enfant. — Vous allez voir le condamné à mort ? dit-il après un moment de silence. Il n'est pas marié, lui ! Il est bien heureux.

— Pauvre homme, dit Godeschal. Voulez-vous de l'argent pour acheter du tabac ?

Avec toute la naïveté d'un gamin de Paris, le colonel tendit avidement la main à chacun des deux inconnus qui lui donnèrent une pièce de vingt francs; il les remercia par un regard stupide, en disant : — Braves troupiers ! Il se mit au port d'armes, feignit de les coucher en joue, et s'écria en souriant : — Feu des deux pièces ! vive Napoléon ! Et il décrivit en l'air avec sa canne une arabesque imaginaire.

— Le genre de sa blessure l'aura fait tomber en enfance, dit Derville.

— Lui en enfance ! s'écria un vieux bicêtrien qui les regardait. Ah ! il y a des jours où il ne faut pas lui marcher sur le pied. C'est un vieux malin plein de philosophie et d'imagination. Mais aujourd'hui, que voulez-vous ? il a fait le lundi[1]. Monsieur, en 1820 il était déjà ici. Pour lors, un officier prussien, dont la calèche montait la côte de Villejuif, vint à passer à pied. Nous étions, nous deux Hyacinthe et moi, sur le bord de la route. Cet officier causait en marchant avec un autre, avec un Russe, ou quelque animal de la même espèce, lorsqu'en voyant l'ancien, le Prussien, histoire de blaguer, lui dit : — Voilà un vieux voltigeur qui devait être à Rosbach. — J'étais trop jeune pour y être, lui répondit-il, mais j'ai été assez vieux pour me trouver à Iéna. Pour lors le Prussien a filé, sans faire d'autres questions.

— Quelle destinée ! s'écria Derville. Sorti de l'hospice des *Enfants trouvés*, il revient mourir à l'hospice de la *Vieillesse*, après avoir, dans l'intervalle, aidé Napoléon à conquérir l'Égypte et l'Europe. — Savez-vous, mon cher, reprit Derville après une pause, qu'il existe dans notre société trois hommes, le Prêtre, le Médecin et l'Homme de justice, qui ne peuvent pas estimer le monde ? Ils ont des robes noires, peut-être parce qu'ils portent le deuil de toutes les vertus, de toutes les illusions. Le plus malheureux des trois est l'avoué. Quand l'homme vient trouver le prêtre, il arrive poussé par le repentir, par le remords, par des croyances qui le rendent intéressant, qui le grandissent, et consolent l'âme du médiateur, dont la tâche ne va pas sans une sorte de jouissance : il purifie, il répare, et réconcilie. Mais, nous autres avoués, nous voyons se répéter les mêmes sentiments mauvais, rien ne les corrige, nos Études sont des égouts qu'on ne peut pas curer. Combien de choses n'ai-je pas apprises en exerçant ma charge ! J'ai vu[1] mourir un père dans un grenier, sans sou ni maille abandonné par deux filles auxquelles il avait donné quarante mille livres de rente ! J'ai vu brûler des testaments. J'ai vu des mères dépouillant leurs enfants, des maris volant leurs femmes, des femmes tuant leurs maris en se servant de l'amour qu'elles leur inspiraient pour les rendre fous ou imbéciles, afin de vivre en paix avec un amant. J'ai vu des femmes donnant à l'enfant d'un premier lit des goûts qui devaient amener sa mort, afin d'enrichir l'enfant de l'amour. Je ne puis vous dire tout ce que j'ai vu, car j'ai vu des crimes contre lesquels la justice est impuissante. Enfin, toutes les horreurs que les romanciers croient inventer sont toujours au-dessous de la vérité. Vous allez connaître ces jolies choses-là, vous ; moi, je vais vivre à la campagne avec ma femme, Paris me fait horreur[2]. — J'en ai déjà bien vu chez Desroches, répondit Godeschal.

Paris, février — mars 1832.

LE CONTRAT DE MARIAGE

Dédié à G. Rossini

Le bon monsieur MATHIAS.

LE CONTRAT DE MARIAGE.

MONSIEUR de Manerville le père était un bon gentilhomme normand bien connu du maréchal de Richelieu, qui lui fit épouser une des plus riches héritières de Bordeaux dans le temps où le vieux duc y alla trôner en sa qualité de gouverneur de Guyenne. Le Normand vendit les terres qu'il possédait en Bessin et se fit Gascon, séduit par la beauté du château de Lanstrac, délicieux séjour qui appartenait à sa femme. Dans les derniers jours du règne de Louis XV, il acheta la charge de major des Gardes de la Porte, et vécut jusqu'en 1813, après avoir fort heureusement traversé la révolution. Voici comment. Il alla vers la fin de l'année 1790 à la Martinique, où sa femme avait des intérêts, et confia la gestion de ses biens de Gascogne à un honnête clerc de notaire, appelé Mathias, qui donnait alors dans les idées nouvelles. A son retour, le comte de Manerville trouva ses propriétés intactes et profitablement gérées. Ce savoir-faire était un fruit produit par la greffe du Gascon sur le Normand. Madame de Manerville mourut en 1810. Instruit de l'importance des intérêts par les dissipations de sa jeunesse et, comme beaucoup de vieillards, leur accordant plus de place qu'ils n'en ont dans la vie, monsieur de Manerville devint progressivement économe, avare et ladre. Sans songer que l'avarice des pères prépare la prodigalité des enfants, il ne donna presque rien à son fils, encore que ce fût un fils unique[1].

Paul de Manerville, revenu vers la fin de l'année 1810 du collège de Vendôme[2], resta sous la domination paternelle pendant trois années. La tyrannie que fit peser sur son héritier un vieillard de soixante-dix-neuf ans influa nécessairement sur un cœur et sur un caractère qui n'étaient pas formés. Sans manquer de ce courage physique qui semble être dans l'air de la Gascogne, Paul n'osa lutter contre son père, et perdit cette faculté de résistance qui engendre le courage moral. Ses sentiments comprimés allèrent au fond de son cœur, où il les garda longtemps sans les exprimer ; puis plus tard, quand il les sentit en désaccord avec les maximes du monde, il put bien penser et mal agir. Il se serait battu pour un mot, et tremblait à l'idée de renvoyer un domestique ; car sa timidité s'exerçait dans les combats qui demandent une volonté constante. Capable de grandes choses pour fuir la persécution, il ne l'aurait ni prévenue par une opposition systématique, ni affrontée par un déploiement continu de ses forces. Lâche en pensée, hardi en actions, il conserva long-temps cette candeur secrète qui rend l'homme la victime et la dupe volontaire de choses contre lesquelles certaines âmes hésitent à s'insurger, aimant mieux les souffrir que de s'en plaindre. Il était emprisonné dans le vieil hôtel de son père, car il n'avait pas assez d'argent pour frayer avec les jeunes gens de la ville, il enviait leurs plaisirs sans pouvoir les partager. Le vieux gentilhomme le menait chaque soir dans une vieille voiture, traînée par de vieux chevaux mal attelés, accompagné de ses vieux laquais mal habillés, dans une société royaliste, composée des débris de la noblesse parlementaire et de la noblesse d'épée. Réunies depuis la révolution pour résister à l'influence impériale, ces deux noblesses s'étaient transformées en une aristocratie territoriale. Écrasé par les hautes et mouvantes fortunes des villes maritimes, ce faubourg Saint-Germain de Bordeaux répondait par son dédain au faste qu'étalaient alors le commerce, les administrations et les militaires. Trop jeune pour comprendre les distinctions sociales et les nécessités cachées sous l'apparente vanité qu'elles créent, Paul s'ennuyait au milieu de ces antiquités, sans savoir que plus tard ses relations de jeunesse lui assureraient cette prééminence aristocratique que la France aimera toujours. Il trouvait de légères compensations à la maussaderie de ses soirées dans quelques exercices qui plaisent aux jeunes gens, car son père les lui imposait. Pour le vieux gentilhomme, savoir manier les armes, être excellent cavalier, jouer à la paume, acquérir de bonnes manières, enfin la frivole instruction des seigneurs d'autrefois constituait un jeune homme accompli. Paul faisait donc tous les matins des armes, allait au manège et tirait le pistolet. Le reste du temps, il l'employait à lire des romans, car son père n'admettait pas les études transcendantes par lesquelles se terminent aujourd'hui les éducations. Une vie si monotone eût tué ce jeune homme, si la mort de son père ne l'eût délivré de cette tyrannie au moment où elle était devenue insupportable. Paul trouva des capitaux considérables accumulés par l'avarice paternelle, et des propriétés dans le meilleur état du monde ; mais il avait Bordeaux en horreur, et n'aimait pas davantage Lanstrac, où son père allait passer tous les étés et le menait à la chasse du matin au soir.

Dès que les affaires de la succession furent terminées, le jeune héritier avide de jouissances acheta des rentes avec ses capitaux[1], laissa la gestion de ses domaines au vieux Mathias, le notaire de son père, et passa six années loin de Bordeaux.

Attaché d'ambassade à Naples, d'abord ; il alla plus tard comme secrétaire à Madrid, à Londres, et fit ainsi le tour de l'Europe. Après avoir connu le monde, après s'être dégrisé de beaucoup d'illusions, après avoir dissipé les capitaux liquides que son père avait amassés, il vint un moment où, pour continuer son train de vie, Paul dut prendre les revenus territoriaux que son notaire lui avait accumulés. En ce moment critique, saisi par une de ces idées prétendues sages, il voulut quitter Paris, revenir à Bordeaux, diriger ses affaires, mener une vie de gentilhomme à Lanstrac, améliorer ses terres, se marier, et arriver un jour à la députation[1]. Paul était comte, la noblesse redevenait une valeur matrimoniale, il pouvait et devait faire un bon mariage. Si beaucoup de femmes désirent épouser un titre, beaucoup plus encore veulent un homme à qui l'entente de la vie soit familière. Or, Paul avait acquis pour une somme de sept cent mille francs, mangée en six ans, cette charge, qui ne se vend pas et qui vaut mieux qu'une charge d'agent de change ; qui exige aussi de longues études, un stage, des examens, des connaissances, des amis, des ennemis, une certaine élégance de taille, certaines manières, un nom facile et gracieux à prononcer ; une charge qui d'ailleurs rapporte des bonnes fortunes, des duels, des paris perdus aux courses, des déceptions, des ennuis, des travaux, et force plaisirs indigestes. Il était enfin un homme élégant. Malgré ses folles dépenses, il n'avait pu devenir un homme à la mode. Dans la burlesque armée des gens du monde, l'homme à la mode représente le maréchal de France, l'homme élégant équivaut à un lieutenant-général. Paul jouissait de sa petite réputation d'élégance et savait la soutenir. Ses gens avaient une excellente tenue, ses équipages étaient cités, ses soupers avaient quelque succès, enfin sa *garçonnière* était comptée parmi les sept ou huit dont le faste égalait celui des meilleures

maisons de Paris. Mais il n'avait fait le malheur
d'aucune femme, mais il jouait sans perdre, mais
il avait du bonheur sans éclat, mais il avait trop
de probité pour tromper qui que ce fût, même
une fille ; mais il ne laissait pas traîner ses billets
doux, et n'avait pas un coffre aux lettres d'amour
dans lesquel ses amis pussent puiser en attendant
qu'il eût fini de mettre son col ou de se faire la
barbe ; mais ne voulant point entamer ses terres
de Guyenne, il n'avait pas cette témérité qui
conseille de grands coups et attire l'attention à
tout prix sur un jeune homme ; mais il n'emprun-
tait d'argent à personne, et avait le tort d'en prêter à des amis qui l'abandonnaient et ne parlaient
plus de lui ni en bien ni en mal. Il semblait avoir
chiffré son désordre. Le secret de son caractère
était dans la tyrannie paternelle qui avait fait de
lui comme un métis social. Donc un matin, il dit à
l'un de ses amis nommé de Marsay, qui depuis
devint illustre[1] : — Mon cher ami, la vie a un sens.

— Il faut être arrivé à vingt-sept ans pour la
comprendre, répondit railleusement de Marsay.

— Oui, j'ai vingt-sept ans, et précisément à
cause de mes vingt-sept ans, je veux aller vivre à
Lanstrac en gentilhomme. J'habiterai Bordeaux
où je transporterai mon mobilier de Paris, dans
le vieil hôtel de mon père, et viendrai passer trois
mois d'hiver ici, dans cette maison que je garde-
rai.

— Et tu te marieras ?

— Et je me marierai.

— Je suis ton ami, mon gros Paul, tu le sais, dit
de Marsay après un moment de silence, eh ! bien,
sois bon père et bon époux, tu deviendras ridicule
pour le reste de tes jours. Si tu pouvais être heureux et ridicule, la chose devrait être prise en
considération ; mais tu ne seras pas heureux. Tu
n'as pas le poignet assez fort pour gouverner un
ménage. Je te rends justice : tu es un parfait cavalier ; personne mieux que toi ne sait rendre et

ramasser les guides, faire piaffer un cheval, et rester vissé sur ta selle. Mais, mon cher, le mariage est une autre allure. Je te vois d'ici, mené grand train par madame la comtesse de Manerville, allant contre ton gré plus souvent au galop qu'au trot, et bientôt désarçonné !...... oh ! mais désarçonné de manière à demeurer dans le fossé, les jambes cassées. Écoute ? Il te reste quarante et quelques mille livres de rente en propriétés dans le département de la Gironde, bien. Emmène tes chevaux et tes gens, meuble ton hôtel à Bordeaux, tu seras le roi de Bordeaux, tu y promulgueras les arrêts que nous porterons à Paris, tu seras le correspondant de nos stupidités, très-bien. Fais des folies en province, fais-y même des sottises, encore mieux ! peut-être gagneras-tu de la célébrité. Mais... ne te marie pas. Qui se marie aujourd'hui ? des commerçants dans l'intérêt de leur capital ou pour être deux à tirer la charrue, des paysans qui veulent en produisant beaucoup d'enfants se faire des ouvriers, des agents de change ou des notaires obligés de payer leurs charges, de malheureux rois qui continuent de malheureuses dynasties. Nous seuls[1] sommes exempts du bât, et tu vas t'en harnacher ? Enfin pourquoi te maries-tu ? tu dois compte de tes raisons à ton meilleur ami ? D'abord, quand tu épouserais une héritière aussi riche que toi, quatre-vingt mille livres de rente pour deux, ne sont pas la même chose que quarante mille livres de rente pour un, parce qu'on se trouve bientôt trois, et quatre s'il nous arrive un enfant. Aurais-tu par hasard de l'amour pour cette sotte race des Manerville qui ne te donnera que des chagrins ? tu ignores donc le métier de père et mère ? Le mariage, mon gros Paul, est la plus sotte des immolations sociales ; nos enfants seuls en profitent et n'en connaissent le prix qu'au moment où leurs chevaux paissent les fleurs nées sur nos tombes. Regrettes-tu ton père, ce tyran qui t'a désolé ta jeunesse ? Comment t'y prendras-tu pour te faire aimer de tes enfants ? Tes prévoyances pour leur éducation, tes soins de leur bonheur, tes sévérités nécessaires les désaffectionneront. Les enfants aiment un père prodigue ou faible qu'ils mépriseront plus tard. Tu seras donc entre la crainte et le mépris. N'est pas bon père de famille qui veut ! Tourne les yeux sur nos amis, et dis-moi ceux de qui tu voudrais pour fils ? nous en avons connu qui déshonoraient leur nom. Les enfants, mon cher, sont des marchandises très-difficiles à soigner. Les tiens seront des anges, soit ! As-tu jamais sondé l'abîme qui sépare la vie du garçon de la vie de l'homme marié ? Écoute ? Garçon, tu peux te dire : — «Je n'aurai que telle somme de ridicule, le public ne pensera de moi que ce que je lui permettrai de penser.» Marié, tu tombes dans l'infini du ridicule ! Garçon, tu te fais ton bonheur, tu en prends aujourd'hui, tu t'en passes demain ; marié, tu le prends comme il est, et, le jour où tu en veux, tu t'en passes. Marié, tu deviens ganache, tu calcules des dots, tu parles de morale publique et religieuse, tu trouves les jeunes gens immoraux, dangereux ; enfin tu deviendras un académicien social. Tu me fais pitié. Le vieux garçon dont l'héritage est attendu, qui se défend à son dernier soupir contre une vieille garde à laquelle il demande vainement à boire, est un béat en comparaison de l'homme marié. Je ne te parle pas de tout ce qui peut advenir de tracassant, d'ennuyant, d'impatientant, de tyrannisant, de contrariant, de gênant, d'idiotisant, de narcotique et de paralytique dans le combat de deux êtres toujours en présence, liés à jamais, et qui se sont attrapés tous deux en croyant se convenir ; non, ce serait recommencer la satire de Boileau, nous la savons par cœur. Je te pardonnerais ta pensée ridicule, si tu me promettais de te marier en grand seigneur, d'instituer un majorat avec ta fortune, de profiter de la lune de miel pour avoir deux enfants légitimes, de donner à ta femme une maison complète distincte de la tienne, de ne vous rencontrer que dans le monde, et de ne jamais revenir de voyage sans te faire annoncer par un courrier. Deux cent mille livres de rente suffisent à cette existence, et tes antécédents te permettent de la créer au moyen d'une riche Anglaise affamée d'un titre. Ah ! cette vie aristocratique me semble vraiment française, la seule grande, la seule qui nous obtienne le respect, l'amitié d'une femme, la seule qui nous distingue de la masse actuelle, enfin la seule pour laquelle un jeune homme puisse quitter la vie de garçon. Ainsi posé, le comte de Manerville conseille son époque, se met au-dessus de tout et ne peut plus être que ministre ou ambassadeur. Le ridicule ne l'atteindra jamais, il a conquis les avantages sociaux du mariage et garde les privilèges du garçon.

— Mais, mon bon ami, je ne suis pas de Marsay, je suis tout bonnement, comme tu me fais l'honneur de le dire toi-même, Paul de Manerville, bon père et bon époux, député du centre, et peut-être pair de France ; destinée excessivement médiocre ; mais je suis modeste, je me résigne.

— Et ta femme, dit l'impitoyable de Marsay, se résignera-t-elle ?

— Ma femme, mon cher, fera ce que je voudrai.

— Ha, mon pauvre ami, tu en es encore là ? Adieu, Paul. Dès aujourd'hui je te refuse mon estime. Encore un mot, car je ne saurais souscrire froidement à ton abdication. Vois donc où gîte la force de notre position. Un garçon, n'eût-il que six mille livres de rente, ne lui restât-il pour toute fortune que sa réputation d'élégance, que le souvenir de ses succès... Hé ! bien, cette ombre fantastique comporte d'énormes valeurs. La vie offre encore des chances à ce garçon déteint. Oui, ses prétentions peuvent tout embrasser. Mais le mariage, Paul, c'est le : — *Tu n'iras pas plus loin* social. Marié, tu ne pourras plus être que ce que tu seras, à moins que ta femme ne daigne s'occuper de toi.

— Mais, dit Paul, tu m'écrases toujours sous des théories exceptionnelles ! Je suis las de vivre pour les autres, d'avoir des chevaux pour les montrer, de tout faire en vue du Qu'en dira-t-on, de me ruiner pour éviter que des niais s'écrient : — Tiens, Paul a toujours la même voiture. Où en est-il de sa fortune ? Il la mange ? il joue à la Bourse ? Non, il est millionnaire. Madame une telle est folle de lui. Il a fait venir d'Angleterre un attelage qui, certes, est le plus beau de Paris. On a remarqué à Longchamps les calèches à quatre chevaux de messieurs de Marsay et de Manerville, elles étaient parfaitement attelées. Enfin, mille niaiseries avec lesquelles une masse d'imbéciles nous conduit. Je commence à voir que cette vie où l'on roule au lieu de marcher nous use et nous vieillit. Crois-moi, mon cher Henry, j'admire ta puissance, mais sans l'envier. Tu sais tout juger, tu peux agir et penser en homme d'État, te placer au-dessus des lois générales, des idées reçues, des préjugés admis, des convenances adoptées ; enfin, tu perçois les bénéfices d'une situation dans laquelle je n'aurais, moi, que des malheurs. Tes déductions froides, systématiques, réelles peut-être, sont aux yeux de la masse, d'épouvantables immoralités. Moi, j'appartiens à la masse. Je dois jouer le jeu selon les règles de la société dans laquelle je suis forcé de vivre. En te mettant au sommet des choses humaines, sur ces pics de glace, tu trouves encore des sentiments ; mais moi j'y gèlerais. La vie de ce plus grand nombre auquel j'appartiens bourgeoisement, se compose d'émotions dont j'ai maintenant besoin. Souvent un homme à bonnes fortunes, coquette avec dix femmes, et n'en a pas une seule ; puis, quels que soient sa force, son habileté, son usage du monde, il survient des crises où il se trouve comme écrasé entre deux portes. Moi, j'aime l'échange constant et doux de la vie, je veux cette bonne existence où vous trouvez toujours une femme près de vous...

— C'est un peu leste, le mariage, s'écria de Marsay.

Paul ne se décontenança pas et dit en continuant : — Ris, si tu veux ; moi, je me sentirai l'homme le plus heureux du monde quand mon valet de chambre entrera me disant : — Madame attend monsieur pour déjeuner. Quand je pourrai, le soir en rentrant, trouver un cœur...

— Toujours trop leste, Paul ! Tu n'es pas encore assez moral pour te marier.

— ... Un cœur à qui confier mes affaires et dire mes secrets. Je veux vivre assez intimement avec une créature pour que notre affection ne dépende pas d'un oui ou d'un non, d'une situation où le plus joli homme cause des désillusionnements à l'amour. Enfin, j'ai le courage nécessaire pour devenir, comme tu le dis, bon père et bon époux ! Je me sens propre aux joies de la famille, et veux me mettre dans les conditions exigées par la société pour avoir une femme, des enfants...

— Tu me fais l'effet d'un panier de mouches à miel. Marche ! tu seras une dupe toute ta vie. Ah ! tu veux te marier pour avoir une femme. En d'autres termes, tu veux résoudre heureusement à ton profit le plus difficile des problèmes que présentent aujourd'hui les mœurs bourgeoises créées par la révolution française, et tu commenceras par une vie d'isolement ! Crois-tu que ta femme ne voudra pas de cette vie que tu méprises ? en aura-t-elle comme toi le dégoût ? Si tu ne veux pas de la belle conjugalité dont le programme vient d'être formulé par ton ami de Marsay, écoute un dernier conseil ? Reste encore garçon pendant treize ans, amuse-toi comme un damné ; puis, à quarante ans, à ton premier accès de goutte, épouse une veuve de trente-six ans : tu pourras être heureux. Si tu prends une jeune fille pour femme, tu mourras enragé!

— Ah! çà, dis-moi pourquoi? s'écria Paul un peu piqué.

— Mon cher, répondit de Marsay, la satire de Boileau contre les femmes est une suite de banalités poétisées[1]. Pourquoi les femmes n'auraient-elles pas des défauts? Pourquoi les déshériter de l'Avoir le plus clair de la nature humaine? Aussi, selon moi, le problème du mariage n'est-il plus là où ce critique l'a mis. Crois-tu donc qu'il en soit du mariage comme de l'amour, et qu'il suffise à un mari d'être homme pour être aimé? Tu vas donc dans les boudoirs pour n'en rapporter que d'heureux souvenirs? Tout, dans notre vie de garçon, prépare une fatale erreur à l'homme marié qui n'est pas un profond observateur du cœur humain. Dans les heureux jours de sa jeunesse, un homme, par la bizarrerie de nos mœurs, donne toujours le bonheur, il triomphe de femmes toutes séduites qui obéissent à des désirs. De part et d'autre, les obstacles que créent les lois, les sentiments et la défense naturelle à la femme, engendrent une mutualité de sensations qui trompe les gens superficiels sur leurs relations futures en état de mariage où les obstacles n'existent plus, où la femme souffre l'amour au lieu de le permettre, repousse souvent le plaisir au lieu de le désirer. Là, pour nous, la vie change d'aspect. Le garçon libre et sans soins, toujours agresseur, n'a rien à craindre d'un insuccès. En état de mariage, un échec est irréparable. S'il est possible à un amant de faire revenir une femme d'un arrêt défavorable, ce retour, mon cher, est le Waterloo des maris. Comme Napoléon, le mari est condamné à des victoires qui, malgré leur nombre, n'empêchent pas la première défaite de le renverser. La femme, si flattée de la persévérance, si heureuse de la colère d'un amant, les nomme brutalité chez un mari. Si le garçon choisit son terrain, si tout lui est permis, tout est défendu à un maître, et son champ de bataille est invariable. Puis, la lutte est inverse. Une femme est disposée à refuser ce qu'elle doit ; tandis que, maîtresse, elle accorde ce qu'elle ne doit point. Toi qui veux te marier et qui te marieras, as-tu jamais médité sur le Code civil ? Je ne me suis point sali les pieds dans ce bouge à commentaires, dans ce grenier à bavardages, appelé l'École de Droit, je n'ai jamais ouvert le Code, mais j'en vois les applications sur le vif du monde. Je suis légiste comme un chef de clinique est médecin. La maladie n'est pas dans les livres, elle est dans le malade. Le Code, mon cher, a mis la femme en tutelle, il l'a considérée comme un mineur, comme un enfant. Or, comment gouverne-t-on les enfants ? par la crainte. Dans ce mot, Paul est le mors de la bête. Tâte-toi le pouls ! Vois si tu peux te déguiser en tyran, toi, si doux, si bon ami, si confiant ; toi, de qui j'ai ri d'abord et que j'aime assez aujourd'hui pour te livrer ma science. Oui, ceci procède d'une science que déjà les Allemands ont nommée Anthropologie. Ah ! si je n'avais pas résolu la vie par le plaisir, si je n'avais pas une profonde antipathie pour ceux qui pensent au lieu d'agir, si je ne méprisais pas les niais assez stupides pour croire à la vie d'un livre, quand les sables des déserts africains sont composés des cendres de je ne sais combien de Londres, de Venise, de Paris, de Rome inconnues, pulvérisées, j'écrirais un livre sur les mariages modernes, sur l'influence du système chrétien ; enfin, je mettrais un lampion sur ce tas de pierres aiguës parmi lesquelles se couchent les sectateurs du *multiplicamini* social. Mais, l'Humanité vaut-elle un quart d'heure de mon temps ? Puis, le seul emploi raisonnable de l'encre n'est-il pas de piper les cœurs par des lettres d'amour ? Eh ! nous amèneras-tu la comtesse de Manerville ?

— Peut-être, dit Paul.

— Nous resterons amis, dit de Marsay.

— Si ?... répondit Paul.

— Sois tranquille, nous serons polis avec toi, comme la Maison-Rouge avec les Anglais à Fontenoy.

Quoique cette conversation l'eût ébranlé, le comte de Manerville se mit en devoir d'exécuter son dessein, et revint à Bordeaux pendant l'hiver de l'année 1821[1]. Les dépenses qu'il fit pour restaurer et meubler son hôtel soutinrent dignement la réputation d'élégance qui le précédait. Introduit d'avance par ses anciennes relations dans la société royaliste de Bordeaux, à laquelle il appartenait par ses opinions autant que par son nom et par sa fortune, il y obtint la royauté fashionable. Son savoir-vivre, ses manières, son éducation parisienne enchantèrent le faubourg Saint-Germain bordelais. Une vieille marquise se servit d'une expression jadis en usage à la Cour pour désigner la florissante jeunesse des Beaux, des Petits-Maîtres d'autrefois, et dont le langage, les façons faisaient loi : elle dit de lui qu'il était *la fleur des pois*. La société libérale ramassa le mot, en fit un surnom pris par elle en moquerie, et par les royalistes en bonne part. Paul de Manerville acquitta glorieusement les obligations que lui imposait son surnom. Il lui advint ce qui arrive aux acteurs médiocres : le jour où le public leur accorde son attention, ils deviennent presque bons. En se sentant à son aise, Paul déploya les qualités que comportaient ses défauts. Sa raillerie n'avait rien d'âpre ni d'amer, ses manières n'étaient point hautaines, sa conversation avec les femmes exprimait le respect qu'elles aiment, ni trop de déférence ni trop de familiarité ; sa fatuité n'était qu'un soin de sa personne qui le rendait agréable, il avait égard au rang, il permettait aux jeunes gens un laissez-aller auquel son expérience parisienne posait des bornes ; quoique très-fort au pistolet et à l'épée, il avait une douceur féminine

111

dont on lui savait gré. Sa taille moyenne et son embonpoint qui n'arrivait pas encore à l'obésité, deux obstacles à l'élégance personnelle, n'empêchaient point son extérieur d'aller à son rôle de Brummel bordelais. Un teint blanc rehaussé par la coloration de la santé, de belles mains, un joli pied, des yeux bleus à longs cils, des cheveux noirs, des mouvements gracieux, une voix de poitrine qui se tenait toujours au médium et vibrait dans le cœur, tout en lui s'harmoniait avec son surnom. Paul était bien cette fleur délicate qui veut une soigneuse culture, dont les qualités ne se déploient que dans un terrain humide et complaisant, que les façons dures empêchent de s'élever, que brûle un trop vif rayon de soleil, et que la gelée abat. Il était un de ces hommes faits pour recevoir le bonheur plus que pour le donner, qui tiennent beaucoup de la femme, qui veulent être devinés, encouragés, enfin pour lesquels l'amour conjugal doit avoir quelque chose de providentiel. Si ce caractère crée des difficultés dans la vie intime, il est gracieux et plein d'attraits pour le monde. Aussi Paul eut-il de grands succès dans le cercle étroit de la province, où son esprit, tout en demi-teintes, devait être mieux appréciés qu'à Paris. L'arrangement de son hôtel et la restauration du château de Lanstrac, où il introduisit le luxe et le confort anglais, absorbèrent les capitaux que depuis six ans lui plaçait son notaire. Strictement réduit à ses quarante et quelques mille livres de rente, il crut être sage en ordonnant sa maison de manière à ne rien dépenser au delà. Quand il eut officiellement prominé ses équipages, traité les jeunes gens les plus distingués de la ville, fait des parties de chasse avec eux dans son château restauré, Paul comprit que la vie de province n'allait pas sans le mariage. Trop jeune encore pour employer son temps aux occupations avaricieuses ou s'intéresser aux améliorations spéculatrices dans lesquelles les gens de province finissent par s'engager, et que nécessite l'établissement de leurs enfants, il éprouva bientôt le besoin des changeantes distractions dont l'habitude devient la vie d'un Parisien. Un nom à conserver, des héritiers auxquels il transmettrait ses biens, les relations que lui créerait une maison où pourraient se réunir les principales familles du pays, l'ennui des liaisons irrégulières ne furent pas cependant des raisons déterminantes. Dès son arrivée à Bordeaux, il s'était secrètement épris de la reine de Bordeaux, la célèbre mademoiselle Évangélista.

Vers le commencement du siècle[1], un riche Espagnol, ayant nom Évangélista, vint s'établir à Bordeaux, où ses recommandations autant que sa fortune l'avaient fait recevoir dans les salons nobles. Sa femme contribua beaucoup à le maintenir en bonne odeur au milieu de cette aristocratie qui ne l'avait peut-être si facilement adopté que pour piquer la société du second ordre. Créole et semblable aux femmes servies par des esclaves, madame Évangélista, qui d'ailleurs appartenait aux Casa-Réal, illustre famille de la monarchie espagnole, vivait en grande dame, ignorait la valeur de l'argent, et ne réprimait aucune de ses fantaisies, même les plus dispendieuses, en les trouvant toujours satisfaites par un homme amoureux qui lui cachait généreusement les rouages de la finance. Heureux de la voir se plaire à Bordeaux où ses affaires l'obligeaient de séjourner, l'Espagnol y fit l'acquisition d'un hôtel, tint maison, reçut avec grandeur et donna des preuves du meilleur goût en toutes choses. Aussi, de 1800 à 1812, ne fut-il question dans Bordeaux que de monsieur et de madame Évangélista. L'Espagnol mourut en 1813, laissant sa femme veuve à trente-deux ans, avec une immense fortune et la plus jolie fille du monde, une enfant de onze ans, qui promettait d'être et qui fut une personne accomplie. Quelque habile que fût madame Évangélista, la restauration altéra sa position ; le parti royaliste s'épura, quelques familles quittèrent Bordeaux. Quoique la tête et la main de son mari manquassent à la direction de ses affaires, pour lesquelles elle eut l'insouciance de la créole et l'inaptitude de la petite-maîtresse, elle ne voulut rien changer à sa manière de vivre. Au moment où Paul prenait la résolution de revenir dans sa patrie, mademoiselle Natalie Évangélista était une personne remarquablement belle et en apparence le plus riche parti de Bordeaux, où l'on ignorait la progressive diminution des capitaux de sa mère, qui, pour prolonger son règne, avait dissipé des sommes énormes. Des fêtes brillantes et la continuation d'un train royal entretenaient le public dans la croyance où il était des richesses de la maison Évangélista. Natalie atteignit à sa dix-neuvième année, et nulle proposition de mariage n'était parvenue à l'oreille de sa mère. Habituée à satisfaire ses caprices de jeune fille, mademoiselle Évangélista portait des cachemires, avait des bijoux, et vivait au milieu d'un luxe qui effrayait les spéculateurs, dans un pays et à une époque où les enfants calculent aussi bien que leurs parents. Ce mot fatal : — « Il n'y a qu'un prince qui puisse épouser mademoiselle Évangélista ! » circulait dans les salons et dans les coteries. Les mères de famille, les douairières qui avaient des petites-filles à établir, les jeunes personnes jalouses de Natalie, dont la constante élégance et la tyrannique beauté les importunaient, envenimaient soigneusement cette opinion par des propos perfides. Quand elles entendaient un épouseur disant avec une admiration extatique, à l'arrivée de Natalie dans un bal : — Mon Dieu, comme elle est belle ! — Oui, répondaient les mamans, mais elle est chère. Si quelque nouveau venu trouvait mademoiselle Évangélista charmante et disait qu'un homme à marier ne pouvait faire un meilleur choix : — Qui donc serait assez hardi, répondait-on, pour épouser une jeune fille à laquelle sa mère donne mille francs par mois pour sa toilette, qui a ses chevaux, sa femme de chambre, et porte des dentelles ? Elle a des malines à ses peignoirs. Le prix de son blanchissage de fin entretiendrait le ménage d'un commis. Elle a pour le matin des pèlerines qui coûtent six francs à monter[1].

Ces propos et mille autres répétés souvent en manière d'éloge éteignaient le plus vif désir qu'un homme pouvait avoir d'épouser mademoiselle Évangélista. Reine de tous les bals, blasée sur les propos flatteurs, sur les sourires et les admirations qu'elle recueillait partout à son passage, Natalie ne connaissait rien de l'existence. Elle vivait comme l'oiseau qui vole, comme la fleur qui pousse, en trouvant autour d'elle chacun prêt à combler ses désirs. Elle ignorait le prix des choses, elle ne savait comment viennent, s'entretiennent et se conservent les revenus. Peut-être croyait-elle que chaque maison avait ses cuisiniers, ses cochers, ses femmes de chambre et ses gens, comme les prés ont leurs foins et les arbres leurs fruits. Pour elle, des mendiants et des pauvres, des arbres tombés et des terrains ingrats étaient même chose. Choyée comme une espérance par sa mère, la fatigue n'altérait jamais son plaisir. Aussi bondissait-elle dans le monde comme un coursier dans son steppe, un coursier sans bride et sans fers.

Six mois après l'arrivée de Paul, la haute société de la ville avait mis en présence la Fleur des pois et la reine des bals. Ces deux fleurs se regardèrent en apparence avec froideur et se trouvèrent réciproquement charmantes. Intéressée à épier les effets de cette rencontre prévue, madame Évangélista devina dans les regards de Paul les sentiments qui l'animèrent et se dit : — Il sera mon gendre ! de même que Paul se disait en voyant Natalie : — Elle sera ma femme. La fortune des Évangélista, devenue proverbiale à Bordeaux, était restée dans la mémoire de Paul comme un préjugé d'enfance, de tous les préjugés le plus indélébile. Ainsi les convenances pécuniaires se rencontraient tout d'abord sans nécessiter ces débats et ces enquêtes qui causent autant d'horreur aux âmes timides qu'aux âmes fières. Quand quelques personnes essayèrent de dire à Paul quelques phrases louangeuses qu'il était impossible de refuser aux manières, au langage, à la beauté de Natalie, mais qui se terminaient par des observations si cruellement calculatrices de l'avenir et auxquelles donnait lieu le train de la maison Évangélista, la Fleur des pois y répondit par le dédain que méritaient ces petites idées de province. Cette façon de penser, bientôt connue, fit taire les propos ; car il donnait le ton aux idées, au langage, aussi bien qu'aux manières et aux choses. Il avait importé le développement de la personnalité britannique et ses barrières glaciales, la raillerie byronienne, les accusations contre la vie, le mépris des liens sacrés, l'argenterie et la plaisanterie anglaises, la dépréciation des usages et des vieilles choses de la province, le cigare, le vernis, le poney, les gants jaunes et le galop. Il arriva donc pour Paul le contraire de ce qui s'était fait jusqu'alors : ni jeune fille ni douairière ne tenta de le décourager. Madame Évangélista commença par lui donner plusieurs fois à dîner en cérémonie. La Fleur des pois pouvait-elle manquer à des fêtes où venaient les jeunes gens les plus distingués de la ville ? Malgré la froideur que Paul affectait, et qui ne trompait ni la mère ni la fille, il s'engageait à petits pas dans la voie du mariage. Quand Manerville passait en tilbury ou monté sur son beau cheval à la promenade, quelques jeunes gens s'arrêtaient, et il les entendait se disant : — « Voilà un homme heureux : il est riche, il est joli garçon, et il va, dit-on, épouser

116

mademoiselle Évangélista. Il y a des gens pour qui le monde semble avoir été fait. » Quand il se rencontrait avec la calèche de madame Évangélista, il était fier de la distinction particulière que la mère et la fille mettaient dans le salut qui lui était adressé. Si Paul n'avait pas été secrètement épris de mademoiselle Évangélista, certes le monde l'aurait marié malgré lui. Le monde, qui n'est cause d'aucun bien, est complice de beaucoup de malheurs ; puis, quand il voit éclore le mal qu'il a couvé maternellement, il le renie et s'en venge. La haute société de Bordeaux, attribuant un million de dot à mademoiselle Évangélista, la donnait à Paul sans attendre le consentement des parties, comme cela se fait souvent. Leurs fortunes se convenaient aussi bien que leurs personnes. Paul avait l'habitude du luxe et de l'élégance au milieu de laquelle vivait Natalie. Il venait de disposer pour lui-même son hôtel comme personne à Bordeaux n'aurait disposé de maison pour loger Natalie. Un homme habitué aux dépenses de Paris et aux fantaisies des Parisiennes pouvait seul éviter les malheurs pécuniaires qu'entraînait un mariage avec cette créature déjà aussi créole, aussi grande dame que l'était sa mère. Là où des Bordelais amoureux de mademoiselle Évangélista se seraient ruinés, le comte de Manerville saurait, disait-on, éviter tout désastre. C'était donc un mariage fait. Les personnes de la haute société royaliste, quand la question de ce mariage se traitait devant elles, disaient à Paul des phrases engageantes qui flattaient sa vanité[1].

— Chacun vous donne ici mademoiselle Évangélista. Si vous l'épousez, vous ferez bien ; vous ne trouveriez jamais nulle part, même à Paris, une si belle personne : elle est élégante, gracieuse, et tient aux Casa-Réal par sa mère. Vous ferez le plus charmant couple du monde : vous avez les mêmes goûts, la même entente de la vie, vous aurez la plus agréable maison de Bordeaux. Votre femme n'a que son bonnet de nuit à apporter chez vous. Dans une semblable affaire, une maison montée vaut une dot. Vous êtes bien heureux aussi de rencontrer une belle-mère comme madame Évangélista. Femme d'esprit, insinuante, cette femme-là vous sera d'un grand secours au milieu de la vie politique à laquelle vous devez aspirer. Elle a d'ailleurs sacrifié tout à sa fille, qu'elle adore, et Natalie sera sans doute une bonne femme, car elle aime bien sa mère. Puis il faut faire une fin.

— Tout cela est bel et bon, répondait Paul qui malgré son amour voulait garder son libre arbitre, mais il faut faire une fin heureuse.

Paul vint bientôt chez madame Évangélista, conduit par son besoin d'employer les heures vides, plus difficiles à passer pour lui que pour tout autre. Là seulement respirait cette grandeur, ce luxe dont il avait l'habitude. A quarante ans, madame Évangélista était belle d'une beauté semblable à celle de ces magnifiques couchers de soleil qui couronnent en été les journées sans nuages[1]. Sa réputation inattaquée offrait aux coteries bordelaises un éternel aliment de causerie, et la curiosité des femmes était d'autant plus vive que la veuve offrait les indices de la constitution qui rend les Espagnoles et les créoles particulièrement célèbres. Elle avait les cheveux et les yeux noirs, le pied et la taille de l'Espagnole, cette taille cambrée dont les mouvements ont un nom en Espagne. Son visage toujours beau séduisait par ce teint créole dont l'animation ne peut être dépeinte qu'en le comparant à une mousseline jetée sur de la pourpre, tant la blancheur en est également colorée. Elle avait des formes pleines, attrayantes par cette grâce qui sait unir la nonchalance et la vivacité, la force et le laissez-aller. Elle attirait et imposait, elle séduisait sans rien promettre. Elle était grande, ce qui lui donnait à volonté l'air et le port d'une reine. Les hommes se prenaient à sa conversation comme des oiseaux à la glu, car elle avait naturellement dans le caractère ce génie que la nécessité donne aux intrigants ; elle allait de concession en concession, s'armait de ce qu'on lui accordait pour vouloir davantage, et savait se reculer à mille pas quand on lui demandait quelque chose en retour. Ignorante en fait, elle avait connu les cours d'Espagne et de Naples, les gens célèbres des deux Amériques, plusieurs familles illustres de l'Angleterre et du continent ; ce qui lui prêtait une instruction si étendue en superficie, qu'elle semblait immense. Elle recevait avec ce goût, cette grandeur qui ne s'apprennent pas, mais dont certaines âmes nativement belles peuvent se faire une seconde nature en s'assimilant les bonnes choses partout où elles les rencontrent. Si sa réputation de vertu demeurait inexpliquée, elle ne lui servait pas moins à donner une grande autorité à ses actions, à ses discours, à son caractère. La fille et la mère avaient l'une pour l'autre une amitié vraie, en dehors du sentiment filial et maternel. Toutes deux se convenaient, leur contact perpétuel n'avait jamais amené de choc. Aussi beaucoup de gens expliquaient-ils les sacrifices de madame Évangélista par son amour maternel. Mais si Natalie consola sa mère d'un veuvage obstiné, peut-être n'en fut-elle pas toujours le motif unique. Madame Évangélista s'était, dit-on, éprise d'un homme auquel la seconde Restauration avait rendu ses titres et la pairie. Cet homme, heureux d'épouser madame Évangélista en 1814, avait fort décemment rompu ses relations avec elle en 1816. Madame Évangélista, la meilleure femme du monde en apparence, avait dans le caractère une épouvantable qualité qui ne peut s'expliquer que par la devise de Catherine de Médicis : *Odiate e aspettate, Haïssez et attendez.* Habituée à primer, ayant toujours été obéie, elle ressemblait à toutes les royautés : aimable, douce, parfaite, facile dans la vie, elle devenait terrible, implacable, quand son orgueil de femme, d'Espagnole et de Casa-Réal était froissé. Elle ne pardonnait jamais. Cette femme croyait à la puissance de sa haine, elle en faisait un mauvais sort qui devait planer sur son ennemi. Elle avait déployé ce fatal pouvoir sur l'homme qui s'était joué d'elle. Les événements, qui semblaient accuser l'influence de *sa jettatura*, la confirmèrent dans sa foi superstitieuse en elle-même. Quoique ministre et pair de France, cet homme commençait à se ruiner, et se ruina complètement. Ses biens, sa considération politique et personnelle, tout devait périr. Un jour madame Évangélista put passer fière dans son brillant équipage en le voyant à pied dans les Champs-Élysées, et l'accabler d'un regard d'où ruisselèrent les étincelles du triomphe. Cette mésaventure l'avait empêchée de se remarier, en l'occupant durant deux années. Plus tard, sa fierté lui avait toujours suggéré des comparaisons entre ceux qui s'offrirent et le mari qui l'avait si sincèrement et si bien aimée. Elle avait donc atteint, de mécomptes en calculs, d'espérances en déceptions, l'époque où les femmes n'ont plus d'autre rôle à prendre dans la vie que celui de mère, en se sacrifiant à leurs filles, en transportant tous leurs intérêts, en dehors d'elles-mêmes, sur les têtes d'un ménage, dernier placement des affections humaines. Madame Évangélista devina promptement le caractère de Paul et lui cacha le sien. Paul était bien l'homme qu'elle voulait pour gendre, un éditeur responsable de son futur pouvoir. Il appartenait par sa mère aux Maulincour, et la vieille baronne de Maulincour, amie du vidame de Pamiers, vivait au cœur du faubourg Saint-Germain. Le petit-fils de la baronne, Auguste de Maulincour, avait une belle position. Paul devait donc être un excellent introducteur des Évangélista dans le monde parisien. La veuve n'avait connu qu'à de rares intervalles le Paris de l'Empire, elle voulait aller briller au milieu du Paris de la Restauration. Là seulement étaient les éléments d'une fortune politique, la seule à laquelle les femmes du monde puissent décemment coopérer. Madame Évangélista, forcée par les affaires de son mari d'habiter Bordeaux, s'y était déplu; elle y tenait maison; chacun sait par combien d'obligations la vie d'une femme est alors embarrassée; mais elle ne se souciait plus de Bordeaux, elle en avait épuisé les jouissances. Elle désirait un plus grand théâtre, comme les joueurs courent au plus gros jeu. Dans son propre intérêt, elle fit donc à Paul une grande destinée. Elle se proposa d'employer les ressources de son talent et sa science de la vie au profit de son gendre, afin de pouvoir goûter sous son nom les plaisirs de la puissance. Beaucoup d'hommes sont ainsi les paravents d'ambitions féminines inconnues[1]. Madame Évangélista avait d'ailleurs plus d'un intérêt à s'emparer du mari de sa fille. Paul fut nécessairement captivé par cette femme, qui le captiva d'autant mieux qu'elle parut ne pas vouloir exercer le moindre empire sur lui. Elle usa donc de tout son ascendant pour se grandir, pour grandir sa fille et donner du prix à tout chez elle, afin de dominer par avance l'homme en qui elle vit le moyen de continuer sa vie aristocratique. Paul s'estima davantage quand il fut apprécié par la mère et la fille. Il se crut beaucoup plus spirituel qu'il ne l'était en voyant ses réflexions et ses moindres mots sentis par mademoiselle Évangélista qui souriait ou relevait finement la tête, par la mère chez qui la flatterie semblait toujours involontaire. Ces deux femmes eurent avec lui tant de bonhomie, il fut tellement sûr de leur plaire, elles le gouvernèrent si bien en le tenant par le fil de l'amour-propre, qu'il passa bientôt tout son temps à l'hôtel Évangélista.

Un an après son installation, sans s'être déclaré, le comte Paul fut si attentif auprès de Natalie, que le monde le considéra comme lui faisant la cour. Ni la mère ni la fille ne paraissaient songer au mariage. Mademoiselle Évangélista gardait avec lui la réserve de la grande dame qui sait être charmante et cause agréablement sans laisser faire un pas dans son intimité. Ce silence, si peu habituel aux gens de province, plut beaucoup à Paul. Les gens timides sont ombrageux, les propositions brusques les effraient. Ils se sauvent devant le bonheur s'il arrive à grand bruit, et se donnent au malheur s'il se présente avec modestie, accompagné d'ombres douces. Paul s'engagea donc de lui-même en voyant que madame Évangélista ne faisait aucun effort pour l'engager. L'Espagnole le séduisit en lui disant un soir que, chez une femme supérieure comme chez les hommes, il se rencontrait une époque où l'ambition remplaçait les premiers sentiments de la vie.

— Cette femme est capable, pensa Paul en sortant, de me faire donner une belle ambassade avant même que je ne sois nommé député.

Si dans toute circonstance un homme ne tourne pas autour des choses ou des idées pour les examiner sous leurs différentes faces, cet homme est incomplet et faible, partant en danger de périr. En ce moment Paul était optimiste : il voyait un avantage à tout, et ne se disait pas qu'une belle-mère ambitieuse pouvait devenir un tyran. Aussi tous les soirs, en sortant, s'apparaissait-il marié, se séduisait-il lui-même, et chaussait-il tout doucement la pantoufle du mariage. D'abord, il avait trop long-temps joui de sa liberté pour en rien regretter ; il était fatigué de la vie de garçon, qui ne lui offrait rien de neuf, il n'en connaissait plus que les inconvénients ; tandis que si parfois il songeait aux difficultés du mariage, il en voyait beaucoup plus souvent les plaisirs ; tout en était nouveau pour lui. — Le mariage, se disait-il, n'est désagréable que pour les petites gens ; pour les riches, la moitié de ses malheurs disparaît. Chaque jour donc une pensée favorable grossissait l'énumération des avantages qui se rencontraient pour lui dans ce mariage. — A quelque haute position que je puisse arriver, Natalie sera toujours à la hauteur de son rôle, se disait-il encore, et ce n'est pas un petit mérite chez une femme. Combien d'hommes de l'Empire n'ai-je pas vus souffrant horriblement de leurs épouses ! N'est-ce pas une grande condition de bonheur que de ne jamais sentir sa vanité, son orgueil froissé par la compagne que l'on s'est choisie ? Jamais un homme ne peut être tout à fait malheureux avec une femme bien élevée ; elle ne le ridiculise point, elle sait lui être utile. Natalie recevrait à merveille. Il mettait alors à contribution ses souvenirs sur les femmes les plus distinguées du faubourg Saint-Germain, pour se convaincre que Natalie pouvait, sinon les éclipser, au moins se trouver près d'elles sur un pied d'égalité parfaite. Tout parallèle servait Natalie. Les termes de comparaison tirés de l'imagination de Paul se pliaient à ses désirs. Paris lui aurait offert chaque jour de nouveaux caractères, des jeunes filles de beautés différentes, et la multiplicité des impressions aurait laissé sa raison en équilibre ; tandis qu'à Bordeaux, Natalie n'avait point de rivales, elle était la fleur unique, et se produisait habilement dans un moment où Paul se trouvait sous la tyrannie d'une idée à laquelle succombent la plupart des hommes. Aussi, ces raisons de juxtaposition, jointes aux raisons d'amour-propre et à une passion réelle qui n'avait d'autre issue que le mariage pour se satisfaire, amenèrent-elles Paul à un amour déraisonnable sur lequel il eut le bon sens de se garder le secret à lui-même, il le fit passer pour une envie de se marier. Il s'efforça même d'étudier mademoiselle Évangélista en homme qui ne voulait pas compromettre son avenir, car les terribles paroles de son ami de Marsay ronflaient parfois dans ses oreilles. Mais d'abord les personnes habituées au luxe ont une apparente simplicité qui trompe : elles le dédaignent, elles s'en servent, il est un instrument et non le travail de leur existence. Paul n'imagina pas, en trouvant les mœurs de ces dames si conformes aux siennes, qu'elles cachassent une seule cause de ruine. Puis, s'il est quelques règles générales pour tempérer les soucis du mariage, il n'en existe aucune ni pour les deviner, ni pour les prévenir. Quand le malheur se dresse entre deux êtres qui ont entrepris de se rendre l'un à l'autre la vie agréable et facile à porter, il naît du contact produit par une intimité continuelle qui n'existe point entre deux jeunes gens à marier, et ne saurait exister tant que les mœurs et les lois ne seront pas changées en France. Tout est tromperie entre deux êtres près de s'associer ; mais leur tromperie est innocente, involontaire. Chacun se montre nécessairement sous un jour favorable ; tous deux luttent à qui se posera le mieux, et prennent alors d'eux-mêmes une idée favorable à laquelle plus tard ils ne peuvent répondre. La vie véritable, comme les jours atmosphériques, se compose beaucoup plus de ces moments ternes et gris qui embrument la Nature que de périodes où le soleil brille et réjouit les champs. Les jeunes gens ne voient que les beaux jours. Plus tard, ils attribuent au mariage les malheurs de la vie elle-même, car il est en l'homme une disposition qui le porte à chercher la cause de ses misères dans les choses ou les êtres qui lui sont immédiats.

Pour découvrir dans l'attitude ou dans la physionomie, dans les paroles ou dans les gestes de mademoiselle Évangélista les indices qui eussent révélé le tribut d'imperfections que comportait son caractère, comme celui de toute créature humaine, Paul aurait dû posséder non-seulement les sciences de Lavater et de Gall, mais encore une science de laquelle il n'existe aucun corps de doctrine, la science individuelle de l'observateur et qui exige des connaissances presque universelles. Comme toutes les jeunes personnes, Natalie avait une figure impénétrable[1]. La paix profonde et sereine imprimée par les sculpteurs aux visages des figures vierges destinées à représenter la Justice, l'Innocence, toutes les divinités qui ne savent rien des agitations terrestres ; ce calme est le plus grand charme d'une fille, il est le signe de sa pureté ; rien encore ne l'a émue ; aucune passion brisée, aucun intérêt trahi n'a nuancé la placide expression de son visage ; est-il joué, la jeune fille n'est plus. Sans cesse au cœur de sa mère, Natalie n'avait reçu, comme toute femme espagnole, qu'une instruction purement religieuse et quelques enseignements de mère à fille, utiles au rôle qu'elle devait jouer. Le calme de son visage était donc naturel. Mais il formait un voile dans lequel la femme était enveloppée, comme le papillon l'est dans sa larve. Néanmoins un homme habile à manier le scalpel de l'analyse eût surpris chez Natalie quelque révélation des difficultés que son caractère devait offrir quand elle serait aux prises avec la vie conjugale ou sociale. Sa beauté vraiment merveilleuse venait d'une excessive régularité de traits en harmonie avec les proportions de la tête et du corps. Cette perfection est de mauvais augure pour l'esprit. On trouve peu d'exceptions à cette règle. Toute nature supérieure a dans la forme de légères imperfections qui deviennent d'irrésistibles attraits, des points lumineux où brillent les sentiments opposés, où s'arrêtent les regards. Une parfaite harmonie annonce la froideur des organisations mixtes. Natalie avait la taille ronde, signe de force, mais indice immanquable d'une volonté qui souvent arrive à l'entêtement chez les personnes dont l'esprit n'est ni vif ni étendu. Ses mains de statue grecque confirmaient les prédictions du visage et de la taille en annonçant un esprit de domination illogique, le vouloir pour le vouloir. Ses sourcils se rejoignaient, et, selon les observateurs, ce trait indique une pente à la jalousie. La jalousie des personnes supérieures devient émulation, elle engendre de grandes choses ; celle des petits esprits devient de la haine. *L'Odiate e aspettate* de sa mère était chez elle sans feintise. Ses yeux noirs en apparence, mais en réalité d'un brun orangé, contrastaient avec ses cheveux dont le blond fauve, si prisé des Romains, se nomme *eauburn* en Angleterre, et qui sont presque toujours ceux de l'enfant né de deux personnes à chevelure noire comme l'était celle de monsieur et de madame Évangélista. La blancheur et la délicatesse du teint de Natalie donnaient à cette opposition de couleur entre ses cheveux et ses yeux des attraits inexprimables, mais d'une finesse purement extérieure ; car, toutes les fois que les lignes d'un visage manquent d'une certaine rondeur molle, quel que soit le fini, la grâce des détails, n'en transportez point les heureux présages à l'âme. Ces roses d'une jeunesse trompeuse s'effeuillent, et vous êtes surpris, après quelques années, de voir la sécheresse, la dureté, là où vous admiriez l'élégance des qualités nobles. Quoique les contours de son visage eussent quelque chose d'auguste, le menton de Natalie était légèrement empâté, expression de peintre qui peut servir à expliquer la préexistence de sentiments dont la violence ne devait se déclarer qu'au milieu de sa vie. Sa bouche, un peu rentrée, exprimait une fierté rouge en harmonie avec sa main, son menton, ses sourcils et sa belle taille. Enfin, dernier diagnostic qui seul aurait déterminé le jugement d'un connaisseur, la voix pure de Natalie, cette voix si séduisante avait des tons métalliques. Quelque doucement manié que fût ce cuivre, malgré la grâce avec laquelle les sons couraient dans les spirales du cor, cet organe annonçait le caractère du duc d'Albe de qui descendaient collatéralement les Casa-Réal. Ces indices supposaient des passions violentes sans tendresse, des dévouements brusques, des haines irréconciliables, de l'esprit sans intelligence, et l'envie de dominer, naturelle aux personnes qui se sentent inférieures à leurs prétentions. Ces défauts, nés du tempérament et de la constitution, compensés peut-être par les qualités d'un sang généreux, étaient ensevelis chez Natalie comme l'or dans la mine, et ne devaient en sortir que sous les durs traitements et par les chocs auxquels les caractères sont soumis dans le monde. En ce moment la grâce et la fraîcheur de la jeunesse, la distinction de ses manières, sa sainte ignorance, la gentillesse de la jeune fille coloraient ses traits d'un vernis délicat qui trompait nécessairement les gens superficiels. Puis sa mère lui avait de bonne heure communiqué ce babil agréable qui joue la supériorité, qui répond aux objections par la plaisanterie, et séduit par une gracieuse volubilité sous laquelle une femme cache le tuf de son esprit comme la nature déguise les terrains ingrats, sous le luxe des plantes éphémères. Enfin, Natalie avait le charme des enfants gâtés qui n'ont point connu la souffrance : elle entraînait par sa franchise, et n'avait point cet air solennel que les mères imposent à leurs filles en leur traçant un programme de façons et de langage ridicules au moment de les marier. Elle était rieuse et vraie comme la jeune fille qui ne sait rien du mariage, n'en attend que des plaisirs, n'y prévoit aucun malheur, et croit y acquérir le droit de toujours faire ses volontés. Comment Paul, qui aimait comme on aime quand le désir augmente l'amour, aurait-il reconnu dans une fille de ce caractère et dont la beauté l'éblouissait, la femme, telle qu'elle devait être à trente ans, alors que certains observateurs eussent pu se tromper aux apparences ? Si le bonheur était difficile à trouver dans un mariage avec cette jeune fille, il n'était pas impossible. A travers ces défauts en germe brillaient quelques belles qualités. Sous la main d'un maître habile, il n'est pas de qualité qui, bien développée, n'étouffe les défauts, surtout chez une jeune fille qui aime. Mais pour rendre ductile une femme si peu malléable, ce poignet de fer dont parlait de Marsay à Paul était nécessaire. Le dandy parisien avait raison. La crainte, inspirée par l'amour, est un instrument infaillible pour manier l'esprit d'une femme. Qui aime, craint ; et qui craint, est plus près de l'affection que de la haine. Paul aurait-il le sang-froid, le jugement, la fermeté qu'exigeait cette lutte qu'un mari habile ne doit pas laisser soupçonner à sa femme ? Puis, Natalie aimait-elle Paul ? Semblable à la plupart des jeunes personnes, Natalie prenait pour de l'amour les premiers mouvements de l'instinct et le plaisir que lui causait l'extérieur de Paul, sans rien savoir ni des choses du mariage, ni des choses du ménage. Pour elle, le comte de Manerville, l'apprenti diplomate auquel les cours de l'Europe étaient connues, l'un des jeunes gens élégants de Paris ne pouvait pas être un homme ordinaire, sans force morale, à la fois timide et courageux, énergique peut-être au milieu de l'adversité, mais sans défense contre les ennuis qui gâtent le bonheur. Aurait-elle plus tard assez de tact pour distinguer les belles qualités de Paul au milieu de ses légers défauts ? Ne grossirait-elle pas les uns, et n'oublierait-elle pas les autres, selon la coutume des jeunes femmes qui ne savent rien de la vie ? Il est un âge où la femme pardonne des vices à qui lui évite des contrariétés, et où elle prend les contrariétés pour des malheurs. Quelle force conciliatrice, quelle expérience maintiendrait, éclairerait ce jeune ménage ? Paul et sa femme ne croiraient-ils pas s'aimer quand ils n'en seraient encore qu'à ces petites simagrées caressantes que les jeunes femmes se permettent au commencement d'une vie à deux, à ces compliments que les maris font au retour du bal, quand ils ont encore les grâces du désir? Dans cette situation, Paul ne se prêterait-il pas à la tyrannie de sa femme au lieu d'établir son empire? Paul saurait-il dire: Non. Tout était péril pour un homme faible, là où l'homme le plus fort aurait peut-être encore couru des risques.

Le sujet de cette étude n'est pas dans la transition du garçon à l'état d'homme marié, peinture qui, largement composée, ne manquerait point de l'attrait que prête l'orage intérieur de nos sentiments aux choses les plus vulgaires de la vie. Les événements et les idées qui amenèrent le mariage de Paul avec mademoiselle Évangélista sont une introduction à l'œuvre, uniquement destinée à retracer la grande comédie qui précède toute vie conjugale. Jusqu'ici cette scène a été négligée par les auteurs dramatiques, quoiqu'elle offre des ressources neuves à leur verve. Cette scène, qui domina l'avenir de Paul, et que madame Évangélista voyait venir avec terreur, est la discussion à laquelle donnent lieu les contrats de mariage dans toutes les familles, nobles ou bourgeoises: car les passions humaines sont aussi vigoureusement agitées par de petits que par de grands intérêts. Ces comédies jouées par-devant notaire ressemblent toutes plus ou moins à celle-ci, dont l'intérêt sera donc moins dans les pages de ce livre que dans le souvenir des gens mariés.

Au commencement de l'hiver, en 1822, Paul de Manerville fit demander la main de mademoiselle Évangélista par sa grand'tante, la baronne de Maulincour[1]. Quoique la baronne ne passât jamais plus de deux mois en Médoc, elle y resta jusqu'à la fin d'octobre pour assister son petit-neveu dans cette circonstance et jouer le rôle d'une mère. Après avoir porté les premières paroles à madame Évangélista, la tante, vieille femme expérimentée, vint apprendre à Paul le résultat de sa démarche.

— Mon enfant, lui dit-elle, votre affaire est faite. En causant des choses d'intérêt, j'ai su que madame Évangélista ne donnait rien de son chef à sa fille. Mademoiselle Natalie se marie avec ses droits. Épousez, mon ami ! Les gens qui ont un nom et des terres à transmettre, une famille à conserver, doivent tôt ou tard finir par là. Je voudrais voir mon cher Auguste prendre le même chemin. Vous vous marierez bien sans moi, je n'ai que ma bénédiction à vous donner, et les femmes aussi vieilles que je le suis n'ont rien à faire au milieu d'une noce. Je partirai donc demain pour Paris. Quand vous présenterez votre femme au monde, je la verrai chez moi beaucoup plus commodément qu'ici. Si vous n'aviez point eu d'hôtel à Paris, vous auriez trouvé un gîte chez moi, j'aurais volontiers fait arranger pour vous le second de ma maison.

— Chère tante, dit Paul, je vous remercie. Mais qu'entendez-vous par ces paroles : sa mère ne lui donne rien de son chef, elle se marie avec ses droits ?

— La mère, mon enfant, est une fine mouche qui profite de la beauté de sa fille pour imposer des conditions et ne vous laisser que ce qu'elle ne peut pas vous ôter, la fortune du père. Nous autres vieilles gens, nous tenons fort au : Qu'a-t-il ? Qu'a-t-elle ? Je vous engage à donner de bonnes instructions à votre notaire. Le contrat, mon enfant, est le plus saint des devoirs. Si votre père et votre mère n'avaient pas bien fait leur lit, vous seriez peut-être aujourd'hui sans draps. Vous aurez des enfants, c'est les suites les plus communes du mariage, il y faut donc penser. Voyez maître Mathias, notre vieux notaire.

Madame de Maulincour partit après avoir plongé Paul en d'étranges perplexités. Sa belle-mère était une fine mouche ! Il fallait débattre ses intérêts au contrat et nécessairement les défendre : qui donc allait les attaquer ? Il suivit le conseil de sa tante, et confia le soin de rédiger son contrat à maître Mathias. Mais ces débats pressentis le préoccupèrent. Aussi n'entra-t-il pas sans une émotion vive chez madame Évangélista, à laquelle il venait annoncer ses intentions. Comme tous les gens timides, il tremblait de laisser deviner les défiances que sa tante lui avait suggérées et qui lui semblaient insultantes. Pour éviter le plus léger froissement avec une personne aussi imposante que l'était pour lui sa future belle-mère, il inventa de ces circonlocutions naturelles aux personnes qui n'osent pas aborder de front les difficultés.

— Madame, dit-il en prenant un moment où Natalie s'absenta, vous savez ce qu'est un notaire de famille : le mien est un bon vieillard, pour qui ce serait un véritable chagrin que de ne pas être chargé de mon contrat de...

— Comment donc, mon cher ! lui répondit en l'interrompant madame Évangélista ; mais nos contrats de mariage ne se font-ils pas toujours par l'intervention du notaire de chaque famille ?

Le temps pendant lequel Paul était resté sans entamer cette question, madame Évangélista l'avait employé à se demander : « A quoi pense-t-il ? » car les femmes possèdent à un haut degré la connaissance des pensées intimes par le jeu des physionomies. Elle devina les observations de la grand'tante dans le regard embarrassé, dans le son de voix émue qui trahissaient en Paul un combat intérieur.

— Enfin, se dit-elle en elle-même, le jour fatal est arrivé, la crise commence, quel en sera le résultat ? — Mon notaire est monsieur Solonet, dit-elle après une pause, le vôtre est monsieur Mathias, je les inviterai à venir dîner demain, et ils s'entendront sur cette affaire. Leur métier n'est-il pas de concilier les intérêts sans que nous nous en mêlions, comme les cuisiniers sont chargés de nous faire faire bonne chère ?

— Mais vous avez raison, répondit-il en laissant échapper un imperceptible soupir de contentement[1].

Par une singulière interposition des deux rôles, Paul, innocent de tout blâme, tremblait, et madame Évangélista paraissait calme en éprouvant d'horribles anxiétés. Cette veuve devait à sa fille le tiers de la fortune laissée par monsieur Évangélista, douze cent mille francs, et se trouvait hors d'état de s'acquitter, même en se dépouillant de tous ses biens. Elle allait donc être à la merci de son gendre. Si elle était maîtresse de Paul tout seul, Paul, éclairé par son notaire, transigerait-il sur la reddition des comptes de tutelle[2] ? S'il se retirait, tout Bordeaux en saurait les motifs, et le mariage de Natalie y devenait impossible. Cette mère qui voulait le bonheur de sa fille, cette femme qui depuis sa naissance avait noblement vécu, songea que le lendemain il fallait devenir improbe. Comme ces grands capitaines qui voudraient effacer de leur vie le moment où ils ont été secrètement lâches, elle aurait voulu pouvoir retrancher cette journée du nombre de ses jours. Certes, quelques-uns de ses cheveux blanchirent pendant la nuit où, face à face avec les faits, elle se reprocha son insouciance en sentant les dures nécessités de sa situation. D'abord elle était obligée de se confier à son notaire, qu'elle avait mandé pour l'heure de son lever. Il fallait avouer une détresse intérieure qu'elle n'avait jamais voulu s'avouer à elle-même, car elle avait toujours marché vers l'abîme en comptant sur un de ces hasards qui n'arrivent jamais. Il s'éleva dans son âme, contre Paul, un léger mouvement où il n'y avait ni haine, ni aversion, ni rien de mauvais encore ; mais n'était-il pas la partie adverse de ce procès secret ? mais ne devenait-il pas, sans le savoir, un innocent ennemi qu'il fallait vaincre ? Quel être a pu jamais aimer sa dupe ? Contrainte à ruser, l'Espagnole résolut, comme toutes les femmes, de déployer sa supériorité dans ce combat, dont la honte ne pouvait s'absoudre que par une complète victoire. Dans le calme de la nuit, elle s'excusa par une suite de raisonnements que sa fierté domina. Natalie n'avait-elle pas profité de ses dissipations ? Y avait-il dans sa conduite un seul de ces motifs bas et ignobles qui salissent l'âme ? Elle ne savait pas compter, était-ce un crime, un délit ? Un homme n'était-il pas trop heureux d'avoir une fille comme Natalie ? Le trésor qu'elle avait conservé ne valait-il pas une quittance ? Beaucoup d'hommes n'achètent-ils pas une femme aimée par mille sacrifices ? Pourquoi ferait-on moins pour une femme légitime que pour une courtisane ? D'ailleurs Paul était un homme nul, incapable ; elle déploierait pour lui les ressources de son esprit, elle lui ferait faire un beau chemin dans le monde ; il lui serait redevable du pouvoir ; n'acquitterait-elle pas bien un jour sa dette ? Ce serait un sot d'hésiter ! Hésiter pour quelques écus de plus ou de moins ?... il serait infâme.

— Si le succès ne se décide pas tout d'abord, se dit-elle, je quitterai Bordeaux, et pourrai toujours faire un beau sort à Natalie en capitalisant ce qui me reste, hôtel, diamants, mobilier, en lui donnant tout et ne me réservant qu'une pension.

Quand un esprit fortement trempé se construit une retraite comme Richelieu à Brouage, et se dessine une fin grandiose, il s'en fait comme un point d'appui qui l'aide à triompher. Ce dénoûment, en cas de malheur, rassura madame Évangélista, qui s'endormit d'ailleurs pleine de confiance en son parrain dans ce duel. Elle comptait beaucoup sur le concours du plus habile notaire de Bordeaux, monsieur Solonet, jeune homme de vingt-sept ans, décoré de la Légion-d'Honneur pour avoir contribué fort activement à la seconde rentrée des Bourbons. Heureux et fier d'être reçu dans la maison de madame Évangélista, moins comme notaire que comme appartenant à la société royaliste de Bordeaux, Solonet avait conçu pour ce beau coucher de soleil une de ces passions que les femmes comme madame Évangélista repoussent, mais dont elles sont flattées, et que les plus prudes d'entre elles laissent à fleur d'eau. Solonet demeurait dans une vaniteuse attitude pleine de respect et d'espérance très-convenable. Ce notaire vint le lendemain avec l'empressement de l'esclave, et fut reçu dans la chambre à coucher par la coquette veuve, qui se montra dans le désordre d'un savant déshabillé[1].

— Puis-je, lui dit-elle, compter sur votre discrétion et votre entier dévouement dans la discussion qui aura lieu ce soir ? Vous devinez qu'il s'agit du contrat de mariage de ma fille.

Le jeune homme se perdit en protestations galantes.

— Au fait, dit-elle.

— J'écoute, répondit-il en paraissant se recueillir.

Madame Évangélista lui exposa crûment sa situation.

— Ma belle dame, ceci n'est rien, dit maître Solonet en prenant un air avantageux, quand madame Évangélista lui eut donné des chiffres exacts. Comment vous êtes-vous tenue avec monsieur de Manerville ? Ici les questions morales dominent les questions de droit et de finance.

Madame Évangélista se drapa dans sa supériorité. Le jeune notaire apprit avec un vif plaisir que jusqu'à ce jour sa cliente avait gardé dans ses relations avec Paul la plus haute dignité ; que, moitié fierté sérieuse, moitié calcul involontaire, elle avait agi constamment comme si le comte de Manerville lui était inférieur, comme s'il y avait pour lui de l'honneur à épouser mademoiselle Évangélista ; ni elle ni sa fille ne pouvaient être soupçonnées d'avoir des vues intéressées ; leurs sentiments paraissaient purs de toute mesquinerie ; à la moindre difficulté financière soulevée par Paul, elles avaient le droit de s'envoler à une distance incommensurable, enfin elle avait sur son futur gendre un ascendant insurmontable.

— Cela étant ainsi, dit Solonet, quelles sont les dernières concessions que vous vouliez faire ?

— J'en veux faire le moins possible, dit-elle en riant.

— Réponse de femme, s'écria Solonet. Madame, tenez-vous à marier mademoiselle Natalie ?

— Oui.

— Vous voulez quittance des onze cent cinquante-six mille francs desquels vous serez reliquataire d'après le compte de tutelle à présenter au susdit gendre ?

— Oui.

— Que voulez-vous garder ?

— Trente mille livres de rente au moins, répondit-elle.

— Il faut vaincre ou périr ?

— Oui.

— Eh ! bien, je vais réfléchir aux moyens nécessaires pour atteindre à ce but, car il nous faut beaucoup d'adresse et ménager nos forces. Je vous donnerai quelques instructions en arrivant ; exécutez-les ponctuellement, et je puis déjà vous prédire un succès complet. — Le comte Paul aime-t-il mademoiselle Natalie ? demanda-t-il en se levant.

— Il l'adore.

— Ce n'est pas assez. La désire-t-il en tant que femme au point de passer par-dessus quelques difficultés pécuniaires ?

— Oui.

— Voilà ce que je regarde comme un Avoir

dans les Propres d'une fille! s'écria le notaire. Faites-la donc bien belle ce soir, ajouta-t-il d'un air fin.

— Nous avons la plus jolie toilette du monde.

— La robe du contrat contient, selon moi, la moitié des donations, dit Solonet.

Ce dernier parut si nécessaire à madame Évangélista, qu'elle voulut assister à la toilette de Natalie, autant pour la surveiller que pour en faire une innocente complice de sa conspiration financière. Coiffée à la Sévigné, vêtue d'une robe de cachemire blanc ornée de nœuds roses, sa fille lui parut si belle qu'elle pressentit la victoire. Quand la femme de chambre fut sortie, et que madame Évangélista fut certaine que personne ne pouvait être à portée d'entendre, elle arrangea quelques boucles dans la coiffure de sa fille, en manière d'exorde.

— Chère enfant, aimes-tu bien sincèrement monsieur de Manerville? lui dit-elle d'une voix ferme en apparence.

La mère et la fille se jetèrent, l'une à l'autre, un étrange regard.

— Pourquoi, ma petite mère, me faites-vous cette question aujourd'hui plutôt qu'hier? Pourquoi me l'avez-vous laissé voir?

— S'il fallait nous quitter pour toujours, persisterais-tu dans ce mariage?

— J'y renoncerais et n'en mourrais pas de chagrin.

— Tu n'aimes pas, ma chère, dit la mère en baisant sa fille au front.

— Mais pourquoi, bonne mère, fais-tu le grand-inquisiteur?

— Je voulais savoir si tu tenais au mariage sans être folle du mari.

— Je l'aime.

— Tu as raison, il est comte, nous en ferons un pair de France à nous deux; mais il va se rencontrer des difficultés.

— Des difficultés entre gens qui s'aiment ? Non. La Fleur des pois, chère mère, s'est trop bien plantée là, dit-elle en montrant son cœur par un geste mignon, pour faire la plus légère objection. J'en suis sûre.

— S'il en était autrement ? dit madame Évangélista.

— Il serait profondément oublié, répondit Natalie.

— Bien, tu es une Casa-Réal ! Mais, quoique t'aimant comme un fou, s'il survenait des discussions auxquelles il serait étranger, et par-dessus lesquelles il faudrait qu'il passât, pour toi comme pour moi, Natalie, hein ? Si, sans blesser aucunement les convenances, un peu de gentillesse dans les manières le décidait ? Allons, un rien, un mot ? Les hommes sont ainsi faits, ils résistent à une discussion sérieuse et tombent sous un regard.

— J'entends ! un petit coup pour que Favori saute la barrière, dit Natalie en faisant le geste de donner un coup de cravache à son cheval.

— Mon ange, je ne te demande rien qui ressemble à de la séduction. Nous avons des sentiments de vieil honneur castillan qui ne nous permettent pas de passer les bornes. Le comte Paul connaîtra ma situation.

— Quelle situation ?

— Tu n'y comprendrais rien. Hé ! bien, si, après t'avoir vue dans toute ta gloire, son regard trahissait la moindre hésitation, et je l'observerai ! certes, à l'instant je romprais tout, je saurais liquider ma fortune, quitter Bordeaux et aller à Douai chez les Claës, qui, malgré tout, sont nos parents par leur alliance avec les Temninck. Puis je te marierais à un pair de France, dussé-je me réfugier dans un couvent afin de te donner toute ma fortune.

— Ma mère, que faut-il donc faire pour empêcher de tels malheurs ? dit Natalie.

— Je ne t'ai jamais vue si belle, mon enfant ! Sois un peu coquette, et tout ira bien[1].

Madame Évangélista laissa Natalie pensive, et alla faire une toilette qui lui permît de soutenir le parallèle avec sa fille. Si Natalie devait être attrayante pour Paul, ne devait-elle pas enflammer Solonet, son champion ? La mère et la fille se trouvèrent sous les armes quand Paul vint apporter le bouquet que depuis quelques mois il avait l'habitude de donner chaque jour à Natalie. Puis tous trois se mirent à causer en attendant les deux notaires.

Cette journée fut pour Paul la première escarmouche de cette longue et fatigante guerre nommée le mariage. Il est donc nécessaire d'établir les forces de chaque parti, la position des corps belligérants et le terrain sur lequel ils devaient manœuvrer. Pour soutenir une lutte dont l'importance lui échappait entièrement, Paul avait pour tout défenseur son vieux notaire, Mathias. L'un et l'autre allaient être surpris sans défense par un événement inattendu, pressés par un ennemi dont le thème était fait, et forcés de prendre un parti sans avoir le temps d'y réfléchir. Assisté par Cujas et Barthole eux-mêmes, quel homme n'eût pas succombé ? Comment croire à la perfidie, là où tout semble facile et naturel ? Que pouvait Mathias seul contre madame Évangélista, contre Solonet et contre Natalie, surtout quand son amoureux client passerait à l'ennemi dès que les difficultés menaceraient son bonheur ? Déjà Paul s'enferrait en débitant les jolis propos d'usage entre amants, mais auxquels sa passion prêtait en ce moment une valeur énorme aux yeux de madame Évangélista, qui le poussait à se compromettre.

Ces *condottieri* matrimoniaux qui s'allaient battre pour leurs clients, et dont les forces personnelles devenaient si décisives en cette solennelle rencontre, les deux notaires représentaient les anciennes et les nouvelles mœurs, l'ancien et le nouveau notariat.

Maître Mathias était un vieux bonhomme âgé de soixante-neuf ans, et qui se faisait gloire de ses vingt années d'exercice en sa charge. Ses gros pieds de goutteux étaient chaussés de souliers ornés d'agrafes en argent, et terminaient ridiculement des jambes si menues, à rotules si saillantes que, quand il les croisait, vous eussiez dit les deux os gravés au-dessus des *ci-gît*. Ses petites cuisses maigres, perdues dans de larges culottes noires à boucles, semblaient plier sous le poids d'un ventre rond et d'un torse développé comme l'est le buste des gens de cabinet, une grosse boule toujours empaquetée dans un habit vert à basques carrées, que personne ne se souvenait d'avoir vu neuf. Ses cheveux, bien tirés et poudrés, se réunissaient en une petite queue de rat, toujours logée entre le collet de l'habit et celui de son gilet blanc à fleurs. Avec sa tête ronde, sa figure colorée comme une feuille de vigne, ses yeux bleus, le nez en trompette, une bouche à grosses lèvres, un menton doublé, ce cher petit homme excitait partout où il se montrait sans être connu le rire généreusement octroyé par le Français aux créations falottes que se permet la nature, que l'art s'amuse à charger, et que nous nommons des caricatures. Mais chez maître Mathias l'esprit avait triomphé de la forme, les qualités de l'âme avaient vaincu les bizarreries du corps. La plupart des Bordelais lui témoignaient un respect amical, une déférence pleine d'estime. La voix du notaire gagnait le cœur en y faisant résonner l'éloquence de la probité. Pour toute ruse, il allait droit au fait en culbutant les mauvaises pensées par des interrogations précises. Son coup d'œil prompt, sa grande habitude des affaires lui donnaient ce sens divinatoire qui permet d'aller au fond des consciences et d'y lire les pensées secrètes. Quoique grave et posé dans les affaires, ce patriarche avait la gaieté de nos ancêtres. Il devait risquer la chanson de table, admettre et conserver les solennités de famille, célébrer les anniversaires, les fêtes des grand'mères et des enfants, enterrer avec cérémonie la bûche de Noël ; il devait aimer à donner des étrennes, à faire des surprises et offrir des œufs de Pâques ; il devait croire aux obligations du parrainage et ne déserter aucune des coutumes qui coloraient la vie d'autrefois. Maître Mathias était un noble et respectable débris de ces notaires, grands hommes obscurs, qui ne donnaient pas de reçu en acceptant des millions, mais les rendaient dans les mêmes sacs, ficelés de la même ficelle ; qui exécutaient à la lettre les fidéicommis, dressaient décemment les inventaires, s'intéressaient comme de seconds pères aux intérêts de leurs clients, barraient quelquefois le chemin devant les dissipateurs, et à qui les familles confiaient leurs secrets ; enfin l'un de ces notaires qui se croyaient responsables de leurs erreurs dans les actes et les méditaient longuement. Jamais, durant sa vie notariale, un de ses clients n'eut à se plaindre d'un placement perdu, d'une hypothèque ou mal prise ou mal assise. Sa fortune, lentement mais loyalement acquise, ne lui était venue qu'après trente années d'exercice et d'économie. Il avait établi quatorze de ses clercs. Religieux et généreux incognito, Mathias se trouvait partout où le bien s'opérait sans salaire. Membre actif du comité des hospices et du comité de bienfaisance, il s'inscrivait pour la plus forte somme dans les impositions volontaires destinées à secourir les infortunes subites, à créer quelques établissements utiles. Aussi ni lui ni sa femme n'avaient-ils de voiture, aussi sa parole était-elle sacrée, aussi ses caves gardaient-elles autant de capitaux qu'en avait la Banque, aussi le nommait-on *le bon monsieur Mathias*, et quand il mourut y eut-il trois mille personnes à son convoi.

Solonet était ce jeune notaire qui arrive en fredonnant, affecte un air léger, prétend que les affaires se font aussi bien en riant qu'en gardant son sérieux ; le notaire capitaine dans la garde nationale, qui se fâche d'être pris pour un notaire, et postule la croix de la Légion-d'Honneur, qui a sa voiture et laisse vérifier les pièces à ses clercs ; le notaire qui va au bal, au spectacle, achète des tableaux et joue à l'écarté, qui a une caisse où se versent les dépôts et rend en billets de banque ce qu'il a reçu en or ; le notaire qui marche avec son époque et risque les capitaux en placements douteux, spécule et veut se retirer riche de trente mille livres de rente après dix ans de notariat ; le notaire dont la science vient de sa duplicité, mais que beaucoup de gens craignent comme un complice qui possède leurs secrets ; enfin, le notaire qui voit dans sa charge un moyen de se marier à quelque héritière en bas bleus.

Quand le mince et blond Solonet, frisé, parfumé, botté comme un jeune premier de Vaudeville, vêtu comme un dandy dont l'affaire la plus importante est un duel, entra précédant son vieux confrère, retardé par un ressentiment de goutte, ces deux hommes représentèrent au naturel une de ces caricatures intitulées jadis et aujourd'hui, qui eurent tant de succès sous l'Empire. Si madame et mademoiselle Évangélista, auxquelles *le bon monsieur Mathias* était inconnu, eurent d'abord une légère envie de rire, elles furent aussitôt touchées de la grâce avec laquelle il les complimenta. La parole du bonhomme respira cette aménité que les vieillards aimables savent répandre autant dans les idées que dans la manière dont ils les expriment. Le jeune notaire, au ton sémillant, eut alors le dessous. Mathias témoigna de la supériorité de son savoir-vivre par la façon mesurée avec laquelle il aborda Paul. Sans compromettre ses cheveux blancs, il respecta la noblesse dans un jeune homme en sachant qu'il appartient quelques honneurs à la vieillesse et que tous les droits sociaux sont solidaires. Au contraire, le salut et le bonjour de Solonet avaient été l'expression d'une égalité parfaite qui devait blesser les prétentions des gens du monde et le ridiculiser aux yeux des personnes vraiment nobles. Le jeune notaire fit un geste assez familier à madame Évangélista pour l'inviter à venir causer dans une embrasure de fenêtre. Durant quelques moments l'un et l'autre se parlèrent à l'oreille en laissant échapper quelques rires, sans doute pour donner le change sur l'importance de cette conversation, par laquelle maître Solonet communiqua le plan de la bataille à sa souveraine.

— Mais, lui dit-il en terminant, aurez-vous le courage de vendre votre hôtel ?

— Parfaitement, dit-elle.

Madame Évangélista ne voulut pas dire à son notaire la raison de cet héroïsme qui le frappa, le zèle de Solonet aurait pu se refroidir s'il avait su que sa cliente allait quitter Bordeaux. Elle n'en avait même encore rien dit à Paul, afin de ne pas l'effrayer par l'étendue des circonvallations qu'exigeaient les premiers travaux d'une vie politique.

Après le dîner, les deux plénipotentiaires laissèrent les amants près de la mère, et se rendirent dans un salon voisin destiné à leur conférence. Il se passa donc une double scène : au coin de la cheminée du grand salon, une scène d'amour où la vie apparaissait riante et joyeuse ; dans l'autre pièce, une scène grave et sombre, où l'intérêt mis à nu jouait par avance le rôle qu'il joue sous les apparences fleuries de la vie.

— Mon cher maître, dit Solonet à Mathias, l'acte restera dans votre étude, je sais tout ce que je dois à mon ancien. Mathias salua gravement. — Mais, reprit Solonet en dépliant un projet d'acte inutile qu'il avait fait brouillonner par un clerc, comme nous sommes la partie opprimée, que nous sommes la fille, j'ai rédigé le contrat pour vous en éviter la peine. Nous nous marions avec nos droits sous le régime de la communauté ; donation générale de nos biens l'un à l'autre en cas de mort sans héritier, sinon donation d'un quart en usufruit et d'un quart en nue propriété ; la somme mise dans la communauté sera du quart des apports respectifs ; le survivant garde le mobilier sans être tenu de faire inventaire. Tout est simple comme bonjour.

— Ta, ta, ta, ta, dit Mathias, je ne fais pas les affaires comme on chante une ariette. Quels sont vos droits ?

— Quels sont les vôtres ? dit Solonet.

— Notre dot à nous, dit Mathias, est la terre de Lanstrac, du produit de vingt-trois mille livres de rentes en sac, sans compter les redevances en nature. *Item*, les fermes du Grassol et du Guadet, valant chacune trois mille six cents livres de rentes. *Item*, le clos de Belle-Rose, rapportant année commune seize mille livres ; total quarante-six mille deux cents francs de rente. *Item*, un hôtel patrimonial à Bordeaux, imposé à neuf cents francs. *Item*, une belle maison entre cour et jardin, sise à Paris, rue de la Pépinière, imposée à quinze cents francs. Ces propriétés, dont les titres sont chez moi, proviennent de la succession de nos père et mère, excepté la maison de Paris, laquelle est un de nos acquêts. Nous avons également à compter le mobilier de nos deux maisons et celui du château de Lanstrac, estimés quatre cent cinquante mille francs. Voilà la table, la nappe et le premier service. Qu'apportez-vous pour le second service et pour le dessert ?

— Nos droits, dit Solonet.

— Spécifiez-les, mon cher maître, reprit Mathias. Que m'apportez-vous ? où est l'inventaire fait après le décès de monsieur Évangélista ? montrez-moi la liquidation, l'emploi de vos fonds. Où sont vos capitaux, s'il y a capital? où sont vos propriétés, s'il y a propriété? Bref, montrez-nous un compte de tutelle, et dites-nous ce que vous donne ou vous assure votre mère.

— Monsieur le comte de Manerville aime-t-il mademoiselle Évangélista?

— Il en veut faire sa femme, si toutes les convenances se rencontrent, dit le vieux notaire. Je ne suis pas un enfant, il s'agit ici de nos affaires, et non de nos sentiments.

— L'affaire est manquée si vous n'avez pas les sentiments généreux. Voici pourquoi, reprit Solonet. Nous n'avons pas fait inventaire après la mort de notre mari, nous étions Espagnole, créole, et nous ne connaissions pas les lois françaises. D'ailleurs, nous étions trop douloureusement affectée pour songer à de misérables formalités que remplissent les cœurs froids. Il est de notoriété publique que nous étions adorée par le défunt et que nous l'avons énormément pleuré. Si nous avons une liquidation précédée d'un bout d'inventaire fait par commune renommée, remerciez-en notre subrogé-tuteur, qui nous a forcée d'établir une situation et de reconnaître à notre fille une fortune telle quelle, au moment où il nous a fallu retirer de Londres des rentes anglaises dont le capital était immense, et que nous voulions replacer à Paris, où nous en doublions les intérêts.

— Ne me dites donc pas de niaiseries. Il existe des moyens de contrôle. Quels droits de succession avez-vous payés au domaine? le chiffre nous suffira pour établir les comptes. Allez donc droit au fait. Dites-nous franchement ce qu'il vous revenait et ce qui vous reste. Hé! bien, si nous sommes trop amoureux, nous verrons.

— Si vous nous épousez pour de l'argent, allez vous promener. Nous avons droit à plus d'un million. Mais il ne reste à notre mère que cet hôtel, son mobilier et quatre cents et quelques mille

C.J. TRAVIES.

Miss STEVENS.

LE CONTRAT DE MARIAGE.

francs employés vers 1817 en cinq pour cent, donnant quarante mille francs de revenus.

— Comment menez-vous un train qui exige cent mille livres de rentes ? s'écria Mathias atterré.

— Notre fille nous a coûté les yeux de la tête. D'ailleurs, nous aimons la dépense. Enfin, vos jérémiades ne nous feront pas retrouver deux liards.

— Avec les cinquante mille francs de rentes qui appartenaient à mademoiselle Natalie, vous pouviez l'élever richement sans vous ruiner. Mais si vous avez mangé de si bon appétit quand vous étiez fille, vous dévorerez donc quand vous serez femme.

— Laissez-nous alors, dit Solonet, la plus belle fille du monde doit toujours manger plus qu'elle n'a.

— Je vais dire deux mots à mon client, reprit le vieux notaire.

— Va, va, mon vieux père Cassandre, va dire à ton client que nous n'avons pas un liard, pensa maître Solonet qui dans le silence du cabinet avait stratégiquement disposé ses masses, échelonné ses propositions, élevé les tournants de la discussion, et préparé le point où les parties, croyant tout perdu, se trouveraient devant une heureuse transaction où triompherait sa cliente.

La robe blanche à nœuds roses, les tire-bouchons à la Sévigné, le petit pied de Natalie, ses fins regards, sa jolie main sans cesse occupée à réparer le désordre de boucles qui ne se dérangeaient pas, ce manège d'une jeune fille faisant la roue comme un paon au soleil, avait amené Paul au point où le voulait sa future belle-mère : il était ivre de désirs, et souhaitait sa prétendue comme un lycéen peut désirer une courtisane ; ses regards, sûr thermomètre de l'âme, annonçaient ce degré de passion auquel un homme fait mille sottises.

— Natalie est si belle, dit-il à l'oreille de sa

belle-mère, que je conçois la frénésie qui nous pousse à payer un plaisir par notre mort[1].

Madame Évangélista répondit en hochant la tête : — Paroles d'amoureux ! Mon mari ne me disait aucune de ces belles phrases ; mais il m'épousa sans fortune, et pendant treize ans il ne m'a jamais causé de chagrins.

— Est-ce une leçon que vous me donnez ? dit Paul en riant.

— Vous savez comme je vous aime, cher enfant ! dit-elle en lui serrant la main. D'ailleurs, ne faut-il pas vous bien aimer pour vous donner ma Natalie ?

— Me donner, me donner, dit la jeune fille en riant et agitant un écran fait en plumes d'oiseaux indiens. Que dites-vous tout bas ?

— Je disais, reprit Paul, combien je vous aime, puisque les convenances me défendent de vous exprimer mes désirs.

— Pourquoi ?

— Je me crains !

— Oh ! vous avez trop d'esprit pour ne pas savoir bien monter les joyaux de la flatterie. Voulez-vous que je vous dise mon opinion sur vous ?... Eh ! bien, je vous trouve plus d'esprit qu'un homme amoureux n'en doit avoir. Être la fleur des pois et rester très-spirituel, dit-elle en baissant les yeux, c'est avoir trop d'avantages : un homme devrait opter. Je crains aussi, moi !

— Quoi ?

— Ne parlons pas ainsi. Ne trouvez-vous pas, ma mère, que cette conversation est dangereuse quand notre contrat n'est pas encore signé ?

— Il va l'être, dit Paul.

— Je voudrais bien savoir ce que se disent Achille et Nestor, dit Natalie en indiquant par un regard d'enfantine curiosité la porte d'un petit salon.

— Ils parlent de nos enfants, de notre mort, et de je ne sais quelles autres frivolités semblables ;

ils comptent nos écus pour nous dire si nous pourrons toujours avoir cinq chevaux à l'écurie. Ils s'occupent aussi de donations, mais je les ai prévenus.

— Comment? dit Natalie.

— Ne me suis-je pas donné tout entier? dit-il en regardant la jeune fille dont la beauté redoubla quand le plaisir causé par cette réponse eut coloré son visage.

— Ma mère, comment puis-je reconnaître tant de générosité?

— Ma chère enfant, n'as-tu pas toute la vie pour y répondre? Savoir faire le bonheur de chaque jour, n'est-ce pas apporter d'inépuisables trésors? Moi, je n'en avais pas d'autres en dot.

— Aimez-vous Lanstrac? dit Paul à Natalie.

— Comment n'aimerais-je pas une chose à vous? dit-elle. Aussi voudrais-je bien voir votre maison.

— Notre maison, dit Paul. Vous voulez savoir si j'ai bien prévu vos goûts, si vous vous y plairez. Madame votre mère a rendu la tâche d'un mari difficile, vous avez toujours été bien heureuse; mais quand l'amour est infini, rien ne lui est impossible.

— Chers enfants, dit madame Évangélista, pourrez-vous rester à Bordeaux pendant les premiers jours de votre mariage? Si vous vous sentez le courage d'affronter le monde qui vous connaît, vous épie, vous gêne, soit! Mais si vous éprouvez tous deux cette pudeur de sentiment qui enserre l'âme et ne s'exprime pas, nous irons à Paris où la vie d'un jeune ménage se perd dans le torrent. Là seulement vous pourrez être comme deux amants, sans avoir à craindre le ridicule.

— Vous avez raison ma mère, je n'y pensais point. Mais à peine aurais-je le temps de préparer ma maison. J'écrirai ce soir à de Marsay, celui de mes amis sur lequel je puis compter pour faire marcher les ouvriers.

Au moment où, semblable aux jeunes gens habitués à satisfaire leurs plaisirs sans calcul préalable, Paul s'engageait inconsidérément dans les dépenses d'un séjour à Paris, maître Mathias entra dans le salon et fit signe à son client de venir lui parler.

— Qu'y a-t-il, mon ami ? dit Paul en se laissant mener dans une embrasure de fenêtre.

— Monsieur le comte, dit le bonhomme, il n'y a pas un sou de dot. Mon avis est de remettre la conférence à un autre jour, afin que vous puissiez prendre un parti convenable.

— Monsieur Paul, dit Natalie, je veux vous dire aussi mon mot à part.

Quoique la contenance de madame Évangélista fût calme, jamais juif du moyen-âge ne souffrit dans sa chaudière pleine d'huile bouillante, le martyre qu'elle souffrait dans sa robe de velours violet. Solonet lui avait garanti le mariage, mais elle ignorait les moyens, les conditions du succès, et subissait l'horrible angoisse des alternatives. Elle dut peut-être son triomphe à la désobéissance de sa fille. Natalie avait commenté les paroles de sa mère dont l'inquiétude était visible pour elle. Quand elle vit le succès de sa coquetterie, elle se sentit atteinte au cœur par mille pensées contradictoires. Sans blâmer sa mère, elle fut honteuse à demi de ce manège dont le prix était un gain quelconque. Puis, elle fut prise d'une curiosité jalouse assez concevable. Elle voulut savoir si Paul l'aimait assez pour surmonter les difficultés prévues par sa mère, et que lui dénonçait la figure un peu nuageuse de maître Mathias. Ces sentiments la poussèrent à un mouvement de loyauté qui d'ailleurs la posait bien. La plus noire perfidie n'eût pas été aussi dangereuse que le fut son innocence.

— Paul, lui dit-elle à voix basse, et elle le nomma ainsi pour la première fois, si quelques difficultés d'intérêts pouvaient nous séparer, songez que je vous relève de vos engagements, et vous permets de jeter sur moi la défaveur qui résulterait d'une rupture.

Elle mit une si profonde dignité dans l'expression de sa générosité, que Paul crut au désintéressement de Natalie, à son ignorance du fait que son notaire venait de lui révéler ; il pressa la main de la jeune fille et la baisa comme un homme à qui l'amour était plus cher que l'intérêt. Natalie sortit.

— Sac à papier, monsieur le comte, vous faites des sottises, reprit le vieux notaire en rejoignant son client.

Paul demeura songeur : il comptait avoir environ cent mille livres de rentes, en réunissant sa fortune à celle de Natalie ; et quelque passionné que soit un homme, il ne passe pas sans émotion de cent à quarante-six mille livres de rentes, en acceptant une femme habituée au luxe.

— Ma fille n'est pas là, reprit madame Évangélista qui s'avança royalement vers son gendre et le notaire, pouvez-vous me dire ce qui nous arrive ?

— Madame, répondit Mathias épouvanté du silence de Paul, et qui rompit la glace, il survient un empêchement dilatoire...

A ce mot, maître Solonet sortit du petit salon et coupa la parole à son vieux confrère par une phrase qui rendit la vie à Paul. Accablé par le souvenir de ses phrases galantes, par son attitude amoureuse, Paul ne savait ni comment les démentir, ni comment en changer ; il aurait voulu pouvoir se jeter dans un gouffre.

— Il est un moyen d'acquitter madame envers sa fille, dit le jeune notaire d'un ton dégagé. Madame Évangélista possède quarante mille livres de rentes en inscriptions cinq pour cent, dont le capital sera bientôt au pair, s'il ne le dépasse ; ainsi nous pouvons le compter pour huit cent mille francs. Cet hôtel et son jardin valent bien deux cent mille francs. Cela posé, madame peut transporter par le contrat la nue propriété de ces valeurs à sa fille, car je ne pense pas que les intentions de monsieur soient de laisser sa belle-mère sans ressources. Si madame a mangé sa fortune, elle rend celle de sa fille, à une bagatelle près.

— Les femmes sont bien malheureuses de ne rien entendre aux affaires, dit madame Évangélista. J'ai des nues propriétés ? Qu'est-ce que cela, mon Dieu !

Paul était dans une sorte d'extase en entendant cette transaction[1]. Le vieux notaire voyant le piège tendu, son client un pied déjà pris, resta pétrifié, se disant : — Je crois que l'on se joue de nous !

— Si madame suit mon conseil, elle assurera sa tranquillité, dit le jeune notaire en continuant. En se sacrifiant, au moins ne faut-il pas que des mineurs la tracassent. On ne sait ni qui vit ni qui meurt ! Monsieur le comte reconnaîtra donc par le contrat avoir reçu la somme totale revenant à mademoiselle Évangélista sur la succession de son père.

Mathias ne put comprimer l'indignation qui brilla dans ses yeux et lui colora la face.

— Et cette somme, dit-il en tremblant, est de ?

— Un million cent cinquante-six mille francs, suivant l'acte...

— Pourquoi ne demandez-vous pas à monsieur le comte de faire *hic et nunc* le délaissement de sa fortune à sa future épouse ? dit Mathias, ce serait plus franc que ce que vous nous demandez. La ruine du comte de Manerville ne s'accomplira pas sous mes yeux, je me retire.

Il fit un pas vers la porte afin d'instruire son client de la gravité des circonstances ; mais il revint, et s'adressant à madame Évangélista :
— Ne croyez pas, madame, que je vous fasse soli-

152

daire des idées de mon confrère, je vous tiens pour une honnête femme, une grande dame qui ne savez rien des affaires.

— Merci, mon cher confrère, dit Solonet.

— Vous savez bien qu'entre nous il n'y a jamais d'injure, lui répondit Mathias. Madame, sachez au moins le résultat de ces stipulations. Vous êtes encore assez jeune, assez belle, pour vous remarier. — Oh! mon Dieu, madame, dit le vieillard à un geste de madame Évangélista, qui peut répondre de soi!

— Je ne croyais pas, monsieur, dit madame Évangélista, qu'après être restée veuve pendant sept belles années et avoir refusé de brillants partis par amour de ma fille, je serais soupçonnée à trente-neuf ans d'une semblable folie! Si nous n'étions pas en affaire, je prendrais cette supposition pour une impertinence.

— Ne serait-il pas plus impertinent de croire que vous ne pouvez plus vous marier?

— Vouloir et pouvoir sont deux termes bien différents, dit galamment Solonet.

— Hé! bien, dit maître Mathias, ne parlons pas de votre mariage. Vous pouvez, et nous le désirons tous, vivre encore quarante-cinq ans. Or, comme vous gardez pour vous l'usufruit de la fortune de monsieur Évangélista; durant votre existence, vos enfants pendront-ils leurs dents au croc?

— Qu'est-ce que signifie cette phrase? dit la veuve. Que veulent dire ce *croc* et cet *usufruit?*

Solonet, homme de goût et d'élégance, se mit à rire.

— Je vais la traduire, répondit le bonhomme. Si vos enfants veulent être sages, ils penseront à l'avenir. Penser à l'avenir, c'est économiser la moitié de ses revenus en supposant qu'il ne nous vienne que deux enfants, auxquels il faudra donner d'abord une belle éducation, puis une grosse dot. Votre fille et votre gendre seront donc réduits à vingt mille livres de rentes, quand l'un et l'autre en dépensaient cinquante sans être mariés. Ceci n'est rien. Mon client devra compter un jour à ses enfants onze cent mille francs du bien de leur mère, et ne les aura peut-être pas encore reçus si sa femme est morte et que madame vive encore, ce qui peut arriver. En conscience, signer un pareil contrat, n'est-ce pas se jeter pieds et poings liés dans la Gironde ? Vous voulez faire le bonheur de mademoiselle votre fille ? Si elle aime son mari, sentiment dont ne doutent jamais les notaires, elle épousera ses chagrins. Madame, j'en vois assez pour la faire mourir de douleur, car elle sera dans la misère. Oui, madame, la misère, pour des gens auxquels il faut cent mille livres de rentes, est de n'en avoir plus que vingt mille. Si, par amour, monsieur le comte faisait des folies, sa femme le ruinerait par ses reprises le jour où quelque malheur adviendrait. Je plaide ici pour vous, pour eux, pour leurs enfants, pour tout le monde.

— Le bonhomme a bien fait feu de tous ses canons, pensa maître Solonet en jetant un regard à sa cliente comme pour lui dire : — Allons !

— Il est un moyen d'accorder ces intérêts, répondit avec calme madame Évangélista. Je puis me réserver seulement une pension nécessaire pour entrer dans un couvent, et vous aurez mes biens dès à présent. Je puis renoncer au monde, si ma mort anticipée assure le bonheur de ma fille.

— Madame, dit le vieux notaire, prenons le temps de peser mûrement le parti qui conciliera toutes les difficultés.

— Hé ! mon Dieu, monsieur, dit madame Évangélista qui voyait sa perte dans un retard, tout est pesé. J'ignorais ce qu'était un mariage en France, je suis Espagnole et créole. J'ignorais qu'avant de marier ma fille il fallût savoir le nombre de jours que Dieu m'accorderait encore, que ma fille souffrirait de ma vie, que j'ai tort de vivre et tort d'avoir vécu. Quand mon mari m'épousa, je n'avais que mon nom et ma personne. Mon nom seul valait pour lui des trésors auprès desquels pâlissaient les siens. Quelle fortune égale un grand nom ? Ma dot était la beauté, la vertu, le bonheur, la naissance, l'éducation. L'argent donne-t-il ces trésors ? Si le père de Natalie entendait notre conversation, son âme généreuse en serait affectée pour toujours et lui gâterait son bonheur en paradis. J'ai dissipé, follement peut-être ! quelques millions sans que jamais ses sourcils aient fait un mouvement. Depuis sa mort, je suis devenue économe et rangée en comparaison de la vie qu'il voulait que je menasse. Brisons donc ! Monsieur de Manerville est tellement abattu que je...

Aucune onomatopée ne peut rendre la confusion et le désordre que le mot *Brisons* introduisit dans la conversation, il suffira de dire que ces quatre personnes si bien élevées parlèrent toutes ensemble.

— On se marie en Espagne à l'espagnole et comme on veut ; mais l'on se marie en France à la française, raisonnablement et comme on peut ! disait Mathias.

— Ah ! madame, s'écria Paul en sortant de sa stupeur, vous vous méprenez sur mes sentiments.

— Il ne s'agit pas ici de sentiments, dit le vieux notaire en voulant arrêter son client, nous faisons les affaires de trois générations. Est-ce nous qui avons mangé les millions absents, nous qui ne demandons qu'à résoudre des difficultés dont nous sommes innocents ?

— Épousez-nous et ne chipotez pas, disait Solonet.

— Chipoter ! chipoter ! Vous appelez chipoter défendre les intérêts des enfants, du père et de la mère, disait Mathias.

— Oui, disait Paul à sa belle-mère en continuant, je déplore les dissipations de ma jeunesse, qui ne me permettent pas de clore cette discussion par un mot, comme vous déplorez votre ignorance des affaires et votre désordre involontaire. Dieu m'est témoin que je ne pense pas en ce moment à moi, une vie simple à Lanstrac ne m'effraie point ; mais ne faut-il pas que mademoiselle Natalie renonce à ses goûts, à ses habitudes ? Voici notre existence modifiée.

— Où donc Évangélista puisait-il ses millions ? dit la veuve.

— Monsieur Évangélista faisait des affaires, il jouait le grand jeu des commerçants, il expédiait des navires et gagnait des sommes considérables ; nous sommes un propriétaire dont le capital est placé, dont les revenus sont inflexibles, répondit vivement le vieux notaire.

— Il est encore un moyen de tout concilier, dit Solonet qui par cette phrase proférée d'un ton de fausset imposa silence aux trois autres en attirant leurs regards et leur attention.

Ce jeune homme ressemblait à un habile cocher qui tient les rênes d'un attelage à quatre chevaux et s'amuse à les animer, à les retenir. Il déchaînait les passions, il les calmait tour à tour en faisant suer dans son harnais Paul dont la vie et le bonheur étaient à tout moment en question, et sa cliente qui ne voyait pas clair à travers les tournoiements de la discussion.

— Madame Évangélista, dit-il après une pause, peut délaisser dès aujourd'hui les inscriptions cinq pour cent et vendre son hôtel. Je lui en ferai trouver trois cent mille francs en l'exploitant par lots. Sur ce prix, elle vous remettra cent cinquante mille francs. Ainsi madame vous donnera neuf cent cinquante mille francs immédiatement. Si ce n'est pas ce qu'elle doit à sa fille, trouvez beaucoup de dots semblables en France ?

— Bien, dit maître Mathias, mais que deviendra madame ?

156

A cette question, qui supposait un assentiment, Solonet se dit en lui-même : — Allons donc, mon vieux loup, te voilà pris !

— Madame ! répondit à haute voix le jeune notaire, madame gardera les cinquante mille écus restant sur le prix de son hôtel. Cette somme jointe au produit de son mobilier peut se placer en rentes viagères ; et lui procurera vingt mille livres de rentes. Monsieur le comte lui arrangera une demeure chez lui. Lanstrac est grand. Vous avez un hôtel à Paris, dit-il en s'adressant directement à Paul, madame votre belle-mère peut donc vivre partout avec vous. Une veuve qui, sans avoir à supporter les charges d'une maison, possède vingt mille livres de rentes, est plus riche que ne l'était madame quand elle jouissait de toute sa fortune. Madame Évangélista n'a que sa fille, monsieur le comte est également seul, vos héritiers sont éloignés, aucune collision d'intérêts n'est à craindre. La belle-mère et le gendre qui se trouvent dans les conditions où vous êtes forment toujours une même famille. Madame Évangélista compensera le déficit actuel par les bénéfices d'une pension qu'elle vous donnera sur ses vingt mille livres de rentes viagères, ce qui aidera d'autant votre existence. Nous connaissons madame trop généreuse, trop grande pour supposer qu'elle veuille être à charge à ses enfants. Ainsi vous vivrez unis, heureux, en pouvant disposer de cent mille francs par an, somme suffisante, n'est-ce pas, monsieur le comte ? pour jouir en tout pays des agréments de l'existence et satisfaire ses caprices. Et croyez-moi, les jeunes mariés sentent souvent la nécessité d'un tiers dans leur ménage. Or, je le demande, quel tiers plus affectueux qu'une bonne mère ?...

Paul croyait entendre un ange en entendant parler Solonet. Il regarda Mathias pour savoir s'il ne partageait pas son admiration pour la chaleureuse éloquence de Solonet, car il ignorait que sous les feints emportements de leurs paroles passionnées, les notaires comme les avoués cachent la froideur et l'attention continue des diplomates.

— Un petit paradis, s'écria le vieillard.

Stupéfait par la joie de son client, Mathias alla s'asseoir sur une ottomane, la tête dans une de ses mains, plongé dans une méditation évidemment douloureuse. La lourde phraséologie dans laquelle les gens d'affaires enveloppent à dessein leurs malices, il la connaissait, et n'était pas homme à s'y laisser prendre. Il se mit à regarder à la dérobée son confrère et madame Évangélista qui continuèrent à converser avec Paul, et il essaya de surprendre quelques indices du complot dont la trame si savamment ourdie commençait à se laisser voir.

— Monsieur, dit Paul à Solonet, je vous remercie du soin que vous prenez à concilier nos intérêts. Cette transaction résout toutes les difficultés plus heureusement que je ne l'espérais ; si toutefois elle vous convient, madame, dit-il en se tournant vers madame Évangélista, car je ne voudrais rien de ce qui ne vous arrangerait pas également.

— Moi, reprit-elle, tout ce qui fera le bonheur de mes enfants me comblera de joie. Ne me comptez pour rien.

— Il n'en doit pas être ainsi, dit vivement Paul. Si votre existence n'était pas honorablement assurée, Natalie et moi nous en souffririons plus que vous n'en souffririez vous-même.

— Soyez sans inquiétude, monsieur le comte, reprit Solonet.

— Ha ! pensa maître Mathias, ils vont lui faire baiser les verges avant de lui donner le fouet.

— Rassurez-vous, disait Solonet, il se fait en ce moment tant de spéculations à Bordeaux, que les placements en viager s'y négocient à des taux avantageux. Après avoir prélevé sur le prix de l'hôtel et du mobilier les cinquante mille écus que nous vous devrons, je crois pouvoir garantir à madame qu'il lui restera deux cent cinquante mille francs. Je me charge de mettre cette somme en rentes viagères par première hypothèque sur des biens valant un million, et d'en obtenir dix pour cent, vingt-cinq mille livres de rentes. Ainsi nous marions à peu de chose près, des fortunes égales. En effet, contre vos quarante-six mille livres de rentes, mademoiselle Natalie apporte quarante mille livres de rentes en cinq pour cent, et cent cinquante mille francs en écus, susceptibles de donner sept mille livres de rentes : total, quarante-sept.

— Mais cela est évident, dit Paul.

En achevant sa phrase, maître Solonet avait jeté sur sa cliente un regard oblique, saisi par Mathias, et qui voulait dire : — Lancez la réserve.

— Mais ! s'écria madame Évangélista dans un accès de joie qui ne parut pas jouée, je puis donner à Natalie mes diamants, ils doivent valoir au moins cent mille francs.

— Nous pouvons les faire estimer, dit le notaire, et ceci change tout à fait la thèse. Rien ne s'oppose alors à ce que monsieur le comte reconnaisse avoir reçu l'intégralité des sommes revenant à mademoiselle Natalie de la succession de son père, et que les futurs époux n'entendent au contrat le compte de tutelle. Si madame, en se dépouillant avec une loyauté tout espagnole, remplit à cent mille francs près ses obligations, il est juste de lui donner quittance.

— Rien n'est plus juste, dit Paul, je suis seulement confus de ces procédés généreux.

— Ma fille, n'est-elle pas une autre moi ? dit madame Évangélista.

Maître Mathias aperçut une expression de joie sur la figure de madame Évangélista, quand elle vit les difficultés à peu près levées : cette joie et l'oubli des diamants qui arrivaient là comme des

troupes fraîches[1] lui confirmèrent tous ses soupçons.

— La scène était préparée entre eux, comme les
joueurs préparent les cartes pour une partie où
l'on ruinera quelque pigeon, se dit le vieux
notaire. Ce pauvre enfant que j'ai vu naître sera-
t-il donc plumé vif par sa belle-mère, rôti par
l'amour et dévoré par sa femme? Moi, qui ai si
bien soigné ces belles terres, les verrai-je fricas-
sées en une seule soirée? Trois millions et demi
qui seront hypothéqués pour onze cent mille
francs de dot que ces deux femmes lui feront
manger.

En découvrant dans l'âme de cette femme des
intentions qui, sans tenir à la scélératesse, au
crime, au vol, à la supercherie, à l'escroquerie, à
aucun sentiment mauvais ni à rien de blâmable,
comportaient néanmoins toutes les criminalités
en germe, maître Mathias n'éprouva ni douleur,
ni généreuse indignation. Il n'était pas le Misan-
thrope, il était un vieux notaire, habitué par son
métier aux adroits calculs des gens du monde, à
ces habiles traîtrises plus funestes que ne l'est un
franc assassinat commis sur la grande route par
un pauvre diable, guillotiné en grand appareil.
Pour la haute société, ces passages de la vie, ces
congrès diplomatiques sont comme de petits
coins honteux où chacun jette ses ordures. Plein
de pitié pour son client, maître Mathias jetait un
long regard sur l'avenir, n'y voyait rien de bon.

— Entrons donc en campagne avec les mêmes
armes, se dit-il, et battons-les.

En ce moment, Paul, Solonet et madame Évangélista, gênés par le silence du vieillard, sentirent
combien l'approbation de ce censeur leur était
nécessaire pour sanctionner cette transaction, et
tous trois ils le regardèrent simultanément.

— Eh! bien, mon cher monsieur Mathias, que
pensez-vous de ceci? lui dit Paul.

— Voici ce que je pense, répondit l'intraitable

et consciencieux notaire. Vous n'êtes pas assez riche pour faire de ces royales folies. La terre de Lanstrac, estimée à trois pour cent, représente plus d'un million, y compris son mobilier ; les fermes du Grassol et du Guadet, votre clos de Belle-Rose valent un autre million ; vos deux hôtels et leur mobilier, un troisième million. Contre ces trois millions donnant quarante-sept mille deux cents francs de rentes, mademoiselle Natalie apporte huit cent mille francs sur le grand livre, et supposons cent mille francs de diamants qui me semblent une valeur hypothétique ! plus, cent cinquante mille francs d'argent, en tout un million cinquante mille francs ! En présence de ces faits, mon confrère vous dit glorieusement que nous marions des fortunes égales ! Il veut que nous restions grevés de cent mille francs envers nos enfants, puisque nous reconnaîtrions à notre femme, par le compte de tutelle entendu, un apport de onze cent cinquante-six mille francs, en n'en recevant que un million cinquante mille ! Vous écoutez de pareilles sornettes avec le ravissement d'un amoureux, et vous croyez que maître Mathias qui n'est pas amoureux peut oublier l'arithmétique et ne signalera pas la différence qui existe entre les placements territoriaux dont le capital est énorme, qui va croissant, et les revenus de la dot dont le capital est sujet à des chances et à des diminutions d'intérêt. Je suis assez vieux pour avoir vu l'argent décroître et les terres augmenter. Vous m'avez appelé, monsieur le comte, pour stipuler vos intérêts : laissez-moi les défendre, ou renvoyez-moi.

— Si monsieur cherche une fortune égale en capital à la sienne, dit Solonet, nous n'avons pas trois millions et demi, rien n'est plus évident. Si vous possédez trois accablants millions, nous ne pouvons offrir que notre pauvre petit million, presque rien ! trois fois la dot d'une archiduchesse de la maison d'Autriche. Bonaparte a reçu deux cent cinquante mille francs en épousant Marie-Louise.

— Marie-Louise a perdu Bonaparte, dit maître Mathias en grommelant.

La mère de Natalie saisit le sens de cette phrase.

— Si mes sacrifices ne servent à rien, s'écriat-elle, je n'entends pas pousser plus loin une discussion semblable, je compte sur la discrétion de monsieur, et renonce à l'honneur de sa main pour ma fille.

Après les évolutions que le jeune notaire avait prescrites, cette bataille d'intérêts était arrivée au terme où la victoire devait appartenir à madame Évangélista. La belle-mère s'ouvrait le cœur, livrait ses biens, était quasi libérée. Sous peine de manquer aux lois de la générosité, de mentir à l'amour, le futur époux devait accepter ces conditions résolues par avance entre maître Solonet et madame Évangélista. Comme une aiguille d'horloge mue par ses rouages, Paul arriva fidèlement au but.

— Comment, madame, s'écria Paul, en un moment vous pourriez briser...

— Mais, monsieur, répondit-elle, à qui dois-je ? à ma fille. Quand elle aura vingt et un ans, elle recevra mes comptes et me donnera quittance. Elle possédera un million, et pourra, si elle veut, choisir parmi les fils de tous les pairs de France. N'est-elle pas une Casa-Réal ?

— Madame a raison. Pourquoi serait-elle plus maltraitée aujourd'hui qu'elle ne le sera dans quatorze mois. Ne la privez pas des bénéfices de sa maternité, dit Solonet.

— Mathias, s'écria Paul avec une profonde douleur, il est deux sortes de ruine, et vous me perdez en ce moment !

Il fit un pas vers lui, sans doute pour lui dire qu'il voulait que le contrat fût rédigé sur l'heure. Le vieux notaire prévint ce malheur par un regard qui voulait dire : — Attendez ! Puis il vit des larmes dans les yeux de Paul, larmes arrachées par la honte que lui causait ce débat, par la phrase péremptoire de madame Évangélista qui annonçait une rupture, et il les sécha par un geste, celui d'Archimède criant : —*Euréka !* Le mot PAIR DE FRANCE avait été, pour lui, comme une torche dans un souterrain.

Natalie apparut en ce moment ravissante comme une aurore, et dit d'un air enfantin : — Suis-je de trop ?

— Singulièrement de trop, ma fille, lui répondit sa mère avec une cruelle amertume.

— Venez, ma chère Natalie, dit Paul en la prenant par la main et l'amenant à un fauteuil près de la cheminée, tout est arrangé ! Car il lui fut impossible de supporter le renversement de ses espérances.

Mathias reprit vivement : — Oui, tout peut encore s'arranger.

Semblable au général qui, dans un moment, renverse les combinaisons préparées par l'ennemi, le vieux notaire avait vu le génie qui préside au Notariat lui déroulant en caractères légaux une conception capable de sauver l'avenir de Paul et celui de ses enfants. Maître Solonet ne connaissait pas d'autre dénoûment à ces difficultés inconciliables que la résolution inspirée au jeune homme par l'amour, et à laquelle l'avait conduit cette tempête de sentiments et d'intérêts contrariés ; aussi fut-il étrangement surpris de l'exclamation de son confrère. Curieux de connaître le remède que maître Mathias pouvait trouver à un état de choses qui devait lui paraître perdu sans ressources, il lui dit : — Que proposez-vous ?

— Natalie, ma chère enfant, laissez-nous, dit madame Évangélista.

— Mademoiselle n'est pas de trop, répondit maître Mathias en souriant, je vais parler pour elle aussi bien que pour monsieur le comte.

Il se fit un silence profond pendant lequel chacun plein d'agitation attendit l'improvisation du vieillard avec une indicible curiosité.

— Aujourd'hui, reprit monsieur Mathias après une pause[1], la profession de notaire a changé de face. Aujourd'hui les révolutions politiques influent sur l'avenir des familles, ce qui n'arrivait pas autrefois. Autrefois les existences étaient définies et les rangs étaient déterminés...

— Nous n'avons pas un cours d'économie politique à faire, mais un contrat de mariage, dit Solonet en laissant échapper un geste d'impatience et en interrompant le vieillard.

— Je vous prie de me laisser parler à mon tour, dit le bonhomme.

Solonet alla s'asseoir sur l'ottomane en disant à voix basse à madame Évangélista : — Vous allez connaître ce que nous nommons entre nous le *galimatias.*

— Les notaires sont donc obligés de suivre la marche des affaires politiques, qui maintenant sont intimement liées aux affaires des particuliers. En voici un exemple : Autrefois les familles nobles avaient des fortunes inébranlables que les lois de la révolution ont brisées et que le système actuel tend à reconstituer, reprit le vieux notaire en se livrant aussi à la faconde du *tabellionaris boa constrictor* (le Boa-Notaire). Par son nom, par ses talents, par sa fortune, monsieur le comte est appelé à siéger un jour à la chambre élective. Peut-être ses destinées le mèneront-elles à la chambre héréditaire, et nous lui connaissons assez de moyens pour justifier nos prévisions. Ne partagez-vous pas mon opinion, madame ? dit-il à la veuve.

— Vous avez pressenti mon plus cher espoir, dit-elle. Manerville sera pair de France, ou je mourrais de chagrin.

— Tout ce qui peut nous acheminer vers ce

but?... dit maître Mathias en interrogeant l'astucieuse belle-mère par un geste de bonhomie.

— Est, répondit-elle, mon plus cher désir.

— Eh! bien, reprit Mathias, ce mariage n'est-il pas une occasion naturelle de fonder un majorat? fondation qui, certes, militera dans l'esprit du gouvernement actuel pour la nomination de mon client, au moment d'une fournée. Monsieur le comte y consacrera nécessairement la terre de Lanstrac qui vaut un million. Je ne demande pas à mademoiselle de contribuer à cet établissement par une somme égale, ce ne serait pas juste ; mais nous pouvons y affecter huit cent mille francs de son apport. Je connais à vendre en ce moment deux domaines qui jouxtent la terre de Lanstrac, et où les huit cent mille francs à employer en acquisitions territoriales seront placés un jour à quatre et demi pour cent. L'hôtel à Paris doit être également compris dans l'institution du majorat. Le surplus des deux fortunes, sagement administré, suffira grandement à l'établissement des autres enfants. Si les parties contractantes s'accordent sur ces dispositions, monsieur le comte peut accepter votre compte de tutelle et rester chargé du reliquat. Je consens !

— *Questa coda non è di questo gatto* (cette queue n'est pas de ce chat), s'écria madame Évangélista en regardant son parrain Solonet et lui montrant Mathias.

— Il y a quelque anguille sous roche, lui dit à mi-voix Solonet en répondant par un proverbe français au proverbe italien.

— Pourquoi tout ce gâchis-là, demanda Paul à Mathias en l'emmenant dans le petit salon.

— Pour empêcher votre ruine, lui répondit à voix basse le vieux notaire. Vous voulez absolument épouser une fille et une mère qui ont mangé environ deux millions en sept ans, vous acceptez un débet de plus de cent mille francs envers vos enfants auxquels vous devrez compter un jour les onze cent cinquante-six mille francs de leur mère, quand vous en recevez aujourd'hui à peine un million. Vous risquez de voir votre fortune dévorée en cinq ans, et de rester nu comme un Saint-Jean, en restant débiteur de sommes énormes envers votre femme ou ses hoirs. Si vous voulez vous embarquer dans cette galère, allez-y, monsieur le comte. Mais laissez au moins votre vieil ami sauver la maison de Manerville.

— Comment la sauvez-vous ainsi ? demanda Paul.

— Écoutez, monsieur le comte, vous êtes amoureux ?

— Oui.

— Un amoureux est discret à peu près comme un coup de canon, je ne veux vous rien dire. Si vous parliez, peut-être votre mariage serait-il rompu. Je mets votre amour sous la protection de mon silence. Avez-vous confiance en mon dévouement ?

— Belle question !

— Eh ! bien, sachez que madame Évangélista, son notaire et sa fille nous jouaient par-dessous jambe, et sont plus qu'adroits. Tudieu, quel jeu serré !

— Natalie ? s'écria Paul.

— Je n'en mettrais pas ma main au feu, dit le vieillard. Vous la voulez, prenez-la ! Mais je désirerais voir manquer ce mariage sans qu'il y eût le moindre tort de votre côté.

— Pourquoi ?

— Cette fille dépenserait le Pérou. Puis elle monte à cheval comme un écuyer du Cirque, elle est quasiment émancipée : ces sortes de filles font de mauvaises femmes.

Paul serra la main de maître Mathias, et lui dit en prenant un petit air fat[1] : — Soyez tranquille ! Mais, pour le moment, que dois-je faire ?

— Tenez ferme à ces conditions, ils y consentiront, car elles ne blessent aucun intérêt. D'ailleurs madame Évangélista ne veut que marier sa fille, j'ai vu dans son jeu, défiez-vous d'elle.

Paul rentra dans le salon, où il vit sa belle-mère causant à voix basse avec Solonet, comme il venait de causer avec Mathias. Mise en dehors de ces deux conférences mystérieuses, Natalie jouait avec son écran. Assez embarrassée d'elle-même, elle se demandait : — Par quelle bizarrerie ne me dit-on rien de mes affaires ?

Le jeune notaire saisissait en gros l'effet lointain d'une stipulation basée sur l'amour-propre des parties, et dans laquelle sa cliente avait donné tête baissée. Mais si Mathias n'était plus que notaire, Solonet était encore un peu homme, et portait dans les affaires un amour-propre juvénile. Il arrive souvent ainsi que la vanité personnelle fait oublier à un jeune homme l'intérêt de son client. En cette circonstance, maître Solonet, qui ne voulut pas laisser croire à la veuve que Nestor battait Achille, lui conseillait d'en finir promptement sur ces bases. Peu lui importait la future liquidation de ce contrat ; pour lui, les conditions de la victoire étaient madame Évangélista libérée, son existence assurée, Natalie mariée.

— Bordeaux saura que vous donnez environ onze cent mille francs à Natalie, et qu'il vous reste vingt-cinq mille livres de rentes, dit Solonet à l'oreille de madame Évangélista. Je ne croyais pas obtenir un si beau résultat.

— Mais, dit-elle, expliquez-moi donc pourquoi la création de ce majorat apaise si promptement l'orage ?

— Défiance de vous et de votre fille. Un majorat est inaliénable : aucun des époux n'y peut toucher.

— Ceci est positivement injurieux.

— Non. Nous appelons cela de la prévoyance. Le bonhomme vous a pris dans un piège. Refusez de constituer ce majorat ? Il nous dira : Vous voulez donc dissiper la fortune de mon client, qui, par la création du majorat, est mise hors de toute atteinte, comme si les époux se mariaient sous le régime dotal.

Solonet calma ses propres scrupules en se disant : — Ces stipulations n'ont d'effets que dans l'avenir, et alors madame Évangélista sera morte et enterrée.

En ce moment madame Évangélista se contenta des explications de Solonet, en qui elle avait toute confiance. D'ailleurs elle ignorait les lois ; elle voyait sa fille mariée, elle n'en demandait pas davantage, le matin ; elle fut tout à la joie du succès. Ainsi, comme le pensait Mathias, ni Solonet ni madame Évangélista ne comprenaient encore dans toute son étendue sa conception appuyée sur des raisons inattaquables.

— Hé ! bien, monsieur Mathias, dit la veuve, tout est pour le mieux.

— Madame, si vous et monsieur le comte consentez à ces dispositions, vous devez échanger vos paroles. — Il est bien entendu, n'est-ce pas, dit-il en les regardant l'un et l'autre, que le mariage n'aura lieu que sous la condition de la constitution d'un majorat composé de la terre de Lanstrac et de l'hôtel situé rue de la Pépinière, appartenant au futur époux, *item* de huit cent mille francs pris en argent dans l'apport de la future épouse, et dont l'emploi se fera en terres ? Pardonnez-moi, madame, cette répétition : un engagement positif et solennel est ici nécessaire. L'érection d'un majorat exige des formalités, des démarches à la chancellerie, une ordonnance royale, et nous devons conclure immédiatement l'acquisition des terres, afin de les comprendre dans la désignation des biens que l'ordonnance royale a la vertu de rendre inaliénables. Dans beaucoup de familles on ferait un compromis, mais entre vous un simple consentement doit suffire. Consentez-vous ?

— Oui, dit madame Évangélista.

— Oui, dit Paul.

— Et moi ? dit Natalie en riant.

— Vous êtes mineure, mademoiselle, lui répondit Solonet, ne vous en plaignez pas.

Il fut alors convenu que maître Mathias rédigerait le contrat, que maître Solonet minuterait le compte de tutelle, et que ces actes se signeraient, suivant la loi, quelques jours avant la célébration du mariage. Après quelques salutations, les deux notaires se levèrent.

— Il pleut. Mathias, voulez-vous que je vous reconduise, dit Solonet ? J'ai mon cabriolet.

— Ma voiture est à vos ordres, dit Paul en manifestant l'intention d'accompagner le bonhomme.

— Je ne veux pas vous voler un instant, dit le vieillard : j'accepte la proposition de mon confrère.

— Hé ! bien, dit Achille à Nestor quand le cabriolet roula dans les rues, vous avez été vraiment patriarcal. En vérité, ces jeunes gens se seraient ruinés.

— J'étais effrayé de leur avenir, dit Mathias en gardant le secret sur les motifs de sa proposition.

En ce moment les deux notaires ressemblaient à deux acteurs qui se donnent la main dans la coulisse après avoir joué sur le théâtre une scène de provocations haineuses.

— Mais, dit Solonet, qui pensait alors aux choses du métier, n'est-ce pas à moi d'acquérir les terres dont vous parlez ? n'est-ce pas l'emploi de notre dot ?

— Comment pourrez-vous faire comprendre dans un majorat établi par le comte de Manerville les biens de mademoiselle Évangélista ? répondit Mathias.

— La chancellerie nous répondra sur cette difficulté, dit Solonet.

— Mais je suis le notaire du vendeur aussi bien

que de l'acquéreur, répondit Mathias. D'ailleurs monsieur de Manerville peut acheter en son nom. Lors du paiement nous ferons mention de l'emploi des fonds dotaux.

— Vous avez réponse à tout, mon ancien, dit Solonet en riant. Vous avez été surprenant ce soir, vous nous avez battus.

— Pour un vieux qui ne s'attendait pas à vos batteries chargées à mitraille, ce n'était pas mal, hein ?

— Ha ! ha ! fit Solonet.

La lutte odieuse où le bonheur matériel d'une famille avait été si périlleusement risqué n'était plus pour eux qu'une question de polémique notariale.

— Nous n'avons pas pour rien quarante ans de bricole ! dit Mathias. Écoutez, Solonet, reprit-il, je suis bonhomme, vous pourrez assister au contrat de vente des terres à joindre au majorat.

— Merci, mon bon Mathias. A la première occasion vous me trouverez tout à vous.

Pendant que les deux notaires s'en allaient ainsi paisiblement, sans autre émotion qu'un peu de chaleur à la gorge, Paul et madame Évangélista se trouvaient en proie à cette trépidation de nerfs, à cette agitation précordiale, à ces tressaillements de moelle et de cervelle que ressentent les gens passionnés après une scène où leurs intérêts et leurs sentiments ont été violemment secoués. Chez madame Évangélista ces derniers grondements de l'orage étaient dominés par une terrible réflexion, par une lueur rouge qu'elle voulait éclaircir.

— Maître Mathias n'aurait-il pas détruit en quelques minutes mon ouvrage de six mois ? se dit-elle. N'aurait-il pas soustrait Paul à mon influence en lui inspirant de mauvais soupçons pendant leur conférence secrète dans le petit salon ?

Elle était debout devant sa cheminée, le coude

appuyé sur le coin du manteau de marbre, toute songeuse. Quand la porte cochère se ferma sur la voiture des deux notaires, elle se retourna vers son gendre, impatientée de résoudre ses doutes.

— Voilà la plus terrible journée de ma vie, s'écria Paul vraiment joyeux de voir ces difficultés terminées. Je ne sais rien de plus rude que ce vieux père Mathias. Que Dieu l'entende, et que je devienne *pair de France!* Chère Natalie, je le désire maintenant plus pour vous que pour moi. Vous êtes toute mon ambition, je ne vis qu'en vous.

En entendant cette phrase accentuée par le cœur, en voyant surtout le limpide azur des yeux de Paul dont le regard, aussi bien que le front, n'accusait aucune arrière-pensée, la joie de madame Évangélista fut entière. Elle se reprocha les paroles un peu vives par lesquelles elle avait éperonné son gendre ; et, dans l'ivresse du succès, elle se résolut à rasséréner l'avenir. Elle reprit sa contenance calme, fit exprimer à ses yeux cette douce amitié qui la rendait si séduisante, et répondit à Paul : — Je puis vous en dire autant. Aussi, cher enfant, peut-être ma nature espagnole m'a-t-elle emportée plus loin que mon cœur ne le voulait. Soyez ce que vous êtes, bon comme Dieu ? ne me gardez point rancune de quelques paroles inconsidérées. Donnez-moi la main ?

Paul était confus, il se trouvait mille torts, il embrassa madame Évangélista.

— Cher Paul, dit-elle tout émue, pourquoi ces deux escogriffes n'ont-ils pas arrangé cela sans nous, puisque tout devait si bien s'arranger ?

— Je n'aurais pas su, dit Paul, combien vous étiez grande et généreuse.

— Bien cela, Paul ! dit Natalie en lui serrant la main.

— Nous avons, dit madame Évangélista, plusieurs petites choses à régler, mon cher enfant. Ma fille et moi, nous sommes au-dessus de niaiseries auxquelles certaines gens tiennent beaucoup. Ainsi Natalie n'a nul besoin de diamants, je lui donne les miens.

— Ah! chère mère, croyez-vous que je puisse les accepter? s'écria Natalie.

— Oui, mon enfant, ils sont une condition du contrat.

— Je ne le veux pas, je ne me marierai pas, répondit vivement Natalie. Gardez ces pierreries que mon père prenait tant de plaisir à vous offrir. Comment monsieur Paul peut-il exiger...?

— Tais-toi, chère fille, dit la mère dont les yeux se remplirent de larmes. Mon ignorance des affaires exige bien davantage!

— Quoi donc?

— Je vais vendre mon hôtel pour m'acquitter de ce que je te dois.

— Que pouvez-vous me devoir, dit-elle, à moi qui vous dois la vie? Puis-je m'acquitter jamais envers vous, moi? Si mon mariage vous coûte le plus léger sacrifice, je ne veux pas me marier.

— Enfant!

— Chère Natalie, dit Paul, comprenez donc que ce n'est ni moi, ni votre mère, ni vous qui exigeons ces sacrifices, mais les enfants...

— Et si je ne me marie pas? dit-elle en l'interrompant.

— Vous ne m'aimez donc point? dit Paul.

— Allons, petite folle, crois-tu qu'un contrat soit un château de cartes sur lequel tu puisses souffler à plaisir? Chère ignorante, tu ne sais pas combien nous avons eu de peine à bâtir un majorat à l'aîné de tes enfants! Ne nous rejette pas dans les ennuis d'où nous sommes sortis.

— Pourquoi ruiner ma mère? dit Natalie en regardant Paul.

— Pourquoi êtes-vous si riche? répondit-il en souriant.

— Ne vous disputez pas trop, mes enfants, vous n'êtes pas encore mariés, dit madame Évangé-

172

lista. Paul, reprit-elle, il ne faut donc ni corbeille, ni joyaux, ni trousseau ? Natalie a tout à profusion. Réservez plutôt l'argent que vous auriez mis à des cadeaux de noces, pour vous assurer à jamais un petit luxe intérieur. Je ne sais rien de plus sottement bourgeois que de dépenser cent mille francs à une corbeille de laquelle il ne subsiste rien un jour qu'un vieux coffre en satin blanc. Au contraire, cinq mille francs par an attribués à la toilette évitent mille soucis à une jeune femme, et lui restent pendant toute la vie. D'ailleurs, l'argent d'une corbeille sera nécessaire à l'arrangement de votre hôtel à Paris. Nous reviendrons à Lanstrac au printemps, car pendant l'hiver, Solonet aura liquidé mes affaires.

— Tout est pour le mieux, dit Paul au comble du bonheur.

— Je verrai donc Paris, s'écria Natalie avec un accent qui aurait justement effrayé un de Marsay.

— Si nous nous arrangeons ainsi, dit Paul, je vais écrire à de Marsay de me prendre une loge aux Italiens et à l'Opéra pour l'hiver.

— Vous êtes bien aimable, je n'osais pas vous le demander, dit Natalie. Le mariage est une institution fort agréable, si elle donne aux maris le talent de deviner les désirs de leurs femmes.

— Ce n'est pas autre chose, dit Paul, mais il est minuit, il faut partir.

— Pourquoi si tôt aujourd'hui ? dit madame Évangélista qui déploya les câlineries auxquelles les hommes sont si sensibles.

Quoique tout se fût passé dans les meilleurs termes, et selon les lois de la plus exquise politesse, l'effet de la discussion de ces intérêts avait néanmoins jeté chez le gendre et chez la belle-mère un germe de défiance et d'inimitié prêt à lever au premier feu d'une colère ou sous la chaleur d'un sentiment trop violemment heurté. Dans la plupart des familles, la constitution des dots et les donations à faire au contrat de mariage engendrent ainsi des hostilités primitives, soulevées par l'amour-propre, par la lésion de quelques sentiments, par le regret des sacrifices et par l'envie de les diminuer. Ne faut-il pas un vainqueur et un vaincu, lorsqu'il s'élève une difficulté? Les parents des futurs essaient de conclure avantageusement cette affaire à leurs yeux purement commerciale, et qui comporte les ruses, les profits, les déceptions du négoce. La plupart du temps le mari seul est initié dans les secrets de ces débats, et la jeune épouse reste, comme le fut Natalie, étrangère aux stipulations qui la font riche ou pauvre. En s'en allant, Paul pensait que, grâce à l'habileté de son notaire, sa fortune était presque entièrement garantie de toute ruine. Si madame Évangélista ne se séparait point de sa fille, leur maison aurait au delà de cent mille francs à dépenser par an; ainsi toutes ses prévisions d'existence heureuse se réalisaient.

— Ma belle-mère me paraît être une excellente femme, se dit-il encore sous le charme des patelineries par lesquelles madame Évangélista s'était efforcée de dissiper les nuages élevés par la discussion. Mathias se trompe. Ces notaires sont singuliers, ils enveniment tout. Le mal est venu de ce petit ergoteur de Solonet, qui a voulu faire l'habile.

Pendant que Paul se couchait en récapitulant les avantages qu'il avait remportés dans cette soirée, madame Évangélista s'attribuait également la victoire.

— Eh! bien, mère chérie, es-tu contente? dit Natalie en suivant sa mère dans sa chambre à coucher.

— Oui, mon amour, répondit la mère, tout a réussi selon mes désirs, et je me sens un poids de moins sur les épaules qui ce matin m'écrasait. Paul est une excellente pâte d'homme. Ce cher enfant, oui certes! nous lui ferons une belle existence. Tu le rendras heureux, et moi je me charge de sa fortune politique. L'ambassadeur d'Espagne est un de mes amis, je vais renouer avec lui, comme avec toutes mes connaissances. Oh! nous serons bientôt au cœur des affaires, tout sera joie pour nous. A vous les plaisirs, chers enfants; à moi les dernières occupations de la vie, le jeu de l'ambition. Ne t'effraie pas de me voir vendre mon hôtel, crois-tu que nous revenions jamais à Bordeaux? à Lanstrac? oui. Mais nous irons passer tous les hivers à Paris, où sont maintenant nos véritables intérêts. Eh! bien, Natalie, était-il si difficile de faire ce que je te demandais?

— Ma petite mère, par moments, j'avais honte.

— Solonet me conseille de mettre mon hôtel en rente viagère, se dit madame Évangélista, mais il faut faire autrement, je ne veux pas t'enlever un liard de ma fortune.

— Je vous ai vus tous bien en colère, dit Natalie. Comment cette tempête s'est-elle donc apaisée?

— Par l'offre de mes diamants, répondit madame Évangélista. Solonet avait raison. Avec quel talent il a conduit l'affaire. Mais, dit-elle, prends donc mon écrin, Natalie! Je ne me suis jamais sérieusement demandé ce que valent ces diamants. Quand je disais cent mille francs, j'étais folle. Madame de Gyas ne prétendait-elle pas que le collier et les boucles d'oreilles que m'a donnés ton père, le jour de notre mariage, valaient au moins cette somme. Mon pauvre mari était d'une prodigalité! Puis mon diamant de famille, celui que Philippe II a donné au duc d'Albe et que m'a légué ma tante, le *Discreto*, fut, je crois, estimé jadis quatre mille quadruples.

Natalie apporta sur la toilette de sa mère ses colliers de perles, ses parures, ses bracelets d'or, ses pierreries de toute nature, et les y entassa complaisamment en manifestant l'inexprimable sentiment qui réjouit certaines femmes à l'aspect de ces trésors avec lesquels, suivant les commentateurs du Talmud, les anges maudits séduisirent les filles de l'homme en allant chercher au fond de la terre ces fleurs du feu céleste.

— Certes, dit madame Évangélista, quoiqu'en fait de joyaux, je ne sois bonne qu'à les recevoir et à les porter, il me semble qu'en voici pour beaucoup d'argent. Puis, si nous ne faisons plus qu'une seule maison, je peux vendre mon argenterie, qui seulement au poids vaut trente mille francs. Quand nous l'avons apportée de Lima, je me souviens qu'ici la douane lui attribuait cette valeur. Solonet a raison ! J'enverrai chercher Élie Magus. Le juif m'estimera ces écrins. Peut-être serais-je dispensée de mettre le reste de ma fortune à fonds perdu.

— Le beau collier de perles ! dit Natalie.

— J'espère qu'il te le laissera, s'il t'aime. Ne devrait-il pas faire remonter tout ce que je lui remettrai de pierreries et te les offrir. D'après le contrat les diamants t'appartiennent. Allons, adieu, mon ange. Après une si fatigante journée, nous avons toutes deux besoin de repos.

La petite maîtresse, la créole, la grande dame incapable d'analyser les dispositions d'un contrat qui n'était pas encore formulé, s'endormit donc dans la joie en voyant sa fille mariée à un homme facile à conduire, qui les laisserait toutes deux également maîtresses au logis, et dont la fortune, réunie aux leurs, permettrait de ne rien changer à leur manière de vivre. Après avoir rendu ses comptes à sa fille, dont la fortune était reconnue, madame Évangélista se trouvait encore à son aise.

— Étais-je folle de tant m'inquiéter, se dit-elle, je voudrais que le mariage fût fini.

Ainsi madame Évangélista, Paul, Natalie et les deux notaires étaient tous enchantés de cette première rencontre. Le *Te Deum* se chantait dans les deux camps[1], situation dangereuse ! il vient un moment où cesse l'erreur du vaincu. Pour la veuve, son gendre était le vaincu.

Le lendemain matin, Élie Magus vint chez madame Évangélista, croyant, d'après les bruits qui couraient sur le mariage prochain de mademoiselle Natalie et du comte Paul, qu'il s'agissait de parures à leur vendre. Le juif fut donc étonné en apprenant qu'il s'agissait au contraire d'une prisée quasi-légale des diamants de la belle-mère. L'instinct des juifs, autant que certaines questions captieuses, lui fit comprendre que cette valeur allait sans doute être comptée dans le contrat de mariage. Les diamants n'étant pas à vendre, il les prisa comme s'ils devaient être achetés par un particulier chez un marchand. Les joailliers seuls savent reconnaître les diamants de l'Asie de ceux du Brésil. Les pierres de Golconde et de Visapour se distinguent par une blancheur, par une netteté de brillant que n'ont pas les autres dont l'eau comporte une teinte jaune qui les fait, à poids égal, déprécier lors de la vente. Les boucles d'oreilles et le collier de madame Évangélista, entièrement composés de diamants asiatiques, furent estimés deux cent cinquante mille francs par Élie Magus. Quant au *Discreto* c'était, selon lui, l'un des plus beaux diamants possédés par des particuliers, il était connu dans le commerce et valait cent mille francs. En apprenant un prix qui lui révélait les prodigalités de son mari, madame Évangélista demanda si elle pouvait avoir cette somme immédiatement.

— Madame, répondit le juif, si vous voulez vendre, je ne donnerais que soixante-quinze mille du brillant et cent soixante mille du collier et des boucles d'oreilles.

— Et pourquoi ce rabais ? demanda madame Évangélista surprise.

— Madame, répondit le juif, plus les diamants sont beaux, plus long-temps nous les gardons. La rareté des occasions de placement est en raison de la haute valeur des pierres. Comme le marchand ne doit pas perdre les intérêts de son argent, les intérêts à recouvrer, joints aux chances de la baisse et de la hausse à laquelle sont exposées ces marchandises, expliquent la différence entre le prix d'achat et le prix de vente. Vous avez perdu depuis vingt ans les intérêts de trois cent mille francs. Si vous portiez dix fois par an vos diamants, ils vous coûtaient chaque soirée mille écus. Combien de belles toilettes n'a-t-on pas pour mille écus! Ceux qui conservent des diamants sont donc des fous; mais, heureusement pour nous, les femmes ne veulent pas comprendre ces calculs.

— Je vous remercie de me les avoir exposés, j'en profiterai!

— Vous voulez vendre? reprit avidement le juif.

— Que vaut le reste? dit madame Évangélista.

Le juif considéra l'or des montures, mit les perles au jour, examina curieusement les rubis, les diadèmes, les agrafes, les bracelets, les fermoirs, les chaînes, et dit en marmottant: — Il s'y trouve beaucoup de diamants portugais venus du Brésil! Cela ne vaut pour moi que cent mille francs. Mais, de marchand à chaland, ajouta-t-il, ces bijoux se vendraient plus de cinquante mille écus.

— Nous les gardons, dit madame Évangélista.

— Vous avez tort, répondit Élie Magus. Avec les revenus de la somme qu'ils représentent, en cinq ans vous auriez d'aussi beaux diamants et vous conserveriez le capital[1].

Cette conférence assez singulière fut connue et corrobora certaines rumeurs excitées par la discussion du contrat. En province tout se sait. Les gens de la maison ayant entendu quelques éclats de voix supposèrent une discussion beaucoup plus vive qu'elle ne l'était, leurs commérages avec les autres valets s'étendirent insensiblement; et, de cette basse région, remontèrent aux maîtres.

L'attention du beau monde et de la ville était si bien fixée sur le mariage de deux personnes également riches ; petit ou grand, chacun s'en occupait tant, que, huit jours après, il circulait dans Bordeaux les bruits les plus étranges : — Madame Évangélista vendait son hôtel, elle était donc ruinée. Elle avait proposé ses diamants à Élie Magus. Rien n'était conclu entre elle et le comte de Manerville. Ce mariage se ferait-il ? Les uns disaient *oui*, les autres *non*. Les deux notaires questionnés démentirent ces calomnies et parlèrent des difficultés purement réglementaires suscitées par la constitution d'un majorat. Mais, quand l'opinion publique a pris une pente, il est bien difficile de la lui faire remonter. Quoique Paul allât tous les jours chez madame Évangélista, malgré l'assertion des deux notaires, les doucereuses calomnies continuèrent. Plusieurs jeunes filles, leurs mères ou leurs tantes, chagrines d'un mariage rêvé pour elles-mêmes ou pour leurs familles, ne pardonnaient pas plus à madame Évangélista son bonheur qu'un auteur ne pardonne un succès à son voisin. Quelques personnes se vengeaient de vingt ans de luxe et de grandeur que la maison espagnole avait fait peser sur leur amour-propre. Un grand homme de préfecture disait que les deux notaires et les deux familles ne pouvaient pas tenir un autre langage ni une autre conduite dans le cas d'une rupture. Le temps que demandait l'érection du majorat confirmait les soupçons des politiques bordelais.

— Ils amuseront le tapis pendant tout l'hiver ; puis, au printemps, ils iront aux eaux, et nous apprendrons dans un an que le mariage est manqué.

— Vous comprenez, disaient les uns, que, pour ménager l'honneur de deux familles, les difficultés ne seront venues d'aucun côté, ce sera la chancellerie qui refusera ; ce sera quelque chicane élevée sur le majorat qui fera naître la rupture.

— Madame Évangélista, disaient les autres, menait un train auquel les mines de Valenciana n'auraient pas suffi. Quand il a fallu fondre la cloche, il ne se sera plus rien trouvé !

Excellente occasion pour chacun de supputer les dépenses de la belle veuve, afin d'établir catégoriquement sa ruine ! Les rumeurs furent telles qu'il se fit des paris pour ou contre le mariage. Suivant la jurisprudence mondaine, ces caquetages couraient à l'insu des parties intéressées. Personne n'était ni assez ennemi ni assez ami de Paul ou de madame Évangélista pour les en instruire. Paul eut quelques affaires à Lanstrac, et profita de la circonstance pour y faire une partie de chasse avec plusieurs jeunes gens de la ville, espèce d'adieu à la vie de garçon. Cette partie de chasse fut acceptée par la société comme une éclatante confirmation des soupçons publics. Dans ces conjonctures, madame de Gyas, qui avait une fille à marier, jugea convenable de sonder le terrain et d'aller s'attrister joyeusement de l'échec reçu par les Évangélista. Natalie et sa mère furent assez surprises en voyant la figure mal grimée de la marquise, et lui demandèrent s'il ne lui était rien arrivé de fâcheux.

— Mais, dit-elle, vous ignorez donc les bruits qui circulent dans Bordeaux ? Quoique je les croie faux, je venais savoir la vérité pour les faire cesser sinon partout, au moins dans mon cercle d'amis. Être les dupes ou les complices d'une semblable erreur est une position trop fausse pour que de vrais amis veuillent y rester.

— Mais que se passe-t-il donc ? dirent la mère et la fille.

Madame de Gyas se donna le plaisir de raconter les dires de chacun, sans épargner un seul coup de poignard à ses deux amies intimes. Natalie et madame Évangélista se regardèrent en riant, mais elles avaient bien compris le sens de la narration et les motifs de leur amie. L'Espagnole prit sa revanche à peu près comme Célimène avec Arsinoé.

— Ma chère, ignorez-vous donc, vous qui connaissez la province, ignorez-vous ce dont est capable une mère quand elle a sur les bras une fille qui ne se marie pas faute de dot et d'amoureux, faute de beauté, faute d'esprit, quelquefois faute de tout ? Elle arrêterait une diligence, elle assassinerait, elle attendrait un homme au coin d'une rue, elle se donnerait cent fois elle-même si elle valait quelque chose. Il y en a beaucoup dans cette situation à Bordeaux qui nous prêtent sans doute leurs pensées et leurs actions. Les naturalistes nous ont dépeint les mœurs de beaucoup d'animaux féroces ; mais ils ont oublié la mère et la fille en quête d'un mari. C'est des hyènes qui, selon le Psalmiste, cherchent une proie à dévorer, et qui joignent au naturel de la bête l'intelligence de l'homme et le génie de la femme. Que ces petites araignées bordelaises, mademoiselle de Belor, mademoiselle de Trans, etc., occupées depuis si long-temps à travailler leurs toiles sans y voir de mouche, sans entendre le moindre battement d'aile à l'entour, soient furieuses, je le conçois, je leur pardonne leurs propos envenimés. Mais que vous, qui marierez votre fille quand vous le voudrez, vous riche et titrée, vous qui n'avez rien de provincial ; vous dont la fille est spirituelle, pleine de qualités, jolie, en position de choisir ; que vous, si distinguée des autres par vos grâces parisiennes, ayez pris le moindre souci, voilà pour nous un sujet d'étonnement ! Dois-je compte au public des stipulations matrimoniales que les gens d'affaires ont trouvées utiles dans les circonstances politiques qui domineront l'existence de mon gendre ? La manie des délibérations publiques va-t-elle atteindre l'intérieur des familles ? Fallait-il convoquer par lettres closes les pères et les mères de *votre* province pour les faire assister au vote des articles de notre contrat de mariage ?

Un torrent d'épigrammes roula sur Bordeaux. Madame Évangélista quittait la ville : elle pouvait passer en revue ses amis, ses ennemis, les caricaturer, les fouetter à son gré sans avoir rien à craindre. Aussi donna-t-elle passage à ses observations gardées, à ses vengeances ajournées, en cherchant quel intérêt avait telle ou telle personne à nier le soleil en plein midi.

— Mais, ma chère, dit la marquise de Gyas, le séjour de monsieur de Manerville à Lanstrac, ces fêtes aux jeunes gens en semblables circonstances...

— Hé ! ma chère, dit la grande dame en l'interrompant, croyez-vous que nous adoptions les petitesses du cérémonial bourgeois ? Le comte Paul est-il tenu en laisse comme un homme qui peut s'enfuir ? Croyez-vous que nous ayons besoin de le faire garder par la gendarmerie ? Craignons-nous de nous le voir enlever par quelque conspiration bordelaise ?

— Soyez persuadée, chère amie, que vous me faites un plaisir extrême...

La parole fut coupée à la marquise par le valet de chambre, qui annonça Paul. Comme tous les amoureux, Paul avait trouvé charmant de faire quatre lieues pour venir passer une heure avec Natalie. Il avait laissé ses amis à la chasse, et il arrivait éperonné, botté, cravache en main.

— Cher Paul, dit Natalie, vous ne savez pas quelle réponse vous donnez en ce moment à madame.

Quand Paul apprit les calomnies qui couraient dans Bordeaux, il se mit à rire au lieu de se mettre en colère.

— Ces braves gens savent peut-être qu'il n'y aura pas de ces nopces et festins en usage dans les provinces, ni mariage à midi dans l'église ; ils sont furieux. Eh ! bien, chère mère, dit-il en baisant la main de madame Évangélista, nous leur jetterons à la tête un bal, le jour de la signature du contrat, comme on jette au peuple sa fête dans le grand carré des Champs-Élysées, et nous procurerons à nos bons amis le douloureux plaisir de signer un contrat comme il s'en fait rarement en province.

Cet incident fut d'une haute importance. Madame Évangélista pria tout Bordeaux pour le jour de la signature du contrat, et manifesta l'intention de déployer dans sa dernière fête un luxe qui donnât d'éclatants démentis aux sots mensonges de la société. Ce fut un engagement solennel pris à la face du public de marier Paul et Natalie. Les préparatifs de cette fête durèrent quarante jours, elle fut nommée la nuit des camélias. Il y eut une immense quantité de ces fleurs dans l'escalier, dans l'antichambre et dans la salle où l'on servit le souper. Ce délai coïncida naturellement avec ceux qu'exigeaient les formalités préliminaires du mariage, et les démarches faites à Paris pour l'érection du majorat. L'achat des terres qui jouxtaient Lanstrac eut lieu, les bans se publièrent, les doutes se dissipèrent. Amis et ennemis ne pensèrent plus qu'à préparer leurs toilettes pour la fête indiquée[1]. Le temps pris par ces événements passa donc sur les difficultés soulevées par la première conférence, en emportant dans l'oubli les paroles et les débats de l'orageuse discussion à laquelle avait donné lieu le contrat de mariage. Ni Paul ni sa belle-mère n'y songeaient plus. N'était-ce pas, comme l'avait dit madame Évangélista, l'affaire des deux notaires ? Mais à qui n'est-il pas arrivé, quand la vie est d'un cours si rapide, d'être soudainement interpellé par la voix d'un souvenir qui se dresse souvent trop tard, et vous rappelle un fait important, un danger prochain ? Dans la matinée du jour où devait se signer le contrat de Paul et de Natalie, un de ces feux follets de l'âme brilla chez madame Évangélista pendant les somnolescences de son réveil. Cette phrase : *Questa coda non è di questo gatto !* dite par elle à l'instant où Mathias accédait aux conditions de Solonet, lui fut criée par une voix. Malgré son inaptitude aux affaires, madame Évangélista se dit en elle-même : — Si l'habile maître Mathias s'est apaisé, sans doute il trouvait satisfaction aux dépens de l'un des deux époux. L'intérêt lésé ne devait pas être celui de Paul, comme elle l'avait espéré. Serait-ce donc la fortune de sa fille qui payait les frais de la guerre ? Elle se proposa de demander des explications sur la teneur du contrat, sans penser à ce qu'elle devait faire au cas où ses intérêts seraient trop gravement compromis. Cette journée influa tellement sur la vie conjugale de Paul qu'il est nécessaire d'expliquer quelques-unes de ces circonstances extérieures qui déterminent tous les esprits. L'hôtel Évangélista devant être vendu, la belle-mère du comte de Manerville n'avait reculé devant aucune dépense pour la fête. La cour était sablée, couverte d'une tente à la turque et parée d'arbustes malgré l'hiver. Ces camélias, dont il était parlé depuis Angoulême jusqu'à Dax, tapissaient les escaliers et les vestibules. Des pans de murs avaient disparu pour agrandir la salle du festin et celle où l'on dansait. Bordeaux, où brille le luxe de tant de fortunes coloniales, était dans l'attente des féeries annoncées. Vers huit heures, au moment de la dernière discussion, les gens curieux de voir les femmes en toilette descendant de voiture se rassemblèrent en deux haies de chaque côté de la porte cochère. Ainsi la somptueuse atmosphère d'une fête agissait sur les esprits au moment de signer le contrat. Lors de la crise, les lampions allumés flambaient sur leurs ifs, et le roulement des premières voitures retentissait dans la cour. Les deux notaires dînèrent avec les deux fiancés et la belle-mère. Le premier clerc de Mathias, chargé de recevoir les signatures pendant la soirée en veillant à ce que le contrat ne fût pas indiscrètement lu, fut également un des convives.

Chacun peut feuilleter ses souvenirs : aucune toilette, aucune femme, rien ne serait comparable à la beauté de Natalie, qui, parée de dentelles et de satin, coquettement coiffée de ses cheveux retombant en mille boucles sur son col, ressemblait à une fleur enveloppée de son feuillage. Vêtue d'une robe en velours cerise, couleur habilement choisie pour rehausser l'éclat de son teint, ses yeux et ses cheveux noirs, madame Évangélista, dans toute la beauté de la femme à quarante ans, portait son collier de perles agrafé par le *Discreto*, afin de démentir les calomnies.

Pour l'intelligence de la scène, il est nécessaire de dire que Paul et Natalie demeurèrent assis au coin du feu, sur une causeuse, et n'écoutèrent aucun article du compte de tutelle. Aussi enfants l'un que l'autre, également heureux, l'un par ses désirs, l'autre par sa curieuse attente, voyant la vie comme un ciel tout bleu, riches, jeunes, amoureux, ils ne cessèrent de s'entretenir à voix basse en se parlant à l'oreille. Armant déjà son amour de la légalité, Paul se plut à baiser le bout des doigts de Natalie, à effleurer son dos de neige, à frôler ses cheveux en dérobant à tous les regards les joies de cette émancipation illégale. Natalie jouait avec l'écran en plumes indiennes que lui avait offert Paul, cadeau qui, d'après les croyances superstitieuses de quelques pays, est pour l'amour un présage aussi sinistre que celui des ciseaux ou de tout autre instrument tranchant donné, qui sans doute rappelle les Parques de la Mythologie. Assise près des deux notaires, madame Évangélista prêtait la plus scrupuleuse attention à la lecture des pièces. Après avoir entendu le compte de la tutelle, savamment rédigé par Solonet, et qui, de trois millions et quelques cent mille francs laissés par monsieur

Évangélista, réduisait la part de Natalie aux fameux onze cent cinquante-six mille francs, elle dit au jeune couple : — Mais écoutez donc, mes enfants, voici votre contrat ! Le clerc but un verre d'eau sucrée, Solonet et Mathias se mouchèrent. Paul et Natalie regardèrent ces quatre personnages, écoutèrent le préambule et se remirent à causer. L'établissement des apports, la donation générale en cas de mort sans enfants, la donation du quart en usufruit et du quart en nue propriété permise par le Code quel que soit le nombre des enfants, la constitution du fonds de la communauté, le don des diamants à la femme, des bibliothèques et des chevaux au mari, tout passa sans observations. Vint la constitution du majorat. Là, quand tout fut lu et qu'il n'y eut plus qu'à signer, madame Évangélista demanda quel serait l'effet de ce majorat.

— Le majorat, madame, dit maître Solonet, est une fortune inaliénable, prélevée sur celle des deux époux et constituée au profit de l'aîné de la maison, à chaque génération, sans qu'il soit privé de ses droits au partage général des autres biens.

— Qu'en résultera-t-il pour ma fille ? demanda-t-elle.

Maître Mathias, incapable de déguiser la vérité, prit la parole : — Madame, le majorat étant un apanage distrait des deux fortunes, si la future épouse meurt la première en laissant un ou plusieurs enfants dont un mâle, monsieur le comte de Manerville leur tiendra compte de trois cent cinquante-six mille francs seulement, sur lesquels il exercera sa donation du quart en usufruit, du quart en nue propriété. Ainsi sa dette envers eux est réduite à cent soixante mille francs environ, sauf ses bénéfices dans la communauté, ses reprises, etc. Au cas contraire, s'il décédait le premier, laissant également des enfants mâles, madame de Manerville aurait droit à trois cent cinquante-six mille francs seulement, à ses donations sur les biens de monsieur de Manerville qui ne font point partie du majorat, à ses reprises en diamants, et à sa part dans la communauté.

Les effets de la profonde politique de maître Mathias apparurent alors dans tout leur jour.

— Ma fille est ruinée, dit à voix basse madame Évangélista.

Le vieux et le jeune notaires entendirent cette phrase.

— Est-ce se ruiner, lui répondit à mi-voix maître Mathias, que de constituer à sa famille une fortune indestructible[1] ?

En voyant l'expression que prit la figure de sa cliente, le jeune notaire ne crut pas pouvoir se dispenser de chiffrer le désastre.

— Nous voulions leur attraper trois cent mille francs, ils nous en reprennent évidemment huit cent mille, le contrat se balance par une perte de quatre cent mille francs à notre charge et au profit des enfants. Il faut rompre ou poursuivre, dit Solonet à madame Évangélista.

Le moment de silence que gardèrent alors ces personnages ne saurait se décrire. Maître Mathias attendait en triomphateur la signature des deux personnes qui avaient cru dépouiller son client. Natalie, hors d'état de comprendre qu'elle perdait la moitié de sa fortune, Paul ignorant que la maison de Manerville la gagnait, riaient et causaient toujours. Solonet et madame Évangélista se regardaient en contenant l'un son indifférence, l'autre une foule de sentiments irrités. Après s'être livrée à des remords inouïs, après avoir regardé Paul comme la cause de son improbité, la veuve s'était décidée à pratiquer de honteuses manœuvres pour rejeter sur lui les fautes de sa tutelle, en le considérant comme sa victime. En un moment elle s'apercevait que là où elle croyait triompher elle périssait, et la victime était sa propre fille ! Coupable sans profit, elle se trouvait la dupe d'un vieillard probe de qui elle perdait sans doute l'estime. Sa conduite secrète n'avait-elle pas inspiré les stipulations de maître Mathias ? Réflexion horrible ! Mathias avait éclairé Paul. S'il n'avait pas encore parlé, certes le contrat une fois signé, ce vieux loup préviendrait son client des dangers courus, et maintenant évités, ne fût-ce que pour en recevoir ces éloges auxquels tous les esprits sont accessibles. Ne le mettrait-il pas en garde contre une femme assez astucieuse pour avoir trempé dans cette ignoble conspiration ? ne détruirait-il pas l'empire qu'elle avait conquis sur son gendre ? Les natures faibles, une fois préve-nues, se jettent dans l'entêtement, et n'en revien-nent jamais. Tout était donc perdu ! Le jour où commença la discussion, elle avait compté sur la faiblesse de Paul, sur l'impossibilité où il serait de rompre une union si avancée. En ce moment elle s'était bien autrement liée. Trois mois aupa-ravant, Paul n'avait que peu d'obstacles à vaincre pour rompre son mariage ; mais aujourd'hui tout Bordeaux savait que depuis deux mois les notaires avaient aplani les difficultés. Les bans étaient publiés. Le mariage devait être célébré dans deux jours. Les amis des deux familles, toute la société parée pour la fête arrivaient. Com-ment déclarer que tout était ajourné ? La cause de cette rupture se saurait, la probité sévère de maî-tre Mathias aurait créance, il serait préférable-ment écouté. Les rieurs seraient contre les Évan-gélista qui ne manquaient pas de jaloux. Il fallait donc céder ! Ces réflexions si cruellement justes tombèrent sur madame Évangélista comme une trombe, et lui fendirent la cervelle. Si elle garda le sérieux des diplomates, son menton éprouva ce mouvement apoplectique par lequel Catherine II manifesta sa colère le jour où, sur son trône, devant sa cour et dans des circonstances presque semblables, elle fut bravée par le jeune roi de Suède. Solonet remarqua ce jeu de muscles qui annonçait la contraction d'une haine mortelle, orage sourd et sans éclair! En ce moment, madame Évangélista vouait effectivement à son gendre une de ces haines insatiables dont le germe a été laissé par les Arabes dans l'atmosphère des deux Espagnes.

— Monsieur, dit-elle en se penchant à l'oreille de son notaire, vous nommiez ceci du galimatias, il me semble que rien n'était plus clair.

— Madame, permettez...

— Monsieur, dit la veuve en continuant sans écouter Solonet, si vous n'avez pas aperçu l'effet de ces stipulations lors de la conférence que nous avons eue, il est bien extraordinaire que vous n'y ayez point songé dans le silence du cabinet. Ce ne saurait être par incapacité.

Le jeune notaire entraîna sa cliente dans le petit salon en se disant à lui-même : — J'ai plus de mille écus d'honoraires pour le compte de tutelle, mille écus pour le contrat, six mille francs à gagner par la vente de l'hôtel, en tout quinze mille francs à sauver : ne nous fâchons pas. Il ferma la porte, jeta sur madame Évangelista le froid regard des gens d'affaires, devina les sentiments qui l'agitaient et lui dit : — Madame, quand j'ai peut-être dépassé pour vous les bornes de la finesse, comptez-vous payer mon dévouement par un semblable mot ?

— Mais, monsieur...

— Madame, je n'ai pas calculé l'effet des donations, il est vrai ; mais si vous ne voulez pas du comte Paul pour votre gendre, êtes-vous forcée de l'accepter ? Le contrat est-il signé ? Donnez votre fête, et remettons la signature. Il vaut mieux attraper tout Bordeaux que de s'attraper soimême.

— Comment justifier à toute la société déjà prévenue contre nous la non-conclusion de l'affaire ?

— Une erreur commise à Paris, un manque de pièces, dit Solonet.

— Mais les acquisitions?

— Monsieur de Manerville ne manquera ni de dots ni de partis.

— Oui, lui ne perdra rien; mais nous perdons tout, nous!

— Vous, reprit Solonet, vous pourrez avoir un comte à meilleur marché, si, pour vous, le titre est la raison suprême de ce mariage.

— Non, non, nous ne pouvons pas ainsi jouer notre honneur! Je suis prise au piège, monsieur. Tout Bordeaux demain retentirait de ceci. Nous avons échangé des paroles solennelles.

— Vous voulez que mademoiselle Natalie soit heureuse, reprit Solonet.

— Avant tout.

— Être heureuse en France, dit le notaire, n'est-ce pas être la maîtresse au logis? Elle mènera par le bout du nez ce sot de Manerville, il est si nul qu'il ne s'est aperçu de rien. S'il se défiait maintenant de vous, il croira toujours en sa femme. Sa femme, n'est-ce pas vous? Le sort du comte Paul est encore entre vos mains.

— Si vous disiez vrai, monsieur, je ne sais pas ce que je pourrais vous refuser, dit-elle dans un transport qui colora son regard.

— Rentrons, madame, dit maître Solonet en comprenant sa cliente; mais, sur toute chose, écoutez-moi bien! Vous me trouverez après inhabile, si vous voulez.

— Mon cher confrère, dit en rentrant le jeune notaire à maître Mathias, *malgré votre habileté* vous n'avez prévu ni le cas où monsieur de Manerville décéderait sans enfant, ni celui où il mourrait ne laissant que des filles. Dans ces deux cas, le majorat donnerait lieu à des procès avec les Manerville, car alors

Il s'en présentera, gardez-vous d'en douter!

Je crois donc nécessaire de stipuler que dans le premier cas le majorat sera soumis à la donation générale des biens faite entre les époux, et que dans le second l'institution du majorat sera caduque. La convention concerne uniquement la future épouse.

— Cette clause me semble parfaitement juste, dit maître Mathias. Quant à sa ratification, monsieur le comte s'entendra sans doute avec la chancellerie, s'il est besoin.

Le jeune notaire prit une plume et libella sur la marge de l'acte cette terrible clause, à laquelle Paul et Natalie ne firent aucune attention. Madame Évangélista baissa les yeux pendant que maître Mathias la lut.

— Signons, dit la mère.

Le volume de voix que réprima madame Évangélista trahissait une violente émotion. Elle venait de se dire : — Non, ma fille ne sera pas ruinée ; mais lui ! Ma fille aura le nom, le titre et la fortune. S'il arrive à Natalie de s'apercevoir qu'elle n'aime pas son mari, si elle en aimait un jour irrésistiblement un autre, Paul sera banni de France ! et ma fille sera libre, heureuse et riche.

Si maître Mathias se connaissait à l'analyse des intérêts, il connaissait peu l'analyse des passions humaines ; il accepta ce mot comme une amende honorable, au lieu d'y voir une déclaration de guerre. Pendant que Solonet et son clerc veillaient à ce que Natalie signât et paraphât tous les actes, opération qui voulait du temps, Mathias prit Paul à part dans l'embrasure d'une croisée, et lui donna le secret des stipulations qu'il avait inventées pour le sauver d'une ruine certaine.

— Vous avez une hypothèque de cent cinquante mille francs sur cet hôtel, lui dit-il en terminant, et demain elle sera prise. J'ai chez moi les inscriptions au grand-livre, immatriculées par mes soins au nom de votre femme. Tout est en règle. Mais le contrat contient quittance de la somme représentée par les diamants, demandez-les : les affaires sont les affaires. Le diamant gagne en ce moment, il peut perdre. L'achat des domaines d'Auzac et de Saint-Froult vous permet de faire argent de tout, afin de ne pas toucher aux rentes de votre femme. Ainsi, monsieur le comte, point de fausse honte. Le premier paiement est exigible après les formalités, il est de deux cent mille francs, affectez-y les diamants. Vous aurez l'hypothèque sur l'hôtel Évangélista pour le second terme, et les revenus du majorat vous aideront à solder le reste. Si vous avez le courage de ne dépenser que cinquante mille francs pendant trois ans, vous récupérerez les deux cent mille francs desquels vous êtes maintenant débiteur. Si vous plantez de la vigne dans les parties montagneuses de Saint-Froult, vous pourrez en porter le revenu à vingt-six mille francs. Votre majorat, sans compter votre hôtel à Paris, vaudra donc quelque jour cinquante mille livres de rente, ce sera l'un des plus beaux que je connaisse. Ainsi vous aurez fait un excellent mariage.

Paul serra très-affectueusement les mains de son vieux ami. Ce geste ne put échapper à madame Évangélista qui vint présenter la plume à Paul. Pour elle, ses soupçons devinrent des réalités, elle crut alors que Paul et Mathias s'étaient entendus. Des vagues de sang pleines de rage et de haine lui arrivèrent au cœur. Tout fut dit.

Après avoir vérifié si tous les renvois étaient paraphés, si les trois contractants avaient bien mis leurs initiales et leurs paraphes au bas des rectos, maître Mathias regarda tour à tour Paul et sa belle-mère, et ne voyant pas son client demander les diamants, il dit : — Je ne pense pas que la remise des diamants fasse une question, vous êtes maintenant une même famille.

— Il serait plus régulier que madame les donnât, monsieur de Manerville est chargé du reliquat du compte de tutelle, et l'on ne sait qui vit ni qui meurt, dit maître Solonet qui crut apercevoir dans cette circonstance un moyen d'animer la belle-mère contre le gendre.

— Ha, ma mère, dit Paul, ce serait nous faire injure à tous que d'agir ainsi. —*Summum jus, summa injuria*, monsieur, dit-il à Solonet.

— Et moi, dit madame Évangélista qui dans les dispositions haineuses où elle était vit une insulte dans la demande indirecte de Mathias, je déchire le contrat si vous ne les acceptez pas !

Elle sortit en proie à l'une de ces rages sanguinaires qui font souhaiter le pouvoir de tout abîmer, et que l'impuissance porte jusqu'à la folie.

— Au nom du ciel, prenez-les, Paul, lui dit Natalie à l'oreille. Ma mère est fâchée, je saurai ce soir pourquoi, je vous le dirai, nous l'apaiserons.

Heureuse de cette première malice, madame Évangélista garda les boucles d'oreilles et son collier. Elle fit apporter les bijoux, évalués à cent cinquante mille francs par Élie Magus. Habitués à voir les diamants de famille dans les successions, maître Mathias et Solonet examinèrent les écrins et se récrièrent sur leur beauté.

— Vous ne perdrez rien sur la dot, monsieur le comte, dit Solonet en faisant rougir Paul.

— Oui, dit Mathias, ces bijoux peuvent bien payer le premier terme du prix des domaines acquis.

— Et les frais du contrat, dit Solonet.

La haine, comme l'amour, se nourrit des plus petites choses, tout lui va. De même que la personne aimée ne fait rien de mal, de même la personne haïe ne fait rien de bien. Madame Évangélista taxa de simagrées les façons qu'une pudeur assez compréhensible fit faire à Paul, qui voulait laisser les diamants et qui ne savait où mettre les écrins, il aurait voulu pouvoir les jeter par la fenêtre. Madame Évangélista, voyant son embarras, le pressait du regard et semblait lui dire : — Emportez-les d'ici.

— Chère Natalie, dit Paul à sa future femme,

serrez vous-même ces bijoux, ils sont à vous, je vous les donne.

Natalie les mit dans le tiroir d'une console. En ce moment le fracas des voitures était si grand et le murmure des conversations que tenaient dans les salons voisins les personnes arrivées forcèrent Natalie et sa mère à paraître. Les salons furent pleins en un moment, et la fête commença.

— Profitez de la lune de miel pour vendre vos diamants, dit le vieux notaire à Paul en s'en allant.

En attendant le signal de la danse, chacun se parlait à l'oreille du mariage, et quelques personnes exprimaient des doutes sur l'avenir des deux prétendus.

— Est-ce bien fini ? demanda l'un des personnages les plus importants de la ville à madame Évangélista.

— Nous avons eu tant de pièces à lire et à écouter que nous nous trouvons en retard ; mais nous sommes assez excusables, répondit-elle.

— Quant à moi, je n'ai rien entendu, dit Natalie en prenant la main de Paul pour ouvrir le bal.

— Ces jeunes gens-là aiment tous deux la dépense, et ce ne sera pas la mère qui les retiendra, disait une douairière.

— Mais ils ont fondé, dit-on, un majorat de cinquante mille livres de rente.

— Bah !

— Je vois que le bon monsieur Mathias a passé par là, dit un magistrat. Certes, s'il en est ainsi, le bonhomme aura voulu sauver l'avenir de cette famille.

— Natalie est trop belle pour ne pas être horriblement coquette. Une fois qu'elle aura deux ans de mariage, disait une jeune femme, je ne répondrais pas que Manerville ne fût pas un homme malheureux dans son intérieur.

— La Fleur des pois serait donc ramée ? lui répondit maître Solonet.

— Il ne lui fallait pas autre chose que cette grande perche, dit une jeune fille.

— Ne trouvez-vous pas un air mécontent à madame Évangélista ?

— Mais, ma chère, quelqu'un vient de me dire qu'elle garde à peine vingt-cinq mille livres de rente, et qu'est-ce que cela pour elle !

— La misère, ma chère.

— Oui, elle s'est dépouillée pour sa fille. Monsieur de Manerville a été d'une exigence...

— Excessive ! dit maître Solonet. Mais il sera pair de France. Les Maulincour, le vidame de Pamiers, le protégeront ; il appartient au faubourg Saint-Germain.

— Oh ! il y est reçu, voilà tout, dit une dame qui l'avait voulu pour gendre. Mademoiselle Évangélista, la fille d'un commerçant, ne lui ouvrira certes pas les portes du chapitre de Cologne.

— Elle est petite-nièce du duc de Casa-Réal.

— Par les femmes !

Tous les propos furent bientôt épuisés. Les joueurs se mirent au jeu, les jeunes filles et les jeunes gens dansèrent, le souper se servit, et le bruit de la fête s'apaisa vers le matin, au moment où les premières lueurs du jour blanchirent les croisées. Après avoir dit adieu à Paul, qui s'en alla le dernier, madame Évangélista monta chez sa fille, car sa chambre avait été prise par l'architecte pour agrandir le théâtre de la fête. Quoique Natalie et sa mère fussent accablées de sommeil, quand elles furent seules, elles se dirent quelques paroles.

— Voyons, ma mère chérie, qu'avez-vous ?

— Mon ange, j'ai su ce soir jusqu'où pouvait aller la tendresse d'une mère. Tu ne connais rien aux affaires et tu ignores à quels soupçons ma probité vient d'être exposée. Enfin j'ai foulé mon orgueil à mes pieds, il s'agissait de ton bonheur et de notre réputation.

— Vous voulez parler de ces diamants ? Il en a

pleuré le pauvre garçon. Il n'en a pas voulu, je les ai.

— Dors, chère enfant. Nous causerons d'affaires à notre réveil ; car, dit-elle en soupirant, nous avons des affaires, et maintenant il existe un tiers entre nous.

— Ah ! chère mère, Paul ne sera jamais un obstacle à notre bonheur, dit Natalie en s'endormant.

— Pauvre fillette, elle ne sait pas que cet homme vient de la ruiner !

Madame Évangélista fut alors saisie par la première pensée de cette avarice à laquelle les gens âgés finissent par être en proie. Elle voulut reconstituer au profit de sa fille toute la fortune laissée par Évangélista. Elle y trouva son honneur engagé. Son amour pour Natalie la fit en un moment aussi habile calculatrice qu'elle avait été jusqu'alors insouciante en fait d'argent et gaspilleuse. Elle pensait à faire valoir ses capitaux après en avoir placé une partie dans les fonds qui à cette époque valaient environ quatre-vingts francs. Une passion change souvent en un moment le caractère : l'indiscret devient diplomate, le poltron est tout à coup brave. La haine rendit avare la prodigue madame Évangélista. La fortune pouvait servir les projets de vengeance encore mal dessinés et confus qu'elle allait mûrir. Elle s'endormit en se disant : — A demain ! Par un phénomène inexpliqué, mais dont les effets sont familiers aux penseurs, son esprit devait, pendant le sommeil, travailler ses idées, les éclaircir, les coordonner, lui préparer un moyen de dominer la vie de Paul, et lui fournir un plan qu'elle mit en œuvre le lendemain même.

Si l'entraînement de la fête avait chassé les pensées soucieuses qui, par moments, avaient assailli Paul, quand il fut seul avec lui-même et dans son lit, elles revinrent le tourmenter. — Il paraît, se dit-il, que, sans le bon Mathias, j'étais roué par ma belle-mère. Est-ce croyable ? Quel intérêt l'aurait poussée à me tromper ? Ne devons-nous pas confondre nos fortunes et vivre ensemble ? D'ailleurs à quoi bon prendre du souci ? Dans quelques jours Natalie sera ma femme, nos intérêts sont bien définis, rien ne peut nous désunir. Vogue la galère ! Néanmoins je serai sur mes gardes. Si Mathias avait raison, hé ! bien, après tout, je ne suis pas obligé d'épouser ma belle-mère.

Dans cette deuxième bataille l'avenir de Paul avait complètement changé de face sans qu'il le sût. Des deux êtres avec lesquels il se mariait, le plus habile était devenu son ennemi capital et méditait de séparer ses intérêts des siens. Incapable d'observer la différence que le caractère créole mettait entre sa belle-mère et les autres femmes, il pouvait encore moins en soupçonner la profonde habileté. La créole est une nature à part qui tient à l'Europe par l'intelligence, aux Tropiques par la violence illogique de ses passions, à l'Inde par l'apathique insouciance avec laquelle elle fait ou souffre également le bien et le mal ; nature gracieuse d'ailleurs, mais dangereuse comme un enfant est dangereux s'il n'est pas surveillé. Comme l'enfant, cette femme veut tout avoir immédiatement ; comme un enfant, elle mettrait le feu à la maison pour cuire un œuf. Dans sa vie molle elle ne songe à rien ; elle songe à tout quand elle est passionnée. elle a quelque chose de la perfidie des nègres qui l'ont entourée dès le berceau, mais elle est aussi naïve qu'ils sont naïfs. Comme eux et comme les enfants, elle sait toujours vouloir la même chose avec une croissante intensité de désir et peut couver son idée pour la faire éclore. Étrange assemblage de qualités et de défauts, que le génie espagnol avait corroboré chez madame Évangélista, et sur lequel la politesse française avait jeté la glace de son vernis. Ce caractère endormi par le bonheur pendant seize ans, occupé depuis par les minuties du monde, et à qui la première de ses haines avait révélé sa force, se réveillait comme un incendie, il éclatait à un moment de la vie où la femme perd ses plus chères affections, et veut un nouvel élément pour nourrir l'activité qui la dévore. Natalie restait encore pendant trois jours sous l'influence de sa mère ! Madame Évangélista vaincue avait donc à elle une journée, la dernière de celles qu'une fille passe avec sa mère. Par un seul mot la créole pouvait influencer la vie de ces deux êtres destinés à marcher ensemble à travers les halliers et les grandes routes de la société parisienne, car Natalie avait en sa mère une croyance aveugle. Quelle portée acquérait un conseil dans un esprit ainsi prévenu ! Tout un avenir pouvait être déterminé par une phrase. Aucun code, aucune institution humaine ne peut prévenir le crime moral qui tue par un mot. Là est le défaut des justices sociales. Là est la différence qui se trouve entre les mœurs du grand monde et les mœurs du peuple : l'un est franc, l'autre est hypocrite ; à l'un le couteau, à l'autre le venin du langage ou des idées ; à l'un la mort, à l'autre l'impunité.

Le lendemain, vers midi, madame Évangélista se trouvait à demi couchée sur le bord du lit de Natalie. Pendant l'heure du réveil, toutes deux luttaient de câlineries et de caresses en reprenant les heureux souvenirs de leur vie à deux, durant laquelle aucun discord n'avait troublé ni l'harmonie de leurs sentiments, ni la convenance de leurs idées, ni la mutualité de leurs plaisirs.

— Pauvre chère petite, disait la mère en pleurant de véritables larmes, il m'est impossible de ne pas être émue en pensant qu'après avoir toujours fait tes volontés, demain soir tu seras à un homme auquel il faudra obéir ?

— Oh, chère mère, quant à lui obéir ! dit Natalie en laissant échapper un geste de tête qui exprimait une gracieuse mutinerie. Vous riez? reprit-elle. Mon père n'a-t-il pas toujours satisfait vos caprices? pourquoi? il vous aimait. Ne serais-je donc pas aimée, moi?

— Oui, Paul a pour toi de l'amour; mais si une femme mariée n'y prend garde, rien ne se dissipe plus promptement que l'amour conjugal. L'influence que doit avoir une femme sur son mari dépend de son début dans le mariage, il te faudra d'excellents conseils.

— Mais vous serez avec nous...

— Peut-être, chère enfant! Hier, pendant le bal, j'ai beaucoup réfléchi aux dangers de notre réunion. Si ma présence te nuisait, si les petits actes par lesquels tu dois lentement établir ton autorité de femme étaient attribués à mon influence, ton ménage ne deviendrait-il pas un enfer? Au premier froncement de sourcils que se permettrait ton mari, fière comme je le suis, ne quitterais-je pas à l'instant la maison? Si je la dois quitter un jour, mon avis est de n'y pas entrer. Je ne pardonnerais pas à ton mari la désunion qu'il mettrait entre nous. Au contraire, quand tu seras la maîtresse, lorsque ton mari sera pour toi ce que ton père était pour moi, ce malheur ne sera plus à craindre. Quoique cette politique doive coûter à un cœur jeune et tendre comme est le tien, ton bonheur exige que tu sois chez toi souveraine absolue.

— Pourquoi, ma mère, me disiez-vous alors que je dois lui obéir?

— Chère fillette, pour qu'une femme commande, elle doit avoir l'air de toujours faire ce que veut son mari. Si tu ne le savais pas, tu pourrais par une révolte intempestive gâter ton avenir. Paul est un jeune homme faible, il pourrait se laisser dominer par un ami, peut-être même pourrait-il tomber sous l'empire d'une femme, qui te feraient subir leurs influences. Préviens ces chagrins en te rendant maîtresse de lui. Ne vaut-il pas mieux qu'il soit gouverné par toi que de l'être par un autre?

— Certes, dit Natalie. Moi je ne puis vouloir que son bonheur.

— Il m'est bien permis, ma chère enfant, de penser exclusivement au tien, et de vouloir que, dans une affaire si grave, tu ne te trouves pas sans boussole au milieu des écueils que tu vas rencontrer.

— Mais, ma mère chérie, ne sommes-nous donc pas assez fortes toutes les deux pour rester ensemble près de lui, sans avoir à redouter ce froncement de sourcils que vous paraissez redouter? Paul t'aime, maman.

— Oh! oh! il me craint plus qu'il ne m'aime. Observe-le bien aujourd'hui quand je lui dirai que je vous laisse aller à Paris sans moi, tu verras sur sa figure, quelle que soit la peine qu'il prendra pour la dissimuler, une joie intérieure.

— Pourquoi? demanda Natalie.

— Pourquoi? chère enfant! Je suis comme saint Jean-Bouche-d'Or, je le lui dirai à lui-même, et devant toi.

— Mais si je me marie à la seule condition de ne te pas quitter? dit Natalie.

— Notre séparation est devenue nécessaire, reprit madame Évangélista, car plusieurs considérations modifient mon avenir. Je suis ruinée. Vous aurez la plus brillante existence à Paris, je ne saurais y être convenablement sans manger le peu qui me reste; tandis qu'en vivant à Lanstrac, j'aurai soin de vos intérêts et referai ma fortune à force d'économies.

— Toi, maman, faire des économies? s'écria railleusement Natalie. Ne deviens donc pas déjà grand'mère. Comment, tu me quitterais pour de semblables motifs? Chère mère, Paul peut te sembler un petit peu bête, mais il n'est pas le moins du monde intéressé...

— Ah! répondit madame Évangélista d'un son

200

de voix gros d'observations et qui fit palpiter Natalie, la discussion du contrat m'a rendue défiante et m'inspire quelques doutes. Mais sois sans inquiétudes, chère enfant, dit-elle en prenant sa fille par le col et l'amenant à elle pour l'embrasser, je ne te laisserai pas long-temps seule. Quand mon retour parmi vous ne causera plus d'ombrage, quand Paul m'aura jugée, nous reprendrons notre bonne petite vie, nos causeries du soir...

— Comment, ma mère, tu pourras vivre sans ta Ninie ?

— Oui, cher ange, parce que je vivrai pour toi. Mon cœur de mère ne sera-t-il pas sans cesse satisfait par l'idée que je contribue, comme je le dois, à votre double fortune ?

— Mais, chère adorable mère, vais-je donc être seule avec Paul, là, tout de suite ? Que deviendrai-je ? Comment cela se passera-t-il ? que dois-je faire, que dois-je ne pas faire ?

— Pauvre petite, crois-tu que je veuille ainsi t'abandonner à la première bataille ? Nous nous écrirons trois fois par semaine comme deux amoureux, et nous serons ainsi sans cesse au cœur l'une de l'autre. Il ne t'arrivera rien que je ne le sache, et je te garantirai de tout malheur. Puis il serait trop ridicule que je ne vinsse pas vous voir, ce serait jeter de la déconsidération sur ton mari, je passerai toujours un mois ou deux chez vous à Paris.

— Seule, déjà seule et avec lui ! dit Natalie avec terreur en interrompant sa mère.

— Ne faut-il pas que tu sois sa femme ?

— Je le veux bien, mais au moins dis-moi comment je dois me conduire, toi qui faisais tout ce que tu voulais de mon père, tu t'y connais, je t'obéirai aveuglément.

Madame Évangélista baisa Natalie au front, elle voulait et attendait cette prière.

— Enfant, mes conseils doivent s'adapter aux

circonstances. Les hommes ne se ressemblent pas entre eux. Le lion et la grenouille sont moins dissemblables que ne l'est un homme comparé à un autre, moralement parlant. Sais-je aujourd'hui ce qui t'adviendra demain ? Je ne puis maintenant te donner que des avis généraux sur l'ensemble de ta conduite.

— Chère mère, dis-moi donc bien vite tout ce que tu sais.

— D'abord, ma chère enfant, la cause de la perte des femmes mariées qui tiennent à conserver le cœur de leurs maris... Et, dit-elle en faisant une parenthèse, conserver leur cœur ou les gouverner est une seule et même chose, eh ! bien, la cause principale des désunions conjugales se trouve dans une cohésion constante qui n'existait pas autrefois, et qui s'est introduite dans ce pays-ci avec la manie de la famille. Depuis la révolution qui s'est faite en France, les mœurs bourgeoises ont envahi les maisons aristocratiques. Ce malheur est dû à l'un de leurs écrivains, à Rousseau, hérétique infâme qui n'a eu que des pensées anti-sociales et qui, je ne sais comment, a justifié les choses les plus déraisonnables[1]. Il a prétendu que toutes les femmes avaient les mêmes droits, les mêmes facultés ; que, dans l'état de société, l'on devait obéir à la nature ; comme si la femme d'un grand d'Espagne, comme si toi et moi nous avions quelque chose de commun avec une femme du peuple ? Et, depuis, les femmes comme il faut ont nourri leurs enfants, ont élevé leurs filles et sont restées à la maison. Ainsi la vie s'est compliquée de telle sorte que le bonheur est devenu presque impossible, car une convenance entre deux caractères semblable à celle qui nous a fait vivre comme deux amies est une exception. Le contact perpétuel n'est pas moins dangereux entre les enfants et les parents qu'il l'est entre les époux. Il est peu d'âmes chez lesquelles l'amour résiste à l'omniprésence, ce miracle n'appartient qu'à Dieu. Mets donc entre Paul et toi les barrières du monde, va au bal, à l'Opéra ; promènetoi le matin, dîne en ville le soir, rends beaucoup de visites, accorde peu de moments à Paul. Par ce système tu ne perdras rien de ton prix. Quand pour aller jusqu'au bout de l'existence, deux êtres n'ont que le sentiment, ils en ont bientôt épuisé les ressources ; et bientôt l'indifférence, la satiété, le dégoût arrivent. Une fois le sentiment flétri, que devenir ? Sache bien que l'affection éteinte ne se remplace que par l'indifférence ou par le mépris. Sois donc toujours jeune et toujours neuve pour lui. Qu'il t'ennuie, cela peut arriver, mais toi ne l'ennuie jamais. Savoir s'ennuyer à propos est une des conditions de toute espèce de pouvoir. Vous ne pourrez diversifier le bonheur ni par les soins de fortune, ni par les occupations du ménage ; si donc tu ne faisais partager à ton mari tes occupations mondaines, si tu ne l'amusais pas, vous arriveriez à la plus horrible atonie. Là commence le *spleen* de l'amour. Mais on aime toujours qui nous amuse ou qui nous rend heureux. Donner le bonheur ou le recevoir, sont deux systèmes de conduite féminine séparés par un abîme.

— Chère mère, je vous écoute, mais je ne comprend pas.

— Si tu aimes Paul au point de faire tout ce qu'il voudra, s'il te donne vraiment le bonheur, tout sera dit, tu ne seras pas la maîtresse, et les meilleurs préceptes du monde ne serviront à rien[1].

— Ceci est plus clair, mais j'apprends la règle sans pouvoir l'appliquer, dit Natalie en riant. J'ai la théorie, la pratique viendra.

— Ma pauvre Ninie, reprit la mère qui laissa tomber une larme sincère en pensant au mariage de sa fille et qui la pressa sur son cœur, il t'arrivera des choses qui te donneront de la mémoire. Enfin, reprit-elle après une pause pendant laquelle la mère et la fille restèrent unies dans un embrassement plein de sympathie, sache-le bien, ma Natalie, nous avons toutes une destinée en tant que femmes comme les hommes ont leur vocation. Ainsi, une femme est née pour être une femme à la mode, une charmante maîtresse de maison, comme un homme est né général ou poète. Ta vocation est de plaire. Ton éducation t'a d'ailleurs formée pour le monde. Aujourd'hui les femmes doivent être élevées pour le salon comme autrefois elles l'étaient pour le gynécée. Tu n'es faite ni pour être mère de famille, ni pour devenir un intendant. Si tu as des enfants, j'espère qu'ils n'arriveront pas de manière à te gâter la taille le lendemain de ton mariage ; rien n'est plus bourgeois que d'être grosse un mois après la cérémonie, et d'abord cela prouve qu'un mari ne nous aime pas bien. Si donc tu as des enfants, deux ou trois ans après ton mariage, eh ! bien, les gouvernantes et les précepteurs les élèveront. Toi, sois la grande dame qui représente le luxe et le plaisir de la maison ; mais sois une supériorité visible seulement dans les choses qui flattent l'amour-propre des hommes, et cache la supériorité que tu pourras acquérir dans les grandes.

— Mais vous m'effrayez, chère maman, s'écria Natalie. Comment me souviendrai-je de ces préceptes ? Comment vais-je faire, moi si étourdie, si enfant, pour tout calculer, pour réfléchir avant d'agir ?

— Mais, ma chère petite, je ne te dis aujourd'hui que ce que tu apprendrais plus tard, mais en achetant ton expérience par des fautes cruelles, par des erreurs de conduite qui te causeraient des regrets et embarrasseraient ta vie.

— Mais par quoi commencer ? dit naïvement Natalie.

— L'instinct te guidera, reprit la mère. En ce moment, Paul te désire beaucoup plus qu'il ne t'aime ; car l'amour enfanté par les désirs est une espérance, et celui qui succède à leur satisfaction est la réalité. Là, ma chère, sera ton pouvoir, là est toute la question. Quelle femme n'est pas aimée la veille ? sois-le le lendemain, tu le seras toujours. Paul est un homme faible, qui se façonne facilement à l'habitude ; s'il te cède une première fois, il cédera toujours. Une femme ardemment désirée peut tout demander : ne fais pas la folie que j'ai vu faire à beaucoup de femmes qui, ne connaissant pas l'importance des premières heures où nous régnons, les emploient à des niaiseries, à des sottises sans portée. Sers-toi de l'empire que te donnera la première passion de ton mari pour l'habituer à t'obéir. Mais pour le faire céder, choisis la chose la plus déraisonnable, afin de bien mesurer l'étendue de ta puissance par l'étendue de la concession. Quel mérite aurais-tu en lui faisant vouloir une chose raisonnable ? Serait-ce à toi qu'il obéirait ? Il faut toujours attaquer le taureau par les cornes, dit un proverbe castillan ; une fois qu'il a vu l'inutilité de ses défenses et de sa force, il est dompté. Si ton mari fait une sottise pour toi, tu le gouverneras.

— Mon Dieu ! pourquoi tout cela ?

— Parce que, mon enfant, le mariage dure toute la vie et qu'un mari n'est pas un homme comme un autre. Aussi, ne fais jamais la folie de te livrer en quoi que ce soit. Garde une constante réserve dans tes discours et dans tes actions ; tu peux même aller sans danger jusqu'à la froideur, car on peut la modifier à son gré, tandis qu'il n'y a rien au delà des expressions extrêmes de l'amour. Un mari, ma chère, est le seul homme avec lequel une femme ne peut rien se permettre. Rien n'est d'ailleurs plus facile que de garder sa dignité. Ces mots : « Votre femme ne doit pas, votre femme ne peut pas faire ou dire telle et telle chose ! » sont le grand talisman. Toute la vie d'une femme est dans : — Je ne veux pas ! — Je ne peux pas ! Je ne peux pas est l'irrésistible argument de la faiblesse qui se couche, qui pleure et séduit. Je ne veux pas, est le dernier argument. La force féminine se montre alors tout entière ; aussi doit-on ne l'employer que dans les occasions graves. Le succès est tout entier dans les manières dont une femme se sert de ces deux mots, les commente et les varie. Mais il est un moyen de domination meilleur que ceux-ci qui semblent comporter des débats. Moi, ma chère, j'ai régné par la Foi. Si ton mari croit en toi, tu peux tout. Pour lui inspirer cette religion, il faut lui persuader que tu le comprends. Et ne pense pas que ce soit chose facile : une femme peut toujours prouver à un homme qu'il est aimé, mais il est plus difficile de lui faire avouer qu'il est compris. Je dois te dire tout à toi, mon enfant, car pour toi la vie avec ses complications, la vie où deux volontés doivent s'accorder, va commencer demain ! Songes-tu bien à cette difficulté ? Le meilleur moyen d'accorder vos deux volontés est de t'arranger à ce qu'il n'y en ait qu'une seule au logis. Beaucoup de gens prétendent qu'une femme se crée des malheurs en changeant ainsi de rôle ; mais, ma chère, une femme est ainsi maîtresse de commander aux événements au lieu de les subir, et ce seul avantage compense tous les inconvénients possibles.

Natalie baisa les mains de sa mère en y laissant des larmes de reconnaissance. Comme les femmes chez lesquelles la passion physique n'échauffe point la passion morale, elle comprit tout à coup la portée de cette haute politique de femme ; mais semblable aux enfants gâtés qui ne se tiennent pas pour battus par les raisons les plus solides, et qui reproduisent obstinément leur désir, elle revint à la charge avec un de ces arguments personnels que suggère la logique droite des enfants.

— Chère mère, dit-elle, il y a quelques jours, vous parliez tant des préparations nécessaires à la fortune de Paul que vous seule pouviez diriger, pourquoi changez-vous d'avis en nous abandonnant ainsi à nous-mêmes ?

— Je ne connaissais ni l'étendue de mes obligations, ni le chiffre de mes dettes, répondit la mère qui ne voulait pas dire son secret. D'ailleurs, dans un an ou deux d'ici, je te répondrai là-dessus. Paul va venir, habillons-nous ! Sois chatte et gentille comme tu l'as été, tu sais ? dans la soirée où nous avons discuté ce fatal contrat, car il s'agit aujourd'hui de sauver un débris de notre maison, et de te donner une chose à laquelle je suis superstitieusement attachée.

— Quoi ?

— Le *Discreto*.

Paul vint vers quatre heures. Quoiqu'il s'efforçât en abordant sa belle-mère de donner un air gracieux à son visage, madame Évangélista vit sur son front les nuages que les conseils de la nuit et les réflexions du réveil y avaient amassés.

— Mathias a parlé ! se dit-elle en se promettant à elle-même de détruire l'ouvrage du vieux notaire. — Cher enfant, lui dit-elle, vous avez laissé vos diamants dans la console, et je vous avoue que je ne voudrais plus voir des choses qui ont failli élever des nuages entre nous. D'ailleurs, comme l'a fait observer Mathias, il faut les vendre pour subvenir au premier payement des terres que vous avez acquises.

— Ils ne sont plus à moi, dit-il, je les ai donnés à Natalie, afin qu'en les voyant sur elle vous ne vous souveniez plus de la peine qu'ils vous ont causée.

Madame Évangélista prit la main de Paul et la serra cordialement en réprimant une larme d'attendrissement.

— Écoutez, mes bons enfants, dit-elle en regardant Natalie et Paul ; s'il en est ainsi, je vais vous proposer une affaire. Je suis forcée de vendre mon collier de perles et mes boucles d'oreilles. Oui, Paul, je ne veux pas mettre un sou de ma fortune en rentes viagères, je n'oublie pas ce que je vous dois. Eh! bien, j'avoue ma faiblesse, vendre le *Discreto* me semble un désastre. Vendre un diamant qui porte le surnom de Philippe II, et dont fut ornée sa royale main, une pierre historique que pendant dix ans le duc d'Albe a caressée sur le pommeau de son épée, non, ce ne sera pas. Élie Magus a estimé mes boucles d'oreilles et mon collier à cent et quelques mille francs, échangeons-les contre les joyaux que je vous livre pour accomplir mes engagements envers ma fille ; vous y gagnerez, mais qu'est-ce que cela me fait ! je ne suis pas intéressée. Ainsi, Paul, avec vos économies vous vous amuserez à composer pour Natalie un diadème ou des épis, diamant à diamant. Au lieu d'avoir ces parures de fantaisie, ces brimborions qui ne sont à la mode que parmi les petites gens, votre femme aura de magnifiques diamants avec lesquels elle aura de véritables jouissances. Vendre pour vendre, ne vaut-il pas mieux se défaire de ces antiquailles, et garder dans la famille ces belles pierreries ?

— Mais, ma mère, et vous ? dit Paul.

— Moi, répondit madame Évangélista, je n'ai plus besoin de rien. Oui, je vais être votre fermière à Lanstrac. Ne serait-ce pas une folie que d'aller à Paris au moment où je dois liquider ici le reste de ma fortune ? Je deviens avare pour mes petits-enfants.

— Chère mère, dit Paul tout ému, dois-je accepter cet échange sans soulte ?

— Mon Dieu ! n'êtes-vous pas mes plus chers intérêts ! croyez-vous qu'il n'y aura pour moi du bonheur à me dire au coin de mon feu : Natalie arrive ce soir brillante au bal chez la duchesse de Berry ! en se voyant mon diamant au cou, mes boucles d'oreilles, elle a ces petites jouissances d'amour-propre qui contribuent tant au bonheur d'une femme et la rendent gaie, avenante! Rien n'attriste plus une femme que le froissement de ses vanités, je n'ai jamais vu nulle part une femme mal mise être aimable et de bonne humeur. Allons, soyez juste, Paul! nous jouissons beaucoup plus en l'objet aimé qu'en nous-même.

— Mon Dieu! que voulait donc dire Mathias? pensait Paul. Allons, maman, dit-il à demi-voix, j'accepte.

— Moi, je suis confuse, dit Natalie.

Solonet vint en ce moment pour annoncer une bonne nouvelle à sa cliente; il avait trouvé, parmi les spéculateurs de sa connaissance, deux entrepreneurs affriolés par l'hôtel, où l'étendue des jardins permettait de faire des constructions.

— Ils offrent deux cent cinquante mille francs, dit-il; mais si vous y consentez je pourrais les amener à trois cent mille. Vous avez deux arpents de jardin.

— Mon mari a payé le tout deux cent mille francs, ainsi je consens, dit-elle; mais vous me réserverez le mobilier, les glaces...

— Ah! dit en riant Solonet, vous entendez les affaires.

— Hélas! il faut bien, dit-elle en soupirant.

— J'ai su que beaucoup de personnes viendront à votre messe de minuit, dit Solonet en s'apercevant qu'il était de trop et se retirant.

Madame Évangélista le reconduisit jusqu'à la porte du dernier salon, et lui dit à l'oreille: — J'ai maintenant pour deux cent cinquante mille francs de valeurs; si j'ai deux cent mille francs à moi sur le prix de la maison, je puis réunir quatre cent cinquante mille francs de capitaux. Je veux en tirer le meilleur parti possible, et compte sur vous pour cela. Je resterai probablement à Lanstrac.

Le jeune notaire baisa la main de sa cliente

avec un geste de reconnaissance ; car l'accent de la veuve fit croire à Solonet que cette alliance, conseillée par les intérêts, allait s'étendre un peu plus loin.

— Vous pouvez compter sur moi, dit-il, je vous trouverai des placements sur marchandises[1] où vous ne risquerez rien et où vous aurez des gains considérables...

— A demain, dit-elle, car vous êtes notre témoin avec monsieur le marquis de Gyas.

— Pourquoi, chère mère, dit Paul, refusez-vous de venir à Paris ? Natalie me boude, comme si j'étais la cause de votre résolution.

— J'ai bien pensé à cela, mes enfants, je vous gênerais. Vous vous croiriez obligés de me mettre en tiers dans tout ce que vous feriez, et les jeunes gens ont des idées à eux que je pourrais involontairement contrarier. Allez seuls à Paris. Je ne veux pas continuer sur la comtesse de Manerville la douce domination que j'exerçais sur Natalie, il faut vous la laisser tout entière. Voyez-vous, il existe entre nous deux, Paul, des habitudes qu'il faut briser. Mon influence doit céder à la vôtre. Je veux que vous m'aimiez, et croyez que je prends ici vos intérêts plus que vous ne l'imaginez. Les jeunes maris sont, tôt ou tard, jaloux de l'affection qu'une fille porte à sa mère. Ils ont raison peut-être. Quand vous serez bien unis, quand l'amour aura fondu vos âmes en une seule, eh ! bien, alors, mon cher enfant, vous ne craindrez plus en me voyant chez vous d'y voir une influence contrariante. Je connais le monde, les hommes et les choses ; j'ai vu bien des ménages brouillés par l'amour aveugle de mères qui se rendaient insupportables à leurs filles autant qu'à leurs gendres. L'affection des vieilles gens est souvent minutieuse et tracassière. Peut-être ne saurais-je pas bien m'éclipser. J'ai la faiblesse de me croire encore belle, il y a des flatteurs qui veulent me prouver que je suis aimable, j'aurais des prétentions gênantes. Laissez-moi faire un sacrifice de plus à votre bonheur : je vous ai donné ma fortune, eh ! bien, je vous livre encore mes dernières vanités de femme. Votre père Mathias est vieux, il ne pourrait pas veiller sur vos propriétés ; moi je me ferai votre intendant, je me créerai des occupations que, tôt ou tard, doivent avoir les vieilles gens ; puis, quand il le faudra, je viendrai vous seconder à Paris dans vos projets d'ambition. Allons, Paul, soyez franc, ma résolution vous arrange, dites ?

Paul ne voulut jamais en convenir, mais il était très-heureux d'avoir sa liberté. Les soupçons que le vieux notaire lui avait inspirés sur le caractère de sa belle-mère furent en un moment dissipés par cette conversation, que madame Évangélista reprit et continua sur ce ton.

— Ma mère avait raison, se dit Natalie qui observa la physionomie de Paul. Il est fort content de me savoir séparée d'elle, pourquoi ?

Ce *pourquoi* n'était-il pas la première interrogation de la défiance, et ne donnait-il pas une autorité considérable aux enseignements maternels ?

Il est certains caractères qui, sur la foi d'une seule preuve, croient à l'amitié. Chez les gens ainsi faits, le vent du Nord chasse aussi vite les nuages que le vent d'Ouest les amène ; ils s'arrêtent aux effets sans remonter aux causes. Paul était une de ces natures essentiellement confiantes, sans mauvais sentiments, mais aussi sans prévisions. Sa faiblesse procédait beaucoup plus de sa bonté, de sa croyance au bien, que d'une débilité d'âme.

Natalie était songeuse et triste, car elle ne savait pas se passer de sa mère. Paul, avec cette espèce de fatuité que donne l'amour, se riait de la mélancolie de sa future femme, en se disant que les plaisirs du mariage et l'entraînement de Paris la dissiperaient. Madame Évangélista voyait avec un sensible plaisir la confiance de Paul, car la première condition de la vengeance est la dissimulation. Une haine avouée est impuissante. La créole avait déjà fait deux grands pas. Sa fille se trouvait déjà riche d'une belle parure qui coûtait deux cent mille francs à Paul et que Paul compléterait sans doute. Puis elle laissait ces deux enfants à eux-mêmes, sans autre conseil que leur amour illogique. Elle préparait ainsi sa vengeance à l'insu de sa fille qui, tôt ou tard, serait sa complice. Natalie aimerait-elle Paul ? Là était une question encore indécise dont la solution pouvait modifier ses projets, car elle aimait trop sincèrement sa fille pour ne pas respecter son bonheur. L'avenir de Paul dépendait donc encore de lui-même. S'il se faisait aimer, il était sauvé.

Enfin, le lendemain soir à minuit, après une soirée passée en famille avec les quatre témoins auxquels madame Évangélista donna le long repas qui suit le mariage légal, les époux et les amis vinrent entendre une messe aux flambeaux, à laquelle assistèrent une centaine de personnes curieuses. Un mariage célébré nuitamment apporte toujours à l'âme de sinistres présages, la lumière est un symbole de vie et de plaisir dont les prophéties lui manquent. Demandez à l'âme la plus intrépide pourquoi elle est glacée ? pourquoi le froid noir des voûtes l'énerve ? pourquoi le bruit des pas effraie ? pourquoi l'on remarque le cri des chats-huants et la clameur des chouettes ? Quoiqu'il n'existe aucune raison de trembler, chacun tremble, et les ténèbres, image de mort, attristent. Natalie, séparée de sa mère, pleurait. La jeune fille était en proie à tous les doutes qui saisissent le cœur à l'entrée d'une vie nouvelle, où, malgré les plus fortes assurances de bonheur, il existe mille pièges dans lesquels tombe la femme. Elle eut froid, il lui fallut un manteau. L'attitude de madame Évangélista, celle des époux, excita quelques remarques parmi la foule élégante qui environnait l'autel.

— Solonet vient de me dire que les mariés partent demain matin, seuls, pour Paris.

— Madame Évangélista devait aller vivre avec eux.

— Le comte Paul s'en est déjà débarrassé.

— Quelle faute! dit la marquise de Gyas. Fermer sa porte à la mère de sa femme, n'est-ce pas l'ouvrir à un amant? Il ne sait donc pas tout ce qu'est une mère?

— Il a été très-dur pour madame Évangélista, la pauvre femme a vendu son hôtel et va vivre à Lanstrac.

— Natalie est bien triste.

— Aimeriez-vous, pour un lendemain de noces, de vous trouver sur une grande route?

— C'est bien gênant.

— Je suis bien aise d'être venue ici, dit une dame, pour me convaincre de la nécessité d'entourer le mariage de ses pompes, de ses fêtes d'usage; car je trouve ceci bien nu, bien triste. Et si vous voulez que je vous dise toute ma pensée, ajouta-t-elle en se penchant à l'oreille de son voisin, ce mariage me semble indécent.

Madame Évangélista prit Natalie dans sa voiture, et la conduisit elle-même chez le comte Paul.

— Hé bien, ma mère, tout est dit...

— Songe, ma chère enfant, à mes dernières recommandations, et tu seras heureuse. Sois toujours sa femme et non sa maîtresse.

Quand Natalie fut couchée, la mère joua la petite comédie de se jeter dans les bras de son gendre en pleurant. Ce fut la seule chose provinciale que madame Évangélista se permit, mais elle avait ses raisons. A travers ses larmes et ses paroles en apparence folles ou désespérées, elle obtint de Paul de ces concessions que font tous les maris[1]. Le lendemain, elle mit les mariés en voiture, et les accompagna jusqu'au delà du bac où l'on passe la Gironde. Par un mot Natalie avait appris à madame Évangélista que si Paul avait gagné la partie au jeu du contrat, sa revanche à elle commençait. Natalie avait obtenu déjà de son mari la plus parfaite obéissance.

CONCLUSION

Cinq ans après, au mois de novembre, dans l'après-midi, le comte Paul de Manerville, enveloppé dans un manteau, la tête inclinée, entra mystérieusement chez monsieur Mathias à Bordeaux. Trop vieux pour continuer les affaires, le bonhomme avait vendu son étude et achevait paisiblement sa vie dans une de ses maisons où il s'était retiré. Une affaire urgente l'avait contraint de s'absenter quand arriva son hôte ; mais sa vieille gouvernante, prévenue de l'arrivée de Paul, le conduisit à la chambre de madame Mathias, morte depuis un an. Fatigué par un rapide voyage, Paul dormit jusqu'au soir. A son retour, le vieillard vint voir son ancien client, et se contenta de le regarder endormi, comme une mère regarde son enfant. Josette, la gouvernante, accompagnait son maître, et demeura debout devant le lit, les poings sur les hanches.

— Il y a aujourd'hui un an, Josette, quand je recevais ici le dernier soupir de ma chère femme, je ne savais pas que j'y reviendrais pour y voir monsieur le comte quasi mort.

— Pauvre monsieur ! il geint en dormant, dit Josette.

L'ancien notaire ne répondit que par un : — Sac à papier ! innocent juron qui annonçait toujours

215

en lui la désespérance de l'homme d'affaires rencontrant d'infranchissables difficultés. — Enfin, se dit-il, je lui ai sauvé la nue propriété de Lanstrac, de d'Auzac, de Saint-Froult et de son hôtel ! Mathias compta sur ses doigts, et s'écria : — Cinq ans ! Voici cinq ans, dans ce mois-ci précisément, sa vieille tante, aujourd'hui défunte, la respectable madame de Maulincour, demandait pour lui la main de ce petit crocodile habillé en femme qui définitivement l'a ruiné, comme je le pensais.

Après avoir long-temps contemplé le jeune homme, le bon vieux goutteux, appuyé sur sa canne, s'alla promener à pas lents dans son petit jardin. A neuf heures le souper était servi, car Mathias soupait. Le vieillard ne fut pas médiocrement étonné de voir à Paul un front calme, une figure sereine quoique sensiblement altérée. Si à trente-trois ans le comte de Manerville paraissait en avoir quarante, ce changement de physionomie était dû seulement à des secousses morales ; physiquement il se portait bien. Il alla prendre les mains du bonhomme pour le forcer à rester assis, et les lui serra fort affectueusement en lui disant : — Bon cher maître Mathias ! vous avez eu vos douleurs, vous !

— Les miennes étaient dans la nature, monsieur le comte ; mais les vôtres...

— Nous parlerons de moi tout à l'heure en soupant.

— Si je n'avais pas un fils dans la magistrature et une fille mariée, dit le bonhomme, croyez, monsieur le comte, que vous auriez trouvé chez le vieux Mathias autre chose que l'hospitalité. Comment venez-vous à Bordeaux au moment où sur tous les murs les passants lisent les affiches de la saisie immobilière des fermes du Grassol, du Guadet, du clos de Belle-Rose et de votre hôtel ! Il m'est impossible de dire le chagrin que j'éprouve en voyant ces grands placards, moi qui, pendant quarante ans, ai soigné ces immeubles comme s'ils m'appartenaient ; moi qui, troisième clerc du digne monsieur Chesneau, mon prédécesseur, les ai achetés pour madame votre mère, et qui, de ma main de troisième clerc, ai si bien écrit l'acte de vente sur parchemin en belle ronde ! moi qui ai les titres de propriété dans l'étude de mon successeur, moi qui ai fait les liquidations ! Moi qui vous ai vu grand comme ça ! dit le notaire en mettant la main à deux pieds de terre. Il faut avoir été notaire pendant quarante et un ans et demi pour connaître l'espèce de douleur que me cause la vue de mon nom imprimé tout vif à la face d'Israël dans les verbaux de la saisie et dans l'établissement de la propriété. Quand je passe dans la rue et que je vois des gens occupés à lire ces horribles affiches jaunes, je suis honteux comme s'il s'agissait de ma propre ruine et de mon honneur. Il y a des imbéciles qui vous épellent cela tout haut exprès pour attirer les curieux, et ils se mettent tous à faire les plus sots commentaires. N'est-on pas maître de son bien ? Votre père avait mangé deux fortunes avant de refaire celle qu'il vous a laissée, vous ne seriez point un Manerville si vous ne l'imitiez pas. D'ailleurs les saisies immobilières ont donné lieu à tout un titre dans le Code, elles ont été prévues, vous êtes dans un cas admis par la loi. Si je n'étais pas un vieillard à cheveux blancs et qui n'attend qu'un coup de coude pour tomber dans sa fosse, je rosserais ceux qui s'arrêtent devant ces abominations : *A la requête de dame Natalie Évangélista, épouse de Paul-François-Joseph, comte de Manerville, séparée quant aux biens par jugement du tribunal de première instance du département de la Seine, etc.*

— Oui, dit Paul, et maintenant séparée de corps...

— Ah ! fit le vieillard.

— Oh ! contre le gré de Natalie, dit vivement le

comte, il m'a fallu la tromper, elle ignore mon départ.

— Vous partez ?

— Mon passage est payé, je m'embarque sur *la Belle-Caroline* et vais à Calcutta.

— Dans deux jours ! dit le vieillard. Ainsi nous ne nous verrons plus, monsieur le comte.

— Vous n'avez que soixante-treize ans, mon cher Mathias, et vous avez la goutte, un vrai brevet de vieillesse. Quand je serai de retour, je vous retrouverai sur vos pieds. Votre bonne tête et votre cœur seront encore sains, vous m'aiderez à reconstruire l'édifice ébranlé. Je veux gagner une belle fortune en sept ans. A mon retour je n'aurai que quarante ans. Tout est encore possible à cet âge.

— Vous ? dit Mathias en laissant échapper un geste de surprise, vous, monsieur le comte, aller faire le commerce, y pensez-vous ?

— Je ne suis plus monsieur le comte, cher Mathias. Mon passage est arrêté sous le nom de Camille, un des noms de baptême de ma mère. Puis j'ai des connaissances qui me permettent de faire fortune autrement. Le commerce sera ma dernière chance. Enfin je pars avec une somme assez considérable pour qu'il me soit permis de tenter la fortune sur une grande échelle.

— Où est cette somme ?

— Un ami doit me l'envoyer.

Le vieillard laissa tomber sa fourchette en entendant le mot d'*ami*, non par raillerie ni surprise ; son air exprima la douleur qu'il éprouvait en voyant Paul sous l'influence d'une illusion trompeuse ; car son œil plongeait dans un gouffre là où le comte apercevait un plancher solide.

— J'ai pendant cinquante ans environ exercé le notariat, je n'ai jamais vu les gens ruinés avoir des amis qui leur prêtassent de l'argent !

— Vous ne connaissez pas de Marsay ! A l'heure où je vous parle, je suis sûr qu'il a vendu des rentes, s'il le faut, et demain vous recevrez une lettre de change de cinquante mille écus.

— Je le souhaite. Cet ami ne pouvait-il donc pas arranger vos affaires ? Vous auriez vécu tranquillement à Lanstrac avec les revenus de madame la comtesse pendant six ou sept ans.

— Une délégation aurait-elle payé quinze cent mille francs de dettes dans lesquelles ma femme entrait pour cinq cent cinquante mille francs ?

— Comment, en quatre ans, avez-vous fait quatorze cent cinquante mille francs de dettes[1] ?

— Rien de plus clair, Mathias. N'ai-je pas laissé les diamants à ma femme ? n'ai-je dépensé les cent cinquante mille francs qui nous revenaient sur le prix de l'hôtel Évangélista dans l'arrangement de ma maison à Paris ? N'a-t-il pas fallu payer ici les frais de nos acquisitions et ceux auxquels à donné lieu mon contrat de mariage ? Enfin n'a-t-il pas fallu vendre les quarante mille livres de rente de Natalie pour payer d'Auzac et Saint-Froult ? Nous avons vendu à quatre-vingt-sept, je me suis donc endetté de près de deux cent mille francs dès le premier mois de mon mariage. Il nous est resté soixante-sept mille livres de rente. Nous en avons constamment dépensé deux cent mille en sus. Joignez à ces neuf cent mille francs quelques intérêts usuraires, vous trouverez facilement un million.

— Bouffre ! fit le vieux notaire. Après ?

— Hé ! bien, j'ai d'abord voulu compléter à ma femme la parure qui se trouvait commencée avec le collier de perles agrafé par le *Discreto*, un diamant de famille, et par les boucles d'oreilles de sa mère. J'ai payé cent mille francs une couronne d'épis. Nous voici à onze cent mille francs. Je me trouve devoir la fortune de ma femme, qui s'élève aux trois cent cinquante-six mille francs de sa dot.

— Mais, dit Mathias, si madame la comtesse avait engagé ses diamants et vous vos revenus, vous auriez à mon compte trois cent mille francs avec lesquels vous pourriez apaiser vos créanciers...

— Quand un homme est tombé, Mathias, quand ses propriétés sont grevées d'hypothèques, quand sa femme prime les créanciers par ses reprises, quand enfin cet homme est sous le coup de cent mille francs de lettres de change qui s'acquitteront, je l'espère, par le haut prix auquel monteront mes biens, rien n'est possible. Et les frais d'expropriation donc ?

— Effroyable ! dit le notaire.

— Les saisies ont été converties heureusement en ventes volontaires, afin de couper le feu.

— Vendre Belle-Rose, s'écria Mathias, quand la récolte de 1825 est dans les caves !

— Je n'y puis rien.

— Belle-Rose vaut six cent mille francs.

— Natalie la rachétera, je le lui ai conseillé.

— Seize mille francs année commune, et des éventualités telles que 1825 ! je pousserai moi-même Belle-Rose à sept cent mille francs, et chacune des fermes à cent vingt mille francs.

— Tant mieux, je serai quitte, si mon hôtel de Bordeaux peut se vendre deux cent mille francs.

— Solonet le paiera bien quelque chose de plus, il en a envie. Il se retire avec cent et quelques mille livres de rente gagnées à jouer sur les trois-six[1]. Il a vendu son étude trois cent mille francs et il épouse une mulâtresse riche, Dieu sait à quoi elle a gagné son argent, mais riche, comme on dit, à millions. Un notaire jouer sur les trois-six ? un notaire épouser une mulâtresse ? Quel siècle ! Il faisait valoir, dit-on, les fonds de votre belle-mère.

— Elle a bien embelli Lanstrac et bien soigné les terres, elle m'a bien payé son loyer.

— Je ne l'aurais jamais crue capable de se conduire ainsi.

— Elle est si bonne et si dévouée, elle payait

toujours les dettes de Natalie pendant les trois mois qu'elle venait passer à Paris.

— Elle le pouvait bien, elle vit sur Lanstrac, dit Mathias. Elle! devenir économe? quel miracle. Elle vient d'acheter entre Lanstrac et Grassol le domaine de Grainrouge, en sorte que si elle continue l'avenue de Lanstrac jusqu'à la grande route, vous pourriez faire une lieue et demie sur vos terres. Elle a payé cent mille francs comptant Grainrouge, qui vaut mille écus de rente en sac.

— Elle est toujours belle, dit Paul. La vie de la campagne la conserve bien, je n'irai pas lui dire adieu, elle se saignerait pour moi.

— Vous iriez vainement, elle est à Paris. Elle y arrivait peut-être au moment où vous en partiez.

— Elle a sans doute appris la vente de mes propriétés, et vient à mon secours. Je n'ai pas à me plaindre de la vie. Je suis aimé, certes, autant qu'un homme peut l'être en ce bas-monde, aimé par deux femmes qui luttaient ensemble de dévouement; elles étaient jalouses l'une de l'autre, la fille reprochait à la mère de m'aimer trop, la mère reprochait à la fille ses dissipations. Cette affection m'a perdu. Comment ne pas satisfaire aux moindres caprices d'une femme que l'on aime? le moyen de s'en défendre! Mais aussi comment accepter ces sacrifices? Oui, certes, nous pouvions liquider ma fortune et venir vivre à Lanstrac; mais j'aime mieux aller aux Indes et en rapporter une fortune que d'arracher Natalie à la vie qu'elle aime. Aussi est-ce moi qui lui ai proposé la séparation de biens. Les femmes sont des anges qu'il ne faut jamais mêler aux intérêts de la vie.

Le vieux Mathias écoutait Paul d'un air de doute et d'étonnement.

— Vous n'avez pas d'enfants? lui dit-il.

— Heureusement, répondit Paul.

— Je comprends autrement le mariage, répondit naïvement le vieux notaire. Une femme doit, selon moi, partager le sort bon ou mauvais de son mari. J'ai entendu dire que les jeunes mariés qui s'aimaient comme des amants n'avaient pas d'enfants. Le plaisir est-il donc le seul but du mariage? N'est-ce pas plutôt le bonheur et la famille? Mais vous aviez à peine vingt-huit ans, et madame la comtesse en avait vingt; vous étiez excusable de ne songer qu'à l'amour. Cependant, la nature de votre contrat et votre nom, vous allez me trouver bien notaire? tout vous obligeait à commencer par faire un bon gros garçon. Oui, monsieur le comte, et si vous aviez eu des filles, il n'aurait pas fallu s'arrêter que vous n'ayez eu l'enfant mâle qui consolidait le majorat. Mademoiselle Évangélista n'était-elle pas forte, avait-elle à craindre quelque chose de la maternité? Vous me direz que ceci est une vieille méthode de nos ancêtres; mais, dans les familles nobles, monsieur le comte, une femme légitime doit faire les enfants et les bien élever: comme le disait la duchesse de Sully, la femme du grand Sully, une femme n'est pas un instrument de plaisir, mais l'honneur et la vertu de la maison.

— Vous ne connaissez pas les femmes, mon bon Mathias, dit Paul. Pour être heureux, il faut les aimer comme elles veulent être aimées. N'y a-t-il pas quelque chose de brutal à sitôt priver une femme de ses avantages, à lui gâter sa beauté sans qu'elle en ait joui[1]?

— Si vous aviez eu des enfants, la mère aurait empêché les dissipations de la femme, elle serait restée au logis...

— Si vous aviez raison, mon cher, dit Paul en fronçant le sourcil, je serais encore plus malheureux. N'aggravez pas mes douleurs par une morale après la chute, laissez-moi partir sans arrière-pensée.

Le lendemain Mathias reçut une lettre de

change de cent cinquante mille francs payable à vue, envoyée par Henri de Marsay.

— Vous voyez, dit Paul, il ne m'écrit pas un mot, il commence par obliger. Henri est la nature la plus parfaitement imparfaite, la plus illégalement belle que je connaisse. Si vous saviez avec quelle supériorité cet homme encore jeune plane sur les sentiments, sur les intérêts, et quel grand politique il est, vous vous étonneriez comme moi de lui savoir tant de cœur.

Mathias essaya de combattre la détermination de Paul, mais elle était irrévocable, et justifiée par tant de raisons valables que le vieux notaire ne tenta plus de retenir son client. Il est rare que le départ des navires en charge se fasse avec exactitude ; mais par une circonstance fatale à Paul, le vent fut propice, et *la Belle-Caroline* dut mettre à la voile le lendemain. Au moment où part un navire, l'embarcadère est encombré de parents, d'amis, de curieux. Parmi les personnes qui se trouvaient-là, quelques-unes connaissaient personnellement Manerville. Son désastre le rendait aussi célèbre en ce moment qu'il l'avait été jadis par sa fortune, il y eut donc un mouvement de curiosité. Chacun disait son mot. Le vieillard avait accompagné Paul sur le port, et ses souffrances durent être vives en entendant quelques-uns de ces propos.

— Qui reconnaîtrait dans cet homme que vous voyez là, près du vieux Mathias, ce dandy que l'on avait nommé la *Fleur des pois*, et qui faisait, il y a cinq ans à Bordeaux, la pluie et le beau temps ?

— Quoi ! ce gros petit homme en redingote d'alpaga, qui a l'air d'un cocher, serait le comte Paul de Manerville ?

— Oui, ma chère, celui qui a épousé mademoiselle Évangélista. Le voici ruiné, sans sou ni maille, allant aux Indes pour y chercher la pie au nid.

— Mais comment s'est-il ruiné ? il était si riche !

— Paris, les femmes, la Bourse, le jeu, le luxe...

— Puis, dit un autre, Manerville est un pauvre sire, sans esprit, mou comme du papier mâché, se laissant manger la laine sur le dos, incapable de quoi que ce soit. Il était né ruiné.

Paul serra la main du vieillard et se réfugia sur le navire. Mathias resta sur le quai, regardant son ancien client qui s'appuya sur le bastingage en défiant la foule par un coup d'œil plein de mépris. Au moment où les matelots levaient l'ancre, Paul aperçut Mathias qui lui faisait des signaux à l'aide de son mouchoir. La vieille gouvernante était arrivée en toute hâte près de son maître, qu'un événement de haute importance semblait agiter. Paul pria le capitaine d'attendre encore un moment et d'envoyer un canot, afin de savoir ce que lui voulait le vieux notaire qui lui faisait énergiquement signe de débarquer. Trop impotent pour pouvoir aller à bord, Mathias remit deux lettres à l'un des matelots qui amenèrent le canot.

— Mon cher ami, ce paquet, dit l'ancien notaire au matelot en lui montrant une des lettres qu'il lui donnait, tu vois bien, ne te trompe pas ; ce paquet vient d'être apporté par un courrier qui a fait la route de Paris en trente-cinq heures. Dis bien cette circonstance à monsieur le comte, n'oublie pas ! elle pourrait le faire changer de résolution.

— Et il faudrait le débarquer ? demanda le matelot.

— Oui, mon ami, répondit imprudemment le notaire.

Le matelot est généralement en tout pays un être à part, qui presque toujours professe le plus profond mépris pour les gens de terre. Quant aux bourgeois, il n'en comprend rien, il ne se les explique pas, il s'en moque, il les vole s'il le peut, sans croire manquer aux lois de la probité. Celui-là par hasard était un Bas-Breton qui vit une seule chose dans les recommandations du bonhomme Mathias.

— C'est ça, se dit-il en ramant. Le débarquer! faire perdre un passager au capitaine! Si l'on écoutait ces marsouins-là, il faudrait passer sa vie à les embarquer et à les débarquer. A-t-il peur que son fils n'attrape des rhumes?

Le matelot remit donc à Paul les lettres sans lui rien dire. En reconnaissant l'écriture de sa femme et celle de de Marsay, Paul présuma tout ce que ces deux personnes pouvaient lui dire, et ne voulut pas se laisser influencer par les offres que leur inspirait le dévouement. Il mit avec une apparente insouciance leurs lettres dans sa poche.

— Voilà pourquoi ils nous dérangent! des bêtises, dit le matelot en bas-breton au capitaine. Si c'était important, comme le disait ce vieux lampion, monsieur le comte jetterait-il son paquet dans ses écoutilles?

— Absorbé par les pensées tristes qui saisissent les hommes les plus forts en semblable circonstance, Paul s'abandonnait à la mélancolie en saluant de la main son vieil ami, en disant adieu à la France, en regardant les édifices de Bordeaux qui fuyaient avec rapidité. Il s'assit sur un paquet de cordages. La nuit le surprit là perdu dans ses rêveries. Avec les demi-ténèbres du couchant vinrent les doutes: il plongeait dans l'avenir un œil inquiet; en le sondant, il n'y trouvait que périls et incertitudes, il se demandait s'il ne manquerait pas de courage. Il avait des craintes vagues en sachant Natalie livrée à elle-même: il se repentait de sa résolution, il regrettait Paris et sa vie passée. Le mal de mer le prit. Chacun connaît les effets de cette maladie: la plus horrible de ses souffrances sans danger est une dissolution complète de la volonté. Un trouble inexpliqué relâche dans les centres les liens de la vitalité, l'âme ne fait plus ses fonctions, et tout devient indifférent au malade : une mère oublie son enfant, l'amant ne pense plus à sa maîtresse, l'homme le plus fort gît comme une masse inerte. Paul fut porté dans sa cabine, où il demeura pendant trois jours, étendu, tour à tour vomissant et gorgé de grog par les matelots, ne songeant à rien et dormant ; puis il eut une espèce de convalescence et revint à son état ordinaire. Le matin où, se trouvant mieux, il alla se promener sur le tillac pour y respirer les brises marines d'un nouveau climat, il sentit ses lettres en mettant les mains dans ses poches ; il les saisit aussitôt pour les lire, et commença par celle de Natalie. Pour que la lettre de la comtesse de Manerville puisse être bien comprise, il est nécessaire de rapporter celle que Paul avait écrite à sa femme et que voici.

Lettre de Paul de Manerville à sa femme.

« Ma bien-aimée, quand tu liras cette lettre je serai loin de toi ; peut-être serai-je sur le vaisseau qui m'emmène aux Indes, où je vais refaire ma fortune abattue. Je ne me suis pas senti la force de t'annoncer mon départ. Je t'ai trompée ; mais ne le fallait-il pas ? Tu te serais inutilement gênée, tu m'aurais voulu sacrifier ta fortune. Chère Natalie, n'aie pas un remords, je n'ai pas un regret. Quand je rapporterais des millions, j'imiterais ton père, je les mettrais à tes pieds, comme il mettait les siens aux pieds de ta mère, en te disant : — Tout est à toi. Je t'aime follement, Natalie ; je te le dis sans avoir à craindre que cet aveu te serve à étendre un pouvoir qui n'est redouté que par les gens faibles, le tien fut sans bornes le jour où je t'ai connue. Mon amour est le seul complice de mon désastre. Ma ruine progressive m'a fait éprouver les délirants plaisirs du joueur. A mesure que mon argent diminuait, mon bonheur grandissait. Chaque fragment de ma fortune converti pour toi en une petite jouissance me causait des ravissements célestes. Je t'aurais voulu plus de caprices que tu n'en avais. Je savais que j'allais vers un abîme, mais j'y allais le front couronné par la joie. C'est des sentiments que ne connaissent pas les gens vulgaires. J'ai agi comme ces amants qui s'enferment dans une petite maison au bord d'un lac pour un an ou deux et qui se promettent de se tuer après s'être plongés dans un océan de plaisirs, mourant ainsi dans toute la gloire de leurs illusions et de leur amour. J'ai toujours trouvé ces gens-là prodigieusement raisonnables. Tu ne savais rien ni de mes plaisirs ni de mes sacrifices. Ne trouve-t-on pas de grandes voluptés à cacher à la personne aimée le prix de ce qu'elle souhaite ? Je puis t'avouer ces secrets. Je serai loin de toi quand tu tiendras ce papier chargé d'amour. Si je perds les trésors de ta reconnaissance, je n'éprouve pas cette contraction au cœur qui me prendrait en te parlant de ces choses. Puis, ma bien-aimée, n'y a-t-il pas quelque savant calcul à te révéler ainsi le passé ? n'est-ce pas étendre notre amour dans l'avenir ? Aurions-nous donc besoin de fortifiants ? ne nous aimons-nous donc pas d'un amour pur, auquel les preuves sont indifférentes, qui méconnaît le temps, les distances, et vit de lui-même ? Ah ! Natalie, je viens de quitter la table où j'écris près du feu, je viens de te voir endormie, confiante, posée comme une enfant naïve, la main tendue vers moi. J'ai laissé une larme sur l'oreiller confident de nos joies. Je pars sans crainte sur la foi de cette attitude, je pars afin de conquérir le repos en conquérant une fortune assez considérable pour que nulle inquiétude ne trouble nos voluptés, pour que tu puisses satisfaire tes goûts. Ni toi ni moi, nous ne saurions nous passer des jouissances de la vie que nous menons. Je suis homme, j'ai du courage : à moi seul la tâche d'amasser la fortune qui nous est nécessaire.

Peut-être m'aurais-tu suivi ! Je te cacherai le nom du vaisseau, le lieu de mon départ et le jour. Un ami te dira tout quand il ne sera plus temps. Natalie, mon affection est sans bornes, je t'aime comme une mère aime son enfant, comme un amant aime sa maîtresse, avec le plus grand désintéressement. A moi les travaux, à toi les plaisirs ; à moi les souffrances, à toi la vie heureuse. Amuse-toi, conserve toutes tes habitudes de luxe, va aux Italiens, à l'Opéra, dans le monde, au bal, je t'absous de tout. Chère ange, lorsque tu reviendras à ce nid où nous avons savouré les fruits éclos durant nos cinq années d'amour, pense à ton ami, pense à moi pendant un moment, endors-toi dans mon cœur. Voilà tout ce que je te demande. Moi, chère éternelle pensée, lorsque, perdu sous des cieux brûlants, travaillant pour nous deux, je rencontrerai des obstacles à vaincre, ou que, fatigué, je me reposerai dans les espérances du retour, moi, je songerai à toi, qui es ma belle vie. Oui, je tâcherai d'être en toi, je me dirai que tu n'as ni peines ni soucis, que tu es heureuse. De même que nous avons l'existence du jour et de la nuit, la veille et le sommeil, ainsi j'aurai mon existence fleurie à Paris, mon existence de travail aux Indes ; un rêve pénible, une réalité délicieuse : je vivrai si bien dans ta réalité que mes jours seront des rêves. J'aurai mes souvenirs, je reprendrai chant par chant ce beau poème de cinq ans, je me rappellerai les jours où tu te plaisais à briller, où par une toilette aussi bien que par un déshabillé tu te faisais nouvelle à mes yeux. Je reprendrai sur mes lèvres le goût de nos festins. Oui, chère ange, je pars comme un homme voué à une entreprise dont la réussite lui donnera sa belle maîtresse. Le passé sera pour moi comme ces rêves du désir qui précèdent la possession, et que souvent la possession détrompe, mais que tu as toujours agrandis. Je reviendrai pour trouver une femme nouvelle, l'absence ne te donnera-t-elle pas des charmes nouveaux ? O mon bel amour, ma Natalie, que je sois une religion pour toi. Sois bien l'enfant que je vois endormie! Si tu trahissais une confiance aveugle, Natalie, tu n'aurais pas à craindre ma colère, tu dois en être sûre; je mourrais silencieusement. Mais la femme ne trompe pas l'homme qui la laisse libre, car la femme n'est jamais lâche. Elle se joue d'un tyran; mais une trahison facile et qui donnerait la mort, elle y renonce. Non, je n'y pense pas. Grâce pour ce cri si naturel à un homme. Chère ange, tu verras de Marsay, il sera le locataire de notre hôtel et te le laissera. Ce bail simulé était nécessaire pour éviter des pertes inutiles. Les créanciers, ignorant que leur paiement est une question de temps, auraient pu saisir le mobilier et l'usufruit de notre hôtel. Sois bonne pour de Marsay: j'ai la plus entière confiance dans sa capacité, dans sa loyauté. Prends-le pour défenseur et pour conseil, fais-en ton menin. Quelles que soient ses occupations, il sera toujours à toi. Je le charge de veiller à ma liquidation. S'il avançait quelque somme de laquelle il eût besoin plus tard, je compte sur toi pour la lui remettre. Songe que je ne te laisse pas à de Marsay, mais à toi-même; en te l'indiquant, je ne te l'impose pas. Hélas! il m'est impossible de te parler d'affaires, je n'ai plus qu'une heure à rester là près de toi. Je compte tes aspirations, je tâche de retrouver tes pensées dans les rares accidents de ton sommeil, ton souffle ranime les heures fleuries de notre amour. A chaque battement de ton cœur, le mien te verse ses trésors, j'effeuille sur toi toutes les roses de mon âme comme les enfants les sèment devant l'autel au jour de la fête de Dieu. Je te recommande aux souvenirs dont je t'accable, je voudrais t'infuser mon sang pour que tu fusses bien à moi, pour que ta pensée fût ma pensée, pour que ton cœur fût mon cœur, pour être tout en toi. Tu as laissé échapper un petit murmure comme une douce réponse. Sois toujours calme et belle comme tu es calme et belle en ce moment. Ah! je voudrais posséder ce fabuleux pouvoir dont parlent les contes de fées, je voudrais te laisser endormie ainsi pendant mon absence et te réveiller à mon retour par un baiser. Combien ne faut-il pas d'énergie et combien ne faut-il pas t'aimer pour te quitter en te voyant ainsi! Tu es une Espagnole religieuse, tu respecteras un serment fait pendant le sommeil, et où l'on ne doutait pas de ta parole inexprimée. Adieu, chère, voici ta pauvre Fleur des pois emportée par un vent d'orage; mais elle te reviendra pour toujours sur les ailes de la fortune. Non, chère Ninie, je ne te dis pas adieu, je ne te quitterai jamais. Ne seras-tu pas l'âme de mes actions? L'espoir de t'apporter un bonheur indestructible n'animera-t-il pas mon entreprise, ne dirigera-t-il point tous mes pas? Ne seras-tu pas toujours là? Non, ce ne sera pas le soleil de l'Inde, mais le feu de ton regard qui m'éclairera. Sois aussi heureuse qu'une femme peut l'être sans son amant. J'aurais bien voulu ne pas prendre pour dernier baiser un baiser où tu n'étais que passive; mais, mon ange adoré, ma Ninie, je n'ai pas voulu t'éveiller. A ton réveil, tu trouveras une larme sur ton front, fais-en un talisman! Songe, songe à qui mourra peut-être pour toi, loin de toi; songe moins au mari qu'à l'amant dévoué qui te confie à Dieu. »

Réponse de la comtesse de Manerville
à son mari.

« Cher bien-aimé, dans quelle affliction me plonge ta lettre! Avais-tu le droit de prendre sans me consulter une résolution qui nous frappe également? Es-tu libre? ne m'appartiens-tu pas? ne suis-je pas à moitié créole? ne pouvais-je donc te suivre? Tu m'apprends que je ne te suis pas indispensable. Que t'ai-je fait, Paul, pour me priver de mes droits ? Que veux-tu que je devienne seule dans Paris ? Pauvre ange, tu prends sur toi tous mes torts. Ne suis-je pas pour quelque chose dans cette ruine ? mes chiffons n'ont-ils pas bien pesé dans la balance ? tu m'as fait maudire la vie heureuse, insouciante, que nous avons menée pendant quatre ans. Te savoir banni pour six ans, n'y a-t-il pas de quoi mourir ? Fait-on fortune en six ans ? Reviendras-tu ? J'étais bien inspirée, quand je me refusais avec une obstination instinctive à cette séparation de biens que ma mère et toi vous avez voulue à toute force. Que vous disais-je alors ? N'était-ce pas jeter sur toi de la déconsidération ? N'était-ce pas ruiner ton crédit ? Il a fallu que tu te sois fâché pour que j'aie cédé. Mon cher Paul, jamais tu n'as été si grand à mes yeux que tu l'es en ce moment. Ne désespérer de rien, aller chercher une fortune ?... il faut ton caractère et ta force pour se conduire ainsi. Je suis à tes pieds. Un homme qui avoue sa faiblesse avec ta bonne foi, qui refait sa fortune par la même cause qui la lui a fait dissiper, par amour, par une irrésistible passion, oh ! Paul, cet homme est sublime. Va sans crainte, marche à travers les obstacles, sans douter de ta Natalie, car ce serait douter de toi-même. Pauvre cher, tu veux vivre en moi ? Et moi, ne serai-je pas toujours en toi ? Je ne serai pas ici, mais partout où tu seras, toi. Si ta lettre m'a causé de vives douleurs, elle m'a comblée de joie ; tu m'as fait en un moment connaître les deux extrêmes, car, en voyant combien tu m'aimes, j'ai été fière d'apprendre que mon amour était bien senti. Parfois, je croyais t'aimer plus que tu ne m'aimais, maintenant je me reconnais vaincue, tu peux joindre cette supériorité délicieuse à toutes celles que tu as ; mais n'ai-je pas plus de raisons de t'aimer, moi ! Ta lettre, cette précieuse lettre où ton âme se révèle et qui m'a si bien dit que rien n'était perdu entre nous, restera sur mon cœur pendant ton absence, car toute ton âme gît là, cette lettre est ma gloire ! J'irai demeurer à Lanstrac avec ma mère, j'y serai comme morte au monde, j'économiserai nos revenus pour payer tes dettes intégralement. De ce matin, Paul, je suis une autre femme, je dis adieu sans retour au monde, je ne veux pas d'un plaisir que tu ne partagerais pas. D'ailleurs, Paul, je dois quitter Paris et aller dans la solitude. Cher enfant, apprends que tu as une double raison de faire fortune. Si ton courage avait besoin d'aiguillon, ce serait un autre cœur que tu trouverais maintenant en toi-même. Mon bon ami, ne devines-tu pas ? nous aurons un enfant. Vos plus chers désirs sont comblés, monsieur. Je ne voulais pas te causer de ces fausses joies qui tuent, nous avons eu déjà trop de chagrin à ce sujet, je ne voulais pas être forcée de démentir la bonne nouvelle. Aujourd'hui je suis certaine de ce que je t'annonce, heureuse ainsi de jeter une joie à travers tes douleurs. Ce matin, ne me doutant de rien, te croyant sorti dans Paris, j'étais allée à l'Assomption y remercier Dieu. Pouvais-je prévoir un malheur ? tout me souriait pendant cette matinée. En sortant de l'église, j'ai rencontré ma mère ; elle avait appris ta détresse, et arrivait en poste avec ses économies, avec trente mille francs, espérant pouvoir arranger tes affaires. Quel cœur, Paul ! J'étais joyeuse, je revenais pour t'annoncer ces deux bonnes nouvelles en déjeunant sous la tente de notre serre où je t'avais préparé les gourmandises que tu aimes. Augustine me remet ta lettre. Une lettre de toi, quand nous avions dormi ensemble, n'était-ce pas tout un drame ? Il m'a pris un frisson mortel, et puis j'ai lu !... J'ai lu en pleurant, et ma mère fondait en larmes aussi ! Ne faut-il pas bien aimer un homme pour pleurer, car les pleurs enlaidissent une femme. J'étais à demi morte. Tant d'amour et tant de courage ! tant de bonheur et tant de misères ! les plus riches fortunes du cœur et la ruine momentanée des intérêts! ne pas pouvoir presser le bien-aimé dans le moment où l'admiration de sa grandeur vous étreint, quelle femme eût résisté à cette tempête de sentiments? Te savoir loin de moi quand ta main sur mon cœur m'aurait fait tant de bien; tu n'étais pas là pour me donner ce regard que j'aime tant, pour te réjouir avec moi de la réalisation de tes espérances; et je n'étais pas près de toi pour adoucir tes peines par ces caresses qui te rendent ta Natalie si chère, et qui te font tout oublier. J'ai voulu partir, voler à tes pieds; mais ma mère m'a fait observer que le départ de *la Belle-Caroline* devait avoir lieu le lendemain; que la poste seule pouvait aller assez vite, et que, dans l'état où j'étais, ce serait une insigne folie que de risquer tout un avenir dans un cahot. Quoique déjà mère, j'ai demandé des chevaux, ma mère m'a trompée en me laissant croire qu'on les amènerait. Et elle a sagement agi, les premiers malaises de la grossesse ont commencé. Je n'ai pu soutenir tant d'émotions violentes, et je me suis trouvée mal. Je t'écris au lit, les médecins ont exigé du repos pendant les premiers mois. Jusqu'alors j'étais une femme frivole, maintenant je vais être une mère de famille. La Providence est bien bonne pour moi, car un enfant à nourrir, à soigner, à élever peut seul amoindrir les douleurs que me causera ton absence. J'aurai en lui un autre toi que je fêterai. J'avouerai hautement mon amour que nous avons si soigneusement caché. Je dirai la vérité. Ma mère a déjà trouvé l'occasion de démentir quelques calomnies qui courent sur ton compte. Les deux Vaudenesse, Charles et Félix t'ont bien noblement défendu; mais ton ami de Marsay prend tout en raillerie : il se moque de tes accusateurs, au lieu de leur répondre; je n'aime pas cette manière de repousser légèrement des attaques sérieuses. Ne te trompes-tu pas sur lui? Néanmoins je t'obéirai, j'en ferai mon ami. Sois bien tranquille, mon adoré, relativement aux choses qui touchent à ton honneur. N'est-il pas le mien ? Mes diamants seront engagés. Nous allons, ma mère et moi, employer toutes nos ressources pour acquitter intégralement tes dettes, et tâcher de racheter ton clos de Belle-Rose. Ma mère, qui s'entend aux affaires comme un vrai procureur, t'a bien blâmé de ne pas t'être ouvert à elle. Elle n'aurait pas acheté, croyant te faire plaisir, le domaine de Grainrouge, qui se trouvait enclavé dans tes terres, et t'aurait pu prêter cent trente mille francs. Elle est au désespoir du parti que tu as pris. Elle craint pour toi le séjour des Indes. Elle te supplie d'être sobre, de ne pas te laisser séduire par les femmes... Je me suis mise à rire. Je suis sûre de toi comme de moi-même. Tu me reviendras riche et fidèle. Moi seule au monde connais ta délicatesse de femme et tes sentiments secrets qui font de toi comme une délicieuse fleur humaine digne du ciel. Les Bordelais avaient bien raison de te donner ton joli surnom. Qui donc soignera ma fleur délicate ? J'ai le cœur percé par d'horribles idées. Moi sa femme, sa Natalie, être ici, quand déjà peut-être il souffre ! Et moi, si bien unie à toi, ne pas partager tes peines, tes traverses, tes périls ! A qui te confieras-tu ? Comment as-tu pu te passer de l'oreille à qui tu disais tout ? Chère sensitive emportée par un orage, pourquoi t'es-tu déplantée du seul terrain où tu pourrais développer tes parfums ? Il me semble que je suis seule depuis deux siècles, j'ai froid aussi dans Paris. J'ai déjà bien pleuré. Etre la cause de ta ruine ! quel texte aux pensées d'une femme aimante ! tu m'as traitée en enfant à qui l'on donne tout ce qu'il demande, en courtisane pour laquelle un étourdi mange sa fortune. Ah ! ta prétendue délicatesse a été une insulte. Crois-tu que je ne pouvais me passer de toilette, de bals, d'Opéra, de succès ? Suis-je une femme légère ? Crois-tu que je ne puisse concevoir des pensées graves, servir à ta fortune aussi bien que je servais à tes plaisirs? Si tu n'étais pas loin de moi, souffrant et malheureux, vous seriez bien grondé, monsieur, de tant d'impertinence. Ravaler votre femme à ce point! Mon Dieu! pourquoi donc allais-je dans le monde? pour flatter ta vanité; je me parais pour toi, tu le sais bien. Si j'avais des torts, je serais bien cruellement punie; ton absence est une bien dure expiation de notre vie intime. Cette joie était trop complète; elle devait se payer par quelque grande douleur, et la voici venue! Après ces bonheurs si soigneusement voilés aux regards curieux du monde, après ces fêtes continuelles entremêlées des folies secrètes de notre amour, il n'y a plus rien de possible que la solitude. La solitude, cher ami, nourrit les grandes passions, et j'y aspire. Que ferai-je dans le monde? à qui reporter mes triomphes? Ah! vivre à Lanstrac, cette terre arrangée par ton père, dans un château que tu as renouvelé si luxueusement, y vivre avec ton enfant en t'attendant, en t'envoyant tous les soirs, tous les matins, la prière de la mère et de l'enfant, de la femme et de l'ange, ne sera-ce pas un demi-bonheur? Vois-tu ces petites mains jointes dans les miennes? Te souviendras-tu, comme je vais m'en souvenir tous les soirs, de ces félicités que tu m'as rappelées dans ta chère lettre[1]? Oh! oui, nous nous aimons autant l'un que l'autre. Cette bonne certitude est un talisman contre le malheur. Je ne doute pas plus de toi que tu ne doutes de moi. Quelles consolations puis-je te mettre ici, moi désolée, moi brisée, moi qui vois ces six années comme un désert à traverser? Allons, je ne suis pas la plus malheureuse; ce désert ne sera-t-il pas animé par notre petit: oui, je veux te donner un fils, il le faut, n'est-ce pas? Allons, adieu, cher bien-aimé, nos vœux et notre amour te suivront partout. Les larmes qui sont sur ce papier, te diront-elles bien les choses que je ne

puis exprimer ? Reprends les baisers que te met,
là au bas, dans ce carré,

TA NATALIE. »

Cette lettre engagea Paul dans une rêverie
autant causée par l'ivresse où le plongeaient ces
témoignages d'amour, que par ses plaisirs évo-
qués à dessein ; et il les reprenait un à un, afin de
s'expliquer la grossesse de sa femme[1]. Plus un
homme est heureux, plus il tremble. Chez les
âmes exclusivement tendres, et la tendresse comporte un peu de faiblesse, la jalousie et l'inquiétude sont en raison directe du bonheur et de son
étendue. Les âmes fortes ne sont ni jalouses ni
craintives : la jalousie est un doute, la crainte est
une petitesse. La croyance sans bornes est le principal attribut du grand homme : s'il est trompé, la
force aussi bien que la faiblesse peuvent rendre
l'homme également dupe, son mépris lui sert
alors de hache, il tranche tout. Cette grandeur est
une exception. A qui n'arrive-t-il pas d'être abandonné de l'esprit qui soutient notre frêle machine
et d'écouter la puissance inconnue qui nie tout ?
Paul, accroché par quelques faits irrécusables,
croyait et doutait tout à la fois. Perdu dans ses
pensées, en proie à une terrible incertitude involontaire, mais combattue par les gages d'un
amour pur et par sa croyance en Natalie, il relut
deux fois cette lettre diffuse, sans pouvoir en rien
conclure ni pour ni contre sa femme. L'amour est
aussi grand par le bavardage que par la concision.
Pour bien comprendre la situation dans
laquelle allait entrer Paul, il faut se le représenter
flottant sur l'Océan comme il flottait sur

l'immense étendue de son passé, revoyant sa vie entière ainsi qu'un ciel sans nuages, et finissant par revenir après les tourbillons du doute, à la foi pure, entière, sans mélange du fidèle, du chrétien, de l'amoureux que rassurait la voix du cœur. Et d'abord il est également nécessaire de rapporter ici la lettre à laquelle répondait Henri de Marsay.

Lettre du comte Paul de Manerville à M. le marquis Henri de Marsay.

« Henri, je vais te dire un des plus grands mots qu'un homme puisse dire à son ami : je suis ruiné. Quand tu me liras, je serai prêt à partir de Bordeaux pour Calcutta, sur le navire *la Belle-Caroline*. Tu trouveras chez ton notaire un acte qui n'attend que ta signature pour être complet et dans lequel je te loue pour six ans mon hôtel par un bail simulé, tu remettras une contre-lettre à ma femme. Je suis forcé de prendre cette précaution pour que Natalie puisse rester chez elle sans avoir à craindre d'en être chassée. Je te transporte également les revenus de mon majorat pendant quatre années, le tout contre une somme de cent cinquante mille francs que je te prie d'envoyer en une lettre de change sur une maison de Bordeaux, à l'ordre de Mathias. Ma femme te donnera sa garantie en surérogation de mes revenus. Si l'usufruit de mon majorat te payait plus promptement que je ne le suppose, nous compterons à mon retour. La somme que je te demande est indispensable pour aller tenter la fortune ; et, si je t'ai bien connu, je dois la recevoir sans phrase à Bordeaux, la veille de mon départ. Je me suis conduit comme tu te serais conduit à ma place. J'ai tenu bon jusqu'au dernier moment sans laisser soupçonner ma ruine. Puis quand le bruit de la saisie-immobilière de mes biens disponibles est venu à Paris, j'avais fait de l'argent avec cent mille francs de lettres de change pour essayer du jeu. Quelque coup du hasard pouvait me rétablir. J'ai perdu. Comment me suis-je ruiné? volontairement, mon cher Henri. Dès le premier jour, j'ai vu que je ne pouvais tenir au train que je prenais, je savais le résultat, j'ai voulu fermer les yeux, car il m'était impossible de dire à ma femme : — Quittons Paris, allons vivre à Lanstrac. Je me suis ruiné pour elle comme on se ruine pour une maîtresse, mais avec certitude. Entre nous, je ne suis ni un niais, ni un homme faible. Un niais ne se laisse pas dominer, les yeux ouverts, par une passion ; puis un homme qui va reconstruire sa fortune aux Indes, au lieu de se brûler la cervelle, cet homme a du courage. Je reviendrai riche ou ne reviendrai pas. Seulement, cher ami, comme je ne veux de fortune que pour elle, que je ne veux être la dupe de rien, que je serai six ans absent, je te confie ma femme. Tu as assez de bonnes fortunes pour respecter Natalie et m'accorder toute la probité du sentiment qui nous lie. Je ne sais pas de meilleur gardien que toi. Je laisse ma femme sans enfant, un amant serait bien dangereux pour elle. Sache-le, mon bon Marsay, j'aime éperdument Natalie, basse-ment, sans vergogne. Je lui pardonnerais, je crois, une infidélité, non parce que je suis certain de pouvoir me venger, dussé-je en mourir ! mais parce que je me tuerais pour la laisser heureuse, si je ne pouvais faire son bonheur moi-même. Que puis-je craindre ? Natalie a pour moi cette amitié véritable indépendante de l'amour, mais qui conserve l'amour. Elle a été traitée par moi comme un enfant gâté. J'éprouvais tant de bon-heur dans mes sacrifices, l'un amenait si naturel-lement l'autre qu'elle serait un monstre si elle me trompait. L'amour vaut l'amour... Hélas ! veux-tu tout savoir, mon cher Henri ? je viens de lui écrire une lettre où je lui laisse croire que je pars l'espoir au cœur, le front serein, que je n'ai ni doute, ni jalousie, ni crainte, une lettre comme en écrivent les fils qui veulent cacher à leurs mères qu'ils vont à la mort. Mon Dieu, de Marsay, j'avais l'enfer en moi, je suis l'homme le plus malheureux du monde! A toi les cris, à toi les grincements de dents! je t'avoue les pleurs de l'amant désespéré; j'aimerais mieux rester six ans balayeur sous ses fenêtres que de revenir millionnaire après six ans d'absence, si cela était possible. J'ai d'horribles angoisses, je marcherai de douleur en douleur jusqu'à ce que tu m'aies écrit un mot par lequel tu accepteras un mandat que toi seul au monde peux remplir et accomplir. O mon cher de Marsay, cette femme est indispensable à ma vie, elle est mon air et mon soleil. Prends-la sous ton égide, garde-la moi fidèle, quand même ce serait contre son gré. Oui, je serais encore heureux d'un demi-bonheur. Sois son chaperon, je n'aurai nulle défiance de toi. Prouve-lui qu'en me trahissant, elle serait vulgaire; qu'elle ressemblerait à toutes les femmes, et qu'il y aurait de l'esprit à me rester fidèle. Elle doit avoir encore assez de fortune pour continuer sa vie molle et sans soucis; mais si elle manquait de quelque chose, si elle avait des caprices, fais-toi son banquier, ne crains rien, je reviendrai riche. Après tout, mes terreurs sont sans doute vaines, Natalie est un ange de vertu. Quand Félix de Vandenesse, épris de belle passion pour elle, s'est permis quelques assiduités, je n'ai eu qu'à faire apercevoir le danger à Natalie, elle m'a tout aussitôt remercié si affectueusement que j'en étais ému aux larmes. Elle m'a dit qu'il ne convenait pas à sa réputation qu'un homme quittât brusquement sa maison, mais qu'elle saurait le congédier : elle l'a en effet reçu très-froidement et tout s'est terminé pour le mieux. Nous n'avons pas eu d'autre sujet de discussion en quatre ans, si toutefois on peut appeler discussion, la causerie de deux amis. Allons, mon cher Henri, je te dis adieu en homme. Le malheur est venu. Par quelque cause que ce soit, il est là ; j'ai mis habit bas. La misère et Natalie sont deux termes inconciliables. La balance sera d'ailleurs très-exacte entre mon passif et mon actif, ainsi personne ne pourra se plaindre de moi ; mais si quelque chose d'imprévu mettait mon honneur en péril, je compte sur toi. Enfin, si quelque événement grave arrivait, tu peux m'envoyer tes lettres sous l'enveloppe du gouverneur des Indes, à Calcutta, j'ai quelques relations d'amitié dans sa maison, et quelqu'un m'y gardera les lettres qui me viendront d'Europe. Cher ami, je désire te retrouver le même à mon retour : l'homme qui sait se moquer de tout et qui néanmoins est accessible aux sentiments d'autrui quand ils s'accordent avec le grandiose que tu sens en toi-même. Tu restes à Paris, toi ! Au moment où tu liras ceci, je crierai : — A carthage ! »

Réponse du marquis Henri de Marsay
au comte Paul de Manerville.

« Ainsi, monsieur le comte, tu t'es enfoncé, monsieur l'ambassadeur a sombré. Voilà donc les belles choses que tu faisais ? Pourquoi, Paul, t'es-tu caché de moi ? Si tu m'avais dit un seul mot, mon pauvre bonhomme, je t'aurais éclairé sur ta position. Ta femme m'a refusé sa garantie. Puisse ce seul mot te dessiller les yeux ! S'il ne suffisait pas, apprends que tes lettres de change ont été protestées à la requête d'un sieur Lécuyer, ancien premier clerc d'un sieur Solonet, notaire à Bordeaux. Cet usurier en herbe, arrivé de Gascogne pour faire ici des tripotages, est le prête-nom de ta très-honorée belle-mère, créancière réelle des cent mille francs pour lesquels la bonne femme t'a compté, dit-on, soixante-dix mille francs. Comparé à madame Évangélista, le papa Gobseck est une flanelle, un velours, une potion calmante, une meringue à la vanille, un oncle à dénouement. Ton clos de Belle-Rose sera la proie de ta femme, à laquelle sa mère donnera la différence entre le prix de l'adjudication et le montant de ses reprises. Madame Évangélista aura le Guadet et Grassol, et les hypothèques qui grèvent ton hôtel à Bordeaux lui appartiennent sous le nom des hommes de paille que lui a trouvés ce Solonet. Ainsi, ces deux excellentes créatures réuniront cent vingt mille livres de rente, somme à laquelle s'élève le revenu de tes biens, joint à trente et quelques mille francs en inscriptions sur le grand-livre que les petites chattes possèdent. La garantie de ta femme était inutile. Ce susdit sieur Lécuyer est venu ce matin m'offrir le remboursement de la somme que je t'ai prêtée contre un transport en bonne forme de mes droits. La récolte de 1825, que ta belle-mère a dans tes caves de Lanstrac, lui suffit pour me payer. Ainsi, ces deux femmes ont déjà calculé que tu devais être en mer; mais je t'envoie ma lettre par un courrier, afin que tu sois encore à temps de suivre les conseils que je vais te donner. J'ai fait causer ce Lécuyer. J'ai saisi dans ses mensonges, dans ses paroles et dans ses réticences, les fils qui me manquaient pour faire reparaître la trame entière de la conspiration domestique ourdie contre toi. Ce soir, à l'ambassade d'Espagne, j'offrirai mes compliments d'admiration à ta belle-mère et à ta femme. Je ferai la cour à madame Évangélista, je t'abandonnerai lâchement, je te dirai d'adroites injures, quelque chose de grossier serait trop tôt découvert par ce sublime Mascarille en jupons. Comment l'as-tu mise contre toi ? Voilà ce que je veux savoir. Si tu avais eu l'esprit d'être amoureux de cette femme avant d'épouser sa fille, tu serais aujourd'hui pair de France, duc de Manerville et ambassadeur à Madrid[1]. Si tu m'avais appelé près de toi lors de ton mariage, je t'aurais aidé à connaître, analyser les deux femmes avec lesquelles tu t'engageais ;

et, de ces observations faites en commun, il serait
sorti quelques conseils utiles. N'étais-je pas le
seul de tes amis en position de respecter ta
femme ? Étais-je à craindre ? Après m'avoir jugé,
ces deux femmes ont eu peur de moi et nous ont
séparés. Si tu ne m'avais pas bêtement fait la
moue, elles ne t'auraient pas dévoré. Ta femme a
bien aidé à notre refroidissement ; elle était seri-
née par sa mère, à qui elle écrivait deux lettres
dans la semaine, et tu n'y as jamais pris garde.
J'ai bien reconnu mon Paul quand j'ai su ce
détail. Dans un mois, je serai assez près de ta
belle-mère pour apprendre d'elle la raison de la
haine hispano-italienne qu'elle t'a vouée, à toi, le
meilleur homme du monde. Te haïssait-elle avant
que sa fille n'aimât Félix de Vandenesse[1], ou te
chasse-t-elle jusque dans les Indes pour rendre sa
fille aussi libre que l'est en France une femme
séparée de corps et de biens ? Là est le problème.
Je te vois bondissant et hurlant en apprenant que
ta femme aime à la folie Félix de Vandenesse. Si
je n'avais pas eu la fantaisie de faire un tour en
Orient avec Montriveau, Ronquerolles et quelques autres bons vivants de ta connaissance,
j'aurais pu te dire quelque chose de cette intrigue
qui commençait quand je suis parti ; je voyais
poindre alors les germes de ton malheur. Mais
quel gentilhomme assez dépravé pourrait entamer de semblables questions sans une première
ouverture ? Qui oserait nuire à une femme ? Qui
briserait le miroir aux illusions où l'un de nos
amis se complaît à regarder les féeries d'un heureux mariage ? Les illusions ne sont-elles pas la
fortune du cœur ? Ta femme, cher ami, n'était-elle
pas, dans la plus large acception du mot, une
femme à la mode ? Elle ne pensait qu'à ses succès,
à sa toilette ; elle allait aux Bouffons, à l'Opéra, au
bal ; se levait tard, se promenait au bois ; dînait
en ville ou donnait elle-même à dîner. Cette vie
me semble être pour les femmes ce qu'est la

guerre pour les hommes ; le public ne voit que les vainqueurs, il oublie les morts. Si les femmes délicates périssent à ce métier, celles qui résistent doivent avoir des organisations de fer, conséquemment peu de cœur, et des estomacs excellents. Là est la raison de l'insensibilité, du froid des salons. Les belles âmes restent dans la solitude, les natures faibles et tendres succombent, il ne reste que des galets qui maintiennent l'Océan social dans ses bornes en se laissant frotter, arrondir par le flot, sans s'user. Ta femme résistait admirablement à cette vie, elle y semblait habituée, elle apparaissait toujours fraîche et belle ; pour moi, la conclusion était facile à tirer : elle ne t'aimait pas, et tu l'aimais comme un fou. Pour faire jaillir l'amour dans cette nature siliceuse, il fallait un homme de fer. Après avoir subi sans y rester le choc de lady Dudley, la femme de mon vrai père, Félix devait être le fait de Natalie. Il n'y avait pas grand mérite à deviner que tu lui étais indifférent, à ta femme. De cette indifférence au déplaisir, il n'y avait qu'un pas ; et, tôt ou tard, un rien, une discussion, un mot, un acte d'autorité pouvait le faire sauter à ta femme. J'aurais pu te raconter à toi-même la scène qui se passait tous les soirs dans sa chambre à coucher entre vous deux. Tu n'as pas d'enfant, mon cher. Ce mot n'explique-t-il pas bien des choses à un observateur ? Amoureux, tu ne pouvais guère t'apercevoir de la froideur naturelle à une jeune femme que tu as formée à point pour Félix de Vandenesse[1]. Eusses-tu trouvé ta femme froide, la stupide jurisprudence des gens mariés te poussait à faire honneur de sa réserve à son innocence. Comme tous les maris, tu croyais pouvoir la maintenir vertueuse dans un monde où les femmes s'expliquent d'oreille à oreille ce que les hommes n'osent dire, où tout ce qu'un mari n'apprend pas à sa femme est spécifié, commenté sous l'éventail en riant, en badinant, à propos d'un procès ou d'une aventure. Si ta femme aimait les bénéfices sociaux du mariage, elle en trouvait les charges un peu lourdes. La charge, l'impôt, c'était toi! Ne voyant rien de ces choses, tu allais creusant des abîmes et les couvrant de fleurs, suivant l'éternelle phrase de la rhétorique ; tu obéissais tout doucement à la loi qui régit le commun des hommes, et de laquelle j'avais voulu te garantir. Cher enfant, il ne te manquait plus, pour être aussi bête que le bourgeois trompé par son épouse et qui s'en étonne, ou s'en épouvante, ou s'en fâche, que de me parler de tes sacrifices, de ton amour pour Natalie, de venir me chanter : — Elle serait bien ingrate si elle me trahissait ; j'ai fait cela, j'ai fait ceci, je ferai mieux, j'irai pour elle aux Indes, je, etc. Mon cher Paul, as-tu donc vécu dans Paris, as-tu donc l'honneur d'apparte-nir par les liens de l'amitié à Henri de Marsay, pour ignorer les choses les plus vulgaires, les pre-miers principes qui meuvent le mécanisme fémi-nin, l'alphabet de leur cœur ? Exterminez-vous ; allez pour une femme à Sainte-Pélagie, tuez vingt-deux hommes, abandonnez sept filles, ser-vez Laban, traversez le désert, côtoyez le bagne, couvrez-vous de gloire, couvrez-vous de honte, refusez comme Nelson de livrer bataille pour aller baiser l'épaule de lady Hamilton, comme Bonaparte battez le vieux Wurmser, fendez-vous sur le pont d'Arcole, délirez comme Roland, cas-sez-vous une jambe éclissée pour valser six minutes avec une femme !... Mon cher, qu'est-ce que ces choses ont à faire avec l'amour ? Si l'amour se déterminait sur de tels échantillons, l'homme serait trop heureux : quelques prouesses faites dans le moment du désir lui donneraient la femme aimée. L'amour, mon gros Paul, mais c'est une croyance comme celle de l'immaculée concep-tion de la Sainte Vierge : cela vient ou cela ne vient pas. A quoi servent des flots de sang versés, les mines du Potose, ou la gloire pour faire naître un sentiment involontaire, inexplicable? Les jeunes gens comme toi, qui veulent être aimés par balance de compte, me semblent être d'ignobles usuriers. Nos femmes légitimes nous doivent des enfants et de la vertu, mais elles ne nous doivent pas l'amour. L'amour, Paul! est la conscience du plaisir donné et reçu, la certitude de le donner et de le recevoir; l'amour est un désir incessamment mouvant, incessamment satisfait et insatiable. Le jour où Vandenesse a remué dans le cœur de ta femme la corde du désir que tu y laissais vierge[1], tes fanfaronnades amoureuses, tes torrents de cervelle et d'argent n'ont pas même été des souvenirs. Tes nuits conjugales semées de roses, fumée! ton dévouement, un remords à offrir! ta personne, une victime à égorger sur l'autel! ta vie antérieure, ténèbres! une émotion d'amour effaçait tes trésors de passion qui n'étaient plus que de la vieille ferraille. Il a eu, lui Félix, toutes les beautés, tous les dévouements, gratis peut-être, mais en amour la croyance équivaut à la réalité. Ta belle-mère a donc été naturellement du parti de l'amant contre le mari; secrètement ou patiemment, elle a fermé les yeux, ou elle les a ouverts, je ne sais ce qu'elle a fait mais elle a été pour sa fille, contre toi. Depuis quinze ans que j'observe la société, je ne connais pas une mère qui, dans cette circonstance, ait abandonné sa fille. Cette indulgence est un héritage transmis de femme en femme. Quel homme peut la leur reprocher? quelque rédacteur du code civil, qui a vu des formules là où il n'existe que des sentiments! La dissipation dans laquelle te jetait la vie d'une femme à la mode; la pente d'un caractère facile et ta vanité peut-être ont fourni les moyens de se débarrasser de toi par une ruine habilement concertée. De tout ceci, tu concluras, mon bon ami, que le mandat dont tu me chargeais et dont je me serais d'autant plus glorieusement acquitté qu'il m'aurait amusé, se trouve comme nul et non avenu. Le mal à prévenir est accompli, *consummatum est.* Pardonne-moi, mon ami, de t'écrire à la de Marsay, comme tu disais, sur des choses qui doivent te paraître graves. Loin de moi l'idée de pirouetter sur la tombe d'un ami, comme les héritiers sur celle d'un parent. Mais tu m'as écrit que tu devenais homme, je te crois, je te traite en politique et non en amoureux. Pour toi, cet accident n'est-il pas comme la marque à l'épaule qui décide un forçat à se jeter dans une vie d'opposition systématique et à combattre la société? Te voilà dégagé d'un souci : le mariage te possédait, tu possèdes maintenant le mariage. Paul, je suis ton ami dans toute l'acception du mot. Si tu avais eu la cervelle cerclée dans un crâne d'airain, si tu avais eu l'énergie qui t'est venue trop tard, je t'aurais prouvé mon amitié par des confidences qui t'auraient fait marcher sur l'humanité comme sur un tapis. Mais quand nous causions des combinaisons auxquelles j'ai dû la faculté de m'amuser avec quelques amis au sein de la civilisation parisienne, comme un bœuf dans la boutique d'un faïencier ; quand je te racontais sous des formes romanesques, les véritables aventures de ma jeunesse, tu les prenais en effet pour des romans, sans en voir la portée. Aussi n'ai-je pu te considérer que comme une passion malheureuse. Hé! bien, foi d'homme, dans les circonstances actuelles tu joues le beau rôle, et tu n'as rien perdu de ton crédit auprès de moi, comme tu pourrais le croire. Si j'admire les grands fourbes, j'estime et j'aime les gens trompés. A propos de ce médecin qui a si mal fini, conduit à l'échafaud par son amour pour une maîtresse, je t'ai raconté l'histoire bien autrement belle de ce pauvre avocat qui vit, dans je ne sais quel bagne, marqué pour un faux, et qui voulait donner à sa femme, une femme adorée aussi! trente mille livres de rentes ; mais que sa femme a dénoncé pour se débarrasser de lui et vivre avec un monsieur. Tu t'es récrié, toi et quelques niais qui soupaient avec nous. Eh! bien, mon cher, tu es l'avocat, moins le bagne. Tes amis ne te font pas grâce de la considération qui, dans notre société, vaut un jugement de cour d'assises. La sœur des deux Vandenesse, la marquise de Listomère et toute sa coterie où s'est enrégimenté le petit Rastignac, un drôle qui commence à percer; madame d'Aiglemont et son salon où règne Charles de Vandenesse, les Lenoncourt, la comtesse Féraud, madame d'Espard, les Nucingen, l'ambassade d'Espagne, enfin tout un monde soufflé fort habilement te couvre d'accusations boueuses. Tu es un mauvais sujet, un joueur, un débauché, qui as mangé stupidement ta fortune. Après avoir payé tes dettes plusieurs fois, ta femme, un ange de vertu! vient d'acquitter cent mille francs de lettres de change, quoique séparée de biens. Heureusement tu t'es rendu justice en disparaissant. Si tu avais continué, tu l'aurais mise sur la paille, elle eût été victime de son dévouement conjugal. Quand un homme arrive au pouvoir, il a toutes les vertus d'une épitaphe; qu'il tombe dans la misère, il a plus de vices que n'en avait l'enfant prodigue: tu ne saurais imaginer combien le monde te prête de péchés à la Don Juan. Tu jouais à la Bourse, tu avais des goûts licencieux dont la satisfaction te coûtait des sommes énormes et dont l'explication exige des commentaires et des plaisanteries qui font rêver les femmes. Tu payais des intérêts horribles aux usuriers. Les deux Vandenesse racontent en riant comme quoi Gigonnet te donnait pour six mille francs une frégate en ivoire et la faisait racheter pour cent écus à ton valet de chambre, afin de te la revendre; comme quoi tu l'as démolie solennellement en t'apercevant que tu pouvais avoir un véritable brick avec l'argent qu'elle te coûtait. L'histoire est arrivée à Maxime de Trailles, il y a neuf ans; mais elle te va si bien que Maxime a pour toujours perdu le commandement de sa frégate. Enfin je ne puis te dire tout, car tu fournis une encyclopédie de cancans que les femmes ont intérêt à grossir. Dans cet état de choses, les plus prudes ne légitiment-elles pas les consolations du comte Félix de Vandenesse (leur père est enfin mort, hier !) ? Ta femme a le plus prodigieux succès. Hier, madame de Camps me répétait ces belles choses aux Italiens. — Ne m'en parlez pas, lui ai-je répondu, vous ne savez rien vous autres ! Paul a volé la Banque et abusé le Trésor royal. Il a assassiné Ezzelin, fait mourir trois Médora de la rue Saint-Denis, et je le crois associé (je vous le dis entre nous) avec la bande des Dix-Mille. Son intermédiaire est le fameux Jacques Collin[1], sur qui la police n'a pu remettre la main depuis qu'il s'est encore une fois évadé du bagne, Paul le logeait dans son hôtel. Vous voyez, il est capable de tout : il trompe le gouvernement. Ils sont partis tous deux pour aller travailler dans les Indes et voler le Grand-Mogol. La de Camps a compris qu'une femme distinguée comme elle ne doit pas convertir ses belles lèvres en gueule de bronze vénitienne. En apprenant ces tragi-comédies, beaucoup de gens refusent d'y croire ; ils prennent le parti de la nature humaine et de ses beaux sentiments, ils soutiennent que c'est des fictions. Mon cher, Talleyrand a dit ce magnifique mot : — *Tout arrive !* Certes il se passe sous nos yeux des choses encore plus étonnantes que ne l'est ce complot domestique ; mais le monde a tant d'intérêt à les démentir, à se dire calomnié ; puis ces magnifiques drames se jouent si naturellement, avec un vernis de si bon goût, que souvent j'ai besoin d'éclaircir le verre de ma lorgnette pour voir le fond des choses. Mais, je te le répète, quand un homme est de mes amis, quand nous avons reçu ensemble le baptême du vin de Champagne, communié ensemble à l'autel de la Vénus Commode, quand nous nous sommes fait confirmer par les doigts crochus du Jeu, et que mon ami se trouve dans une position fausse, je briserai vingt familles pour le remettre droit. Tu dois bien voir ici que je t'aime ; ai-je jamais, à ta connaissance, écrit des lettres aussi longues que l'est celle-ci ? Lis donc avec attention ce qu'il me reste à te dire.

Hélas ! Paul, il faut bien se livrer à l'écriture, je dois m'habituer à minuter des dépêches. J'aborde la politique. Je veux avoir dans cinq ans un portefeuille de ministre ou quelque ambassade d'où je puisse remuer les affaires publiques à ma fantaisie. Il vient un âge où la plus belle maîtresse que puisse servir un homme est sa nation[1]. Je me mets dans les rangs de ceux qui renversent le système aussi bien que le ministre actuel. Enfin je vogue dans les eaux d'un certain prince qui n'est manchot que du pied, et que je regarde comme un politique de génie dont le nom grandira dans l'histoire ; un prince complet comme peut l'être un grand artiste. Nous sommes Ronquerolles, Montriveau, les Grandlieu, La Roche-Hugon, Serizy, Féraud et Granville, tous alliés contre le parti-prêtre, comme dit ingénieusement le partiniais représenté par *le Constitutionnel*. Nous voulons renverser les deux Vandenesse, les ducs de Lenoncourt, de Navarreins, de Langeais et la Grande-Aumônerie. Pour triompher, nous irons jusqu'à nous réunir à La Fayette, aux Orléanistes, à la Gauche, gens à égorger le lendemain de la victoire, car tout gouvernement est impossible avec leurs principes. Nous sommes capables de tout pour le bonheur du pays et pour le nôtre. Les questions personnelles[2] en fait de roi sont aujourd'hui des sottises sentimentales, il faut en déblayer la politique. Sous ce rapport, les Anglais avec leur façon de doge sont plus avancés que nous ne le sommes. La politique n'est plus là, mon cher. Elle est dans l'impulsion à donner à la nation en créant une oligarchie où demeure une pensée fixe de gouvernement et qui dirige les affaires publiques dans une voie droite, au lieu de laisser tirailler le pays en mille sens différents, comme nous l'avons été depuis quarante ans dans cette belle France, si intelligente et si niaise, si folle et si sage, à laquelle il faudrait un système plutôt que des hommes. Que sont les personnes dans cette belle question ? Si le but est grand, si elle vit plus heureuse et sans troubles, qu'importe à la masse les profits de notre gérance, notre fortune, nos privilèges et nos plaisirs ? Je suis maintenant carré par ma base. J'ai aujourd'hui cent cinquante mille livres de rente dans le trois pour cent, et une réserve de deux cent mille francs pour parer à des pertes. Ceci me semble encore peu de chose dans la poche d'un homme qui part du pied gauche pour escalader le pouvoir. Un événement heureux a décidé mon entrée dans cette carrière qui me souriait peu ; car tu sais combien j'aime la vie orientale. Après trente-cinq ans de sommeil, ma très-honorée mère s'est réveillée en se souvenant qu'elle avait un fils qui lui faisait honneur. Souvent, quand on arrache un plant de vignes, à quelques années de là certains ceps reparaissent à fleur de terre ; eh ! bien, mon cher, quoique ma mère m'eût presque arraché de son cœur, j'ai repoussé dans sa tête. A cinquante-huit ans, elle se trouve assez vieillie pour ne plus pouvoir penser à un autre homme qu'à son fils. En ces circonstances, elle a rencontré, dans je ne sais quelle bouilloire d'eau thermale, une délicieuse vieille fille anglaise, riche de deux cent quarante mille livres de rente, à laquelle, en bonne mère, elle a inspiré l'audacieuse ambition de devenir ma femme. Une fille de trente-six ans, ma foi ! élevée dans les meilleurs principes puritains, une vraie couveuse qui soutient que les femmes adultères devraient être brûlées publiquement. — Où prendrait-on du bois ? lui ai-je dit. Je l'aurais bien envoyée à tous les diables, attendu que deux cent quarante mille livres de rente ne sont pas l'équivalent de ma liberté, de ma valeur physique ou morale ni de mon avenir. Mais elle est seule et unique héritière d'un vieux podagre, quelque brasseur de Londres qui, dans un délai calculable, doit lui laisser une fortune au moins égale à celle dont est déjà douée la mignonne. Outre ces avantages, elle a le nez rouge, des yeux de chèvre morte, une taille qui me fait craindre qu'elle ne se casse en trois morceaux si elle tombe ; elle a l'air d'une poupée mal coloriée ; mais elle est d'une économie ravissante ; mais elle adorera son mari quand même ; mais elle a le génie anglais ; elle me tiendra mon hôtel, mes écuries, ma maison, mes terres, mieux que ne le ferait un intendant. Elle a toute la dignité de la vertu ; elle se tient droite comme une confidente du Théâtre-Français ; rien ne m'ôterait l'idée qu'elle a été empalée et que le pal s'est brisé dans son corps. Miss Stevens est d'ailleurs assez blanche pour n'être pas trop désagréable à épouser quand il le faudra absolument. Mais, et ceci m'affecte ! elle a les mains d'une fille vertueuse comme l'arche sainte ; elles sont si rougeaudes que je n'ai encore imaginé le moyen de les lui blanchir sans trop de frais, et je ne sais comment lui en effiler les doigts qui ressemblent à des boudins. Oh ! elle tient évidemment au brasseur par ses mains et à l'aristocratie par son argent ; mais elle affecte un peu trop les grandes manières comme les riches Anglaises qui veulent se faire prendre pour des ladies, et ne cache pas assez ses pattes de homard. Elle a d'ailleurs aussi peu d'intelligence que j'en veux chez une femme. S'il en existait une plus bête, je me mettrais en route pour l'aller chercher. Jamais cette fille, qui se nomme Dinah, ne me jugera ; jamais elle ne me contrariera ; je serai sa chambre haute, son lord, ses communes. Enfin, Paul, cette fille est une preuve irrécusable du génie anglais ; elle offre un produit de la mécanique anglaise arrivée à son dernier degré de perfectionnement ; elle a certainement été fabriquée à Manchester entre l'atelier des plumes Perry et celui des machines à vapeur. Ça mange, ça marche, ça boit, ça pourra faire des enfants, les soigner, les élever admirablement, et ça joue la femme à croire que c'en est une. Quand ma mère nous a présentés l'un à l'autre, elle avait si bien monté la machine, elle en avait si bien repassé les chevilles, tant mis d'huile dans les rouages, que rien n'a crié ; puis, quand elle a vu que je ne faisais pas trop la grimace, elle a lâché les derniers ressorts, cette fille a parlé ! Enfin ma mère a lâché aussi le dernier mot. Miss Dinah Stevens ne dépense que trente mille francs par an, et voyage par économie depuis sept ans. Il existe donc un second magot, et en argent. Les affaires sont tellement avancées que les publications sont à terme.

Nous en sommes à *my dear love.* Miss me fait des yeux à renverser un portefaix. Les arrangements sont pris : il n'est point question de ma fortune, miss Stevens consacre une partie de la sienne à un majorat en fonds de terre, d'un revenu de deux cent quarante mille francs, et à l'achat d'un hôtel qui en dépendra ; la dot avérée dont je serai responsable est d'un million. Elle n'a pas à se plaindre, je lui laisse intégralement son oncle. Le bon brasseur, qui a contribué d'ailleurs au majorat, a failli crever de joie en apprenant que sa nièce devenait marquise. Il est capable de faire un sacrifice pour mon aîné. Je retirerai ma fortune des fonds publics aussitôt qu'ils atteindront quatre-vingts, et je placerai tout en terres. Dans deux ans, je puis avoir quatre cent mille livres en revenus territoriaux. Une fois le brasseur en bière, je puis compter sur six cent mille livres de rente[1]. Tu le vois, Paul, je ne donne à mes amis que les conseils dont je fais usage pour moi-même. Si tu m'avais écouté, tu aurais une Anglaise, quelque fille de Nabab qui te laisse-

Ne me dites donc pas de niaiseries.

LE CONTRAT DE MARIAGE.

rait l'indépendance du garçon et la liberté nécessaire pour jouer le whist de l'ambition. Je te céde-
rais ma future femme si tu n'étais pas marié.
Mais il n'en est pas ainsi. Je ne suis pas homme à
te faire remâcher ton passé. Ce préambule était
nécessaire pour t'expliquer que je vais avoir l'existence nécessaire à ceux qui veulent jouer le grand
jeu d'onchets. Je ne te faudrai point, mon ami. Au
lieu d'aller te mariner dans les Indes, il est beaucoup plus simple de naviguer de conserve avec
moi dans les eaux de la Seine. Crois-moi ! Paris
est encore le pays d'où sourd le plus abondam-
ment la fortune. Le Potose est situé rue Vivienne,
ou rue de la Paix, à la place Vendôme, ou rue de
Rivoli. En toute autre contrée, des œuvres maté-
rielles, des sueurs de commissionnaire, des
marches et des contre-marches sont nécessaires à
l'édification d'une fortune ; mais ici les pensées
suffisent. Ici tout homme, même médiocrement
spirituel, aperçoit une mine d'or en mettant ses
pantoufles, en se curant les dents après dîner, en
se couchant, en se levant. Trouve un lieu du
monde où une bonne idée, bien bête, rapporte
plus et soit plus tôt comprise qu'ici ? Si j'arrive en
haut de l'échelle, crois-tu que je sois homme à te
refuser une poignée de main, un mot, une signature ? Ne nous faut-il pas, à nous autres jeunes
roués, un ami sur lequel nous puissions compter,
quand ce ne serait que pour le compromettre en
notre lieu et place, pour l'envoyer mourir comme
simple soldat afin de sauver le général ? La politique est impossible sans un homme d'honneur
avec qui l'on puisse tout dire et tout faire. Voici
donc ce que je te conseille. Laisse partir *la Belle-
Caroline*, reviens ici comme la foudre, je te ména-
gerai un duel avec Félix de Vandenesse où tu tire-
ras le premier, et tu me l'abattras comme un
pigeon[1]. En France, le mari insulté qui tue son
rival devient un homme respectable et respecté.
Personne ne s'en moque. La peur, mon cher, est

un élément social, un moyen de succès pour ceux qui ne baissent les yeux sous le regard de personne. Moi qui me soucie de vivre comme de boire une tasse de lait d'ânesse et qui n'ai jamais senti l'émotion de la peur, j'ai remarqué, mon cher, les étranges effets produits par ce sentiment dans nos mœurs modernes. Les uns tremblent de perdre les jouissances auxquelles ils se sont acoquinés ; les autres tremblent de quitter une femme. Les mœurs aventureuses d'autrefois, où l'on jetait la vie comme un chausson, n'existent plus ! La bravoure de beaucoup de gens est un calcul habilement fait sur la peur qui saisit leur adversaire. Les Polonais se battent seuls en Europe pour le plaisir de se battre, ils cultivent encore l'art pour l'art et non par spéculation. Tue Vandenesse, et ta femme tremble, et ta belle-mère tremble, et le public tremble, et tu te réhabilites, et tu publies ta passion insensée pour ta femme, et l'on te croit, et tu deviens un héros. Telle est la France. Je ne suis pas à cent mille francs près avec toi ; tu paieras tes principales dettes ; tu arrêteras ta ruine en vendant tes propriétés à réméré, car tu auras promptement une position qui te permettra de rembourser avant terme tes créanciers. Puis, une fois éclairé sur le caractère de ta femme, tu la domineras par une seule parole. En l'aimant tu ne pouvais pas lutter avec elle ; mais, en ne l'aimant plus, tu auras une force indomptable. Je t'aurai rendu ta belle-mère souple comme un gant ; car il s'agit de te retrouver avec les cent cinquante mille livres de rentes que ces deux femmes se sont ménagées. Ainsi renonce à l'expatriation qui me paraît le réchaud de charbon des gens de tête. T'en aller, n'est-ce pas donner gain de cause aux calomnies ? Le joueur qui va chercher son argent pour revenir au jeu perd tout. Il faut avoir son or en poche. Tu me fais l'effet d'aller chercher des troupes fraîches aux Indes.

Mauvais! Nous sommes deux joueurs au grand tapis vert de la politique ; entre nous le prêt est de rigueur. Ainsi, prends des chevaux de poste, arrive à Paris et recommence la partie ; tu la gagneras avec Henri de Marsay pour partner, car Henri de Marsay sait vouloir et sait frapper.Vois où nous en sommes. Mon vrai père fait partie du ministère anglais. Nous aurons des intelligences en Espagne par les Évangélista ; car une fois que nous aurons mesuré nos griffes, ta belle-mère et moi, nous verrons qu'il n'y a rien à gagner quand on se trouve diable contre diable. Montriveau, mon cher, est lieutenant-général ; il sera certes un jour ministre de la guerre, car son éloquence lui donne un grand ascendant sur la chambre. Voici Ronquerolles ministre d'état et du conseil privé. Martial de la Roche-Hugon est nommé ministre en Allemagne et pair de France, il nous apporte en dot le maréchal duc de Carigliano et tout le croupion de l'empire qui s'est soudé si bêtement à l'échine de la restauration. Serizy mène le conseil-d'état où il est indispensable. Grandville tient la magistrature à laquelle appartiennent ses deux fils ; les Grandlieu sont admirablement bien en cour ; Féraud est l'âme de la coterie Gondreville, bas intrigants qui sont toujours en haut, je ne sais pourquoi. Appuyés ainsi, qu'avons-nous à craindre ? Nous avons un pied dans toutes les capitales, un œil dans tous les cabinets, et nous enveloppons l'administration sans qu'elle s'en doute. La question argent n'est-elle pas une misère, un rien dans ces grands rouages préparés ? Qu'est surtout une femme ? resteras-tu donc toujours lycéen[1] ? Qu'est la vie, mon cher, quand une femme est toute la vie ? une galère dont on n'a pas le commandement, qui obéit à une boussole folle, mais non sans aimant, que régissent des vents contraires et où l'homme est un vrai galérien qui exécute non-seulement la loi, mais encore celle qu'improvise l'argousin, sans vengeance possible. Pouah! Je comprends que par passion, ou pour le plaisir que l'on éprouve à transmettre sa force à des mains blanches, on obéisse à une femme; mais obéir à Médor?... dans ce cas, je brise Angélique. Le grand secret de l'alchimie sociale, mon cher, est de tirer tout le parti possible de chacun des âges par lesquels nous passons, d'avoir toutes ses feuilles au printemps, toutes ses fleurs en été, tous les fruits en automne. Nous nous sommes amusés, quelques bons vivants et moi, comme des mousquetaires noirs, gris et rouges, pendant douze années, ne nous refusant rien, pas même une entreprise de flibustier par ci par là; maintenant nous allons nous mettre à secouer les prunes mûres dans l'âge où l'expérience a doré les moissons[1]. Viens avec nous, tu auras ta part dans le *pudding* que nous allons cuisiner. Arrive, et tu trouveras un ami tout à toi dans la peau de

HENRI DE M.

Au moment où Paul de Manerville achevait cette lettre dont chaque phrase était comme un coup de marteau donné sur l'édifice de ses espérances, de ses illusions, de son amour, il se trouvait au delà des Açores. Au milieu de ces décombres, il fut saisi par une rage froide, une rage impuissante.

— Que leur ai-je fait? se dit-il. Cette demande est le mot des niais, le mot des gens faibles qui ne sachant rien voir ne peuvent rien prévoir. Il cria:
— Henri, Henri! à l'ami fidèle. Bien des gens seraient devenus fous, Paul alla se coucher, il dormit de ce profond sommeil qui suit les immenses désastres, et qui saisit Napoléon après la bataille de Waterloo.

Paris, septembre-octobre 1835.

COMMENTAIRES

par

Pierre Barbéris

LE COLONEL CHABERT

Originalité de l'œuvre

Le colonel Chabert est l'un des titres les plus célèbres de Balzac. Raimu en a popularisé le principal personnage au cinéma, et il existe de nombreuses éditions pour la jeunesse. De plus, c'est une œuvre courte, peu chargée de ces fameuses «descriptions» qui, souvent, font, paraît-il, obstacle à la consommation de masse. Histoire d'une ingratitude, enfin, exemple de cruauté sociale, *Le colonel Chabert* fait appel à quelques sentiments simples qui assurent des lecteurs. La culpabilité est patente, les responsabilités, semble-t-il, sans ombre. Ajoutons que tout «ancien combattant» est assuré, auprès du public, d'une sympathie sans faille. Toute la France qui a chanté «Pauvre marin revient de guerre» dans son enfance, et qui adore ces histoires de disparus et de revenants, toute la France qui aime les princesses mais qui voudrait bien aussi, de temps à autre, prendre au collet les grandes dames et leur faire reconnaître et payer leur luxe comme leur infamie, toute cette France est, de tout temps, bien disposée pour accueillir *Chabert* et pour lui reconnaître un statut particulier. Il y a du mélodrame dans *Chabert*, un peu de Frédérick Lemaître se dressant, vengeur, et se faisant crier «Bravo!» par le poulailler comme par le parterre. Comment ne pas penser, cependant, très vite, que cette originalité est suspecte, à tout le moins réductrice ? *Chabert*, c'est quand même autre chose, et souvent quelque chose qu'il faut aujourd'hui reconstituer, dont il faut retrouver l'entrée.

Chabert est d'abord un texte militaire, en un temps où les militaires étaient populaires, plébéiens, de gauche. Le mot *colonel* venait de l'Ancien Régime, et il avait été un moment remplacé par *chef de demi-brigade*, puis il avait été rétabli par l'Empire. Or *jamais*, sous l'Ancien Régime, un Chabert ne serait devenu colonel. Il avait fallu la Révolution et ses suites, toute cette immense promotion de nouvelles élites. Le titre seul renvoie ainsi à une sorte de miracle historique. Il désigne une fabuleuse ouverture de l'Histoire, qui vient aujourd'hui buter sur une Histoire refermée, à nouveau fortement « classifiée » comme on disait sous la Restauration, avec ses cases, ses carrières civiles à nouveau lentes et torves. Il n'est pas évident, aujourd'hui, de saisir du premier coup cet effet de sens.

Chabert est, ensuite, une mise en récit, en nouvelle, d'un grand thème mythique profondément lié aux révolutions : le thème de la légitimité et de l'usurpation. Le roman historique de Walter Scott avait largement popularisé cette symbolique du prince absent dont on a volé le pouvoir, et qui revient, avec ses alliés (les chevaliers, mais aussi Robin-des-Bois, le Peuple) pour se venger et pour tout remettre dans le Droit. Vraie noblesse et vrai Peuple appuient le héros contre les bâtards, contre les étrangers, contre les ogres. La grande secousse de 1789 à 1815 avait, de diverses manières, violemment actualisé cette problématique. A des titres divers le roi Bourbon puis Napoléon lui-même avaient été les volés, les exclus, ceux qui reviendraient, et qui étaient revenus. De même plus d'un remariage avait été la conséquence de disparitions liées aux événements militaires. Il est facile de voir derrière tout cela une image christique de l'Histoire fondée sur le salut, sur la résurrection, sur la grande idée du *retour*. Au temps de Flaubert, ces idées de retour ne seront plus que du bafouillage, de l'Histoire qui recommence, comme chez Marx, sous forme de farce. En 1832, c'est encore l'une des voies de la conscience historique. Lorsque Chabert parle d'aller faire du scandale au pied de la colonne de la place Vendôme, il transpose très exactement la grande iconographie héroïque des Princes qui reviennent, mais qui choisissent désormais leur propre forme de sacre. Le peuple, une certaine conscience populaire, n'a plus besoin de Reims. La source de la légitimité est ailleurs. On n'en demeure pas moins attaché à l'idée de *légitimité*.

Pour autant, Chabert qui revient, Chabert - Prince n'en est pas moins, comme Goriot, quelqu'un qui avait su faire sa fortune. Le héros ne doit pas nous faire oublier ses origines. Chabert est du peuple, certes, mais de quel peuple ? D'un peuple somme d'individus promis aux réussites et emportés par le grand raz de marée de l'ambition. Chabert n'est pas un saint, un martyr tout dans son auréole. Il a fait fortune ; il a donné des fêtes ; il a été un futur notable ; l'une de ses rencontres décisives se passe dans un bordel de Turin, et il a pris comme épouse une fille à numéro du Palais-Royal. Il ne l'a pas oublié, d'ailleurs, et c'est de manière fort brutale qu'il rappelle ses origines à la donzelle. Sans l'épisode d'Eylau, sans la mort un moment, sans le début d'aphasie, sans la dépossession qui a suivi la catastrophe, Chabert aurait très bien pu n'être qu'un de ces plats carriéristes et courtisans (il a été anobli par l'Empereur) que devait si férocement épingler Stendhal. On pleure sur les souffrances de Goriot sans penser que cet homme a donné à ses filles la fortune qu'il a gagnée en spéculant sur les grains aux moments les plus terribles de la Révolution. Il en va de même pour Chabert, et Balzac ne fait pas de la légende à sens unique. Mythe napoléonien, oui, mais aussi réalités napoléoniennes, sociologie du napoléonisme.

Enfin, l'histoire de Chabert doit beaucoup de son originalité à être encadrée par Derville et par la comtesse Ferraud, dont l'affrontement constitue l'un des moments-clefs du texte. Derville est, bien sûr, le chevalier d'un certain idéal, celui qui prête des armes et une armure au héros qui revient nu. Mais Derville est aussi, et du moins d'abord, *un jeune homme qui a sa carrière à faire*, et qui la fait. Derville est un héros balzacien *normal*. Ce qui importe au plus haut point, c'est qu'il finit par choisir la conscience et par s'en aller, comme l'Alceste de Molière. Derville devient peu à peu témoin, après avoir été acteur, agent. Il ne lui a pas été facile de s'extraire de la pâte, mais enfin il s'en est extrait. Derville n'est donc pas, lui non plus, monocolore, univoque. Il est la conscience qui se dégage comme elle peut des réalités bourgeoises. Il est aussi la conscience qui ne change rien au monde, *mais qui peut l'écrire* : aux dernières lignes, Derville, c'est évidemment Balzac.

La comtesse, elle aussi, est ambiguë, tirée entre deux significations. Elle est, certes, l'un de ces assassins à éventail dont regorge la littérature réaliste française. Elle est la femme sans cœur, une de plus après la Fœdora de *La Peau de chagrin*. Mais, outre qu'elle a pu réellement croire à la mort de son mari et que donc son remariage n'est pas, en soi, un crime, elle est, elle aussi, une victime, quelqu'un qui risque sa peau dans la grande aventure sociale. Ancienne fille du Palais-Royal, insultée par Chabert à ce propos, elle risque à présent d'être purement et simplement répudiée par son second mari, si tel doit être son intérêt. Et elle a des enfants, un statut social. La comtesse n'est donc pas un simple cas psychologique, encore moins une image de l'éternel féminin. Elle est une image de la condition féminine : il lui faut être bourreau si elle ne veut, une fois de plus, être victime. Toujours traitée en chose, elle continue de l'être et elle voudrait bien que cela change. Chabert ne demandait-il pas à exercer ses droits conjugaux à date fixe, même en l'absence de toute reprise de la vie commune ? La comtesse se défend comme elle peut. Elle n'est pas un monstre par nature. C'est la société qui l'a faite telle. Qu'elle ait pu intérioriser à ce point les valeurs et les pratiques de cette société dit sans doute sa *fragilité* : mais où trouverait-elle les armes intellectuelles et morales dont dispose Derville ? C'est aussi qu'à son sujet Balzac règle un vieux compte avec toutes les femmes-bourreaux, dont la plus ancienne et la première est pour lui sa propre mère.

Ainsi, contrairement à ce qui se passe dans la littérature édifiante, *Chabert* n'a pas, d'un côté l'ami pur et triomphal, de l'autre le monstre sans nuance. Il suit une route trouble entre des réalités complexes. Sur ce point encore, le sociologue renouvelle et transforme profondément l'épique moderne.

Enfin, *Le colonel Chabert*, qui aurait très bien pu être construit comme une tragédie nouvelle entre quelques personnages, est un texte qui ouvre largement sur le monde. L'étude d'avoué, le faubourg Saint-Marceau où se rend Derville, la maison de campagne, Bicêtre surtout sont autre chose que des décors successifs pour actes et scènes. Il y a dans le texte, sans aucun doute, les traces assez fortes d'un découpage théâtral possible auquel Balzac a peut-être songé et qui de toute façon n'est jamais très loin, alors, de toute écriture romanesque. Mais depuis l'*Adolphe* de B. Constant, la tragédie romanesque finissait toujours par s'ouvrir aux lieux multiples de la vie, aux paysages, aux personnages. Il y a dans la tragédie de *Chabert* une petite chronique du Paris Restauration, une présence du réel et du concret dans leur modernité, dans leur ampleur, dans leur diversité, dans leurs couleurs. On commence par les saute-ruisseau ; on finit par les vieux de Bicêtre : le tragique moderne ne se joue plus dans un décor abstrait, épuré. Il n'est pas séparable des choses vues. Et les héros eux-mêmes en tirent quelque chose : ils ne sont plus de simples et terribles caractères ; ils sont eux aussi des choses vues, des silhouettes, qui passent, qui disparaissent, et que sans cesse on retrouve. La tragédie est devenue historique et sociale.

Dans *Illusions perdues*, lorsque Lucien voit se refermer sur lui-même le piège journalistique et parisien et qu'il a lui-même contribué à mettre en place, Balzac le compare à Milon de Crotonne, impitoyablement saisi par l'arbre qu'il avait lui-même fendu. Le recours à l'ancienne image dit bien le retour de la tragédie dans le quotidien, la mythification du moderne et la consécration culturelle, de sa « grandeur ». Minable petit arriviste, minable petit giton après avoir été petit maquereau, Lucien demeure quand même une victime de cet immense fourvoiement du vouloir-vivre, du vouloir-être, du vouloir-faire qui définit et constitue la modernité. Lousteau lui avait dit : Regardez-moi, et arrêtez-vous ; je suis en enfer. Lucien avait voulu jouer quand même. Et le voilà pris, hurlant aux loups, qui ne sont pas des loups abstraits mais bien les loups concrets du Paris de l'argent-roi et des fétiches de la consommation et de la communication, les fétiches de la société « libre » du marché. Or, Chabert, lui aussi, est pris, comme le sera Paul de Manerville, condamné au silence, à la nuit, bouclé par ses propres illusions, par ses propres « fautes ». On a cru être roi. On était esclaves de forces qu'on ne repérait pas. D'où la folie, la dégradation, l'idée insensée d'aller en appeler à l'opinion au pied de la colonne Vendôme, le risque de se faire enfermer, liquider. La société trouvera une solution meilleure, plus intériorisée : devenu indigent et aliéné, Chabert sera simplement enfermé « librement » dans un asile de vieillards, conformément à la loi, qui, on le sait, protège aussi les maisons de jeu (voir *La Peau de chagrin*). La loi (nouvelle ? ancienne ?) triomphe, et l'honnête homme est enfermé : Alceste, chez Molière, avait déjà commenté cette belle situation :

« J'ai pour moi la justice, et je perds mon procès. » La Justice ? Laquelle ? *Il y en a donc deux ?* Celle qui, universelle, disait avoir triomphé avec la Révolution, avec les Lumières devenues gouvernement ? Celle des hommes et de la société concrète, avec son Code civil et ses nouvelles lois criminelles, sa police de sûreté ? *Chabert* est un texte de la folie non pas clinique mais sociale, et *Le Contrat de mariage* reprendra, sur le mode cool : Paul, coincé sur son bateau en plein océan alors que se rouvre l'Histoire et que se prépare une juteuse révolution, et tout cela, Paul exclu des bénéfices de 1830 comme conséquences des combines de Mme Évangélista et de sa fille : admirable, non ? « Quelle tête de fer a donc cet homme ? » demande Rastignac après avoir entendu Vautrin. Quelle loi de fer est derrière tout cela ? Le dindonnage de Paul par ses deux dames est la face douce de la tragédie, Chabert (colonel oblige) en est la face épique. Nouvelle bataille d'Eylau, nouvelle neige, la bataille de Bicêtre est la vraie bataille du monde moderne. Chabert pauvre hère et héros d'un possible et touchant *Sans famille*, devient le héros d'un drame shakespearien, un nouveau Lear chassé de partout. Où serait ici l'idée d'un intimisme balzacien ?

Le travail de l'écrivain

Le texte qu'on lit aujourd'hui résulte de nombreux et importants remaniements. D'abord quelque peu « sauvage », notre *Colonel Chabert* a été peu à peu poli, arrangé, intégré, et il est intéressant, à défaut d'une relecture de l'édition originale, de reconstituer les états disparus ou modifiés, du moins de s'en faire une idée.

C'est dans *L'Artiste*, en février/mars 1832, que la nouvelle fut lue pour la première fois, avec deux gravures en pleine page. *L'Artiste*, qui publia les premières gravures de Daumier, était une revue luxueuse, mais à la différence de la *Revue de Paris*, par exemple, pour laquelle Balzac écrivit tant de textes, elle s'adressait à un public relativement ouvert aux nouveautés, notamment graphiques. Le titre même, avec ses consonances « rapin », marquait une certaine démocratisation, une certaine ouverture. Le texte était alors divisé en quatre chapitres : *Scène d'étude, Résurrection, Les deux visites, L'Hospice de la vieillesse*, plus une *Conclusion*. Quelque temps après parut une seconde version, que Balzac ne reconnut pas et pour laquelle il intenta un procès dans *Le Salmigondis*. Balzac pensa ensuite à utiliser *La Transaction* pour des *Causeries du soir* puis pour des *Etudes de femmes*. Ce n'est qu'en 1835 que le projet aboutit : sous le titre nouveau *La Comtesse à deux maris, La Transaction* reparut, profondément modifiée dans les *Etudes de mœurs au XIXᵉ siècle* (tome XII). Nouveau découpage : *Une Etude d'avoué, La Transaction, L'Hospice de la vieillesse*. Le récit est pris en charge par le romancier, alors que c'était, jusqu'alors, Derville qui racontait toute l'histoire. Balzac développe les dialogues et les descriptions, insiste sur la carrière du comte Ferraud et sur le passé de la comtesse, modifie les clauses de la transaction. Il ajoute aussi de nombreux noms qui appartiennent à l'univers désormais balzacien : Navarreins, Roguin, Crottat, Godeschal. Nouvelle édition, dans la bibliothèque Charpentier en 1839, sans modifications importantes. En 1844, dans *La Comédie humaine* apparaît le titre définitif que nous connaissons ; le texte appartient toujours aux *Scènes de la vie parisienne*. Dans le catalogue de 1845, il sera prévu de le classer, à l'avenir, dans les *Scènes de la vie privée*, ce que font toutes les éditions ultérieures. Cette modification est importante, d'autant qu'on aurait très bien pu penser à une mutation en faveur des *Scènes de la vie militaire*, section assez maigre du grand ensemble balzacien. Balzac a dû considérer que l'essentiel de son récit portait bien sur le mystère des couples et des familles, sur cette modernité privée qui était sa grande découverte. Le lieu (Paris), toute une partie du sujet (la vie militaire et ses suites) ne faisaient qu'y conduire.

Les variantes et modifications sont très nombreuses. Le premier état, dans *L'Artiste*, était quasiment cochonné, et c'est bien ce que dit Balzac lui-même lorsqu'il le reprend en 1835. La colère, au moment de la réédition pirate du *Salmigondis*, vient sans doute de là : on avait réimprimé un brouillon, au moins un texte imparfait et vite livré. Mais aussi un texte comportant quelques audaces qui ne pouvaient se maintenir dans des rééditions sérieuses : le journal tolère ce que ne tolère pas l'insertion dans des *Œuvres complètes*. Ainsi en est-il de la plus célèbre : Chabert demandait d'abord à jouir deux fois par mois de ses droits d'époux. Les clercs en pouvaient plaisanter : la comtesse n'aurait pas à se plaindre ; mais aussi la plaisanterie l'emportait sur la représentation du vrai et sur la crédibilité. Balzac a tranché, et la fameuse clause a disparu, qui renvoyait Chabert à l'univers un peu aveugle des appétits et le rendait sans doute moins pitoyable. De même, et de manière plus subtile, le choix de qui parle. Peu à peu s'est imposée l'idée d'une histoire *typique*, assumée par un narrateur et vue, commentée par des personnages témoins: Derville, Godeschal. Balzac n'y a pas pensé tout de suite.

Etude des personnages

Texte fortement théâtralisé, *Le colonel Chabert* propose deux catégories bien distinctes, à quoi vient s'ajouter un « rôle » qui, à la fois, vient du théâtre et le dépasse.

● *Les personnages secondaires.* Les clercs, le vieil Egyptien, Godeschal, etc, sont des comparses, nécessaires au déroulement de l'intrigue, mais qui n'accèdent pas à l'intériorité. En même temps, un certain pittoresque les tire du théâtre vers le récit, la chose vue, le croquis. Ils finissent même par constituer une sorte de chœur moderne, une toile de fond sociale, ce que ne leur aurait pas accordé le théâtre.

● *Les protagonistes.* Ils sont réduits à deux: Chabert et la comtesse. On trouvera dans les notes et les autres commentaires de quoi étoffer une analyse poussée de ces deux adversaires. Simplement, on peut dire ici que c'est Chabert qui tire à lui l'essentiel de la lumière, son épouse ne devenant jamais ce qu'elle aurait pu être dans un autre contexte: une héroïne de la vie privée, victime et bourreau à la fois. Il est sûr que la grandeur des malheurs militaires, la fascination qu'exerce le mythe napoléonien ont desservi la comtesse, finalement assez unilatérale. Chabert, lui, est plus complexe: ancien bénéficiaire sans grands scrupules de la grande mutation socio-historique d'après 89, homme à femmes, sabreur courageux, mais sommaire, il ne tire finalement sa grandeur un peu farouche que de l'ingratitude sociale. Balzac s'est bien gardé cependant de faire de lui un ange. Chabert n'est pas *pur*. Mais il est sociologiquement et historiquement *vrai*. C'est ce qui permet à Balzac de le transfigurer, à certains moments, et de faire de lui une sorte de statue du Commandeur, un nouvel Hamlet sans culture, un Alceste plébéien. Chabert est, massivement, une *nature*. Mais, désormais, le temps n'est plus à ce genre de monstre sacré qui, simplement, ne semble pas avoir eu sa chance.

● *Derville*, à côté, pourrait être un raisonneur comme en connaissait la littérature classique. Mais il est ici beaucoup plus : un témoin, d'abord, ensuite un acteur à part entière, et cela de deux manières successives : c'est lui qui aide concrètement Chabert à refaire surface ; c'est lui, ensuite et surtout qui, se retirant du monde, dresse l'acte d'accusation de la société moderne. Dans son premier rôle, Derville réglait en quelque sorte la dette qu'il avait contractée envers Gobseck, et il se faisait protecteur à son tour, laïcisant et modernisant l'un des rôles clefs du roman noir. Dans le second, il prend la relève de Chabert en étant, mais avec plus de moyens, et d'abord ceux du dire, le Hamlet et l'Alceste de cette nouvelle *Comédie*. Derville a des éléments communs avec Bianchon : tous deux voient la *Comédie* plus qu'ils n'y participent ; mais Derville pousse plus loin et de manière plus radicale la rupture. Il est vrai que Bianchon, lui, est le fondateur de « l'école de Paris », et qu'un juriste n'a pas les mêmes chances d'être un inventeur qu'un médecin. Et, de toute façon, l'identification Balzac — Derville est infiniment plus évidente et plus parlante que la sympathie pour Bianchon, dont les modèles sont externes. Un ancien clerc devenu romancier devait donner à Derville cette revanche.

Le livre et ses lecteurs

Le colonel Chabert est l'un des ouvrages les plus connus de Balzac. L'édition critique de Pierre Citron, en 1961, (Garnier-Flammarion), a permis d'éclairer de nombreux arrière-plans documentaires et de faire avec précision l'histoire du texte. Longtemps, cependant, on a un peu enfermé Chabert dans le cadre étroit d'une petite histoire émouvante, sans parler très clairement du scandale social ni surtout de la dimension philosophique du texte. On a négligé, également, le double aspect du colonel : époux malheureux, héros rejeté, mais aussi, à ses débuts, participant sans scrupules à la grande foire de la révolution bourgeoise. La présente édition, après celle de la Pléiade (tome III de *La Comédie humaine*, édition nouvelle dirigée par P.-G. Castex), et après celle de la collection *Textes pour aujourd'hui* (à l'intention de l'enseignement secondaire), chez Larousse, par le même auteur, tente de proposer une mise en perspective plus complète. Ajoutons que *Le colonel Chabert*, par ses dimensions modestes, par sa composition aisément perceptible, se prête bien à une initiation à Balzac ou à un travail scolaire et universitaire de lecture et d'interprétation. Par-delà, demeure la fascination de cette nouvelle étrange, un des moments essentiels de *La Comédie humaine*, celui, notamment, où, par l'intermédiaire de Derville, se dévoile vraiment le romancier.

LE CONTRAT DE MARIAGE

Originalité de l'œuvre

Le Contrat de mariage commence par l'intimisme et le réalisme familier pour s'achever en vision d'histoire. Bordeaux, Mme Évangélista et sa fille, Paul de Manerville et le dandysme local, une image en gros plan des pratiques notariales et de ce qu'elles recouvrent et signifient, les drames secrets d'un couple, puis l'ouverture assez vertigineuse sur la préparation de l'un des événements majeurs du siècle (la révolution de 1830, ses hommes, ses projets, ses démarches, son contenu véritable). D'une scène de la vie privée et de province à l'esquisse d'une grandiose scène de la vie politique, de Marsay (qui vient de *La fille aux yeux d'or;* voir l'édition de ce texte dans la même collection) faisant une entrée tardive et fracassante dans un texte où on ne l'attendait guère mais auquel il donne tout son sens, on se demande un peu ce qui a bien pu faire courir Balzac en écrivant ce texte étrange. Quelques mois plus tard, il va entreprendre *Le Lys dans la vallée,* c'est-à-dire que le vaincu de 1830, Félix de Vandenesse, amoureux public dans *Le Contrat,* de Natalie de Manerville, va bientôt être présenté dans ses origines et dans ses composantes après le vainqueur : de Marsay, destiné à être deux fois président du conseil. C'est l'arche vers l'avant, vers le devenir de l'œuvre, vers son élargissement. Dans *Le Contrat* comme dans *Le Lys,* on part de la vie privée, des mystères personnels, et on aboutit à l'Histoire en marche. Mais, vers l'amont, vers ce que Balzac a déjà écrit et mis en place, l'arche est également visible : les scènes d'étude (voir *Le colonel Chabert*), la grande figure dévoratrice de la mère, la préparation d'un mariage, les intérêts secrets : tout cela vient du Balzac des années 1830-1835, des diverses *Scènes de la vie privée,* des premières *Scènes de la vie de province. Le Contrat* est donc l'une de ces œuvres-pivot qui permettent le passage du réalisme au mythe, de la vision de détail à la vision planétaire du réel, à la vision de l'en cours historique. Ainsi s'accomplit l'une des révolutions majeures du siècle et du roman : sont définies et repérées les bases d'une nouvelle historicité, et Balzac travaille comme le vrai Walter Scott de la France moderne. Il part de personnages apparemment représentatifs d'eux-mêmes ou de réalités modestes, sans grandeur, mais il en fait le point de départ de l'événementiel le plus spectaculaire, et le plus voyant. Sans le double cheminement qui conduit de Marsay à son triomphe de 1830 et Félix de Vandenesse à son effacement vers, désormais, la vie exclusivement privée (il sera le héros d'*Une fille d'Eve*), sans la perte en route de Paul de Manerville, qui lui n'aura jamais rien compris, l'entrée dans la monarchie bourgeoise ne se comprendrait pas, ne se mesurerait pas convenablement. *Le Lys dans la vallée* va montrer comment un enfant martyr découvre l'amour et l'ambition, comment il devient un homme et, un moment, se trouve tout près d'un pouvoir réel et durable. Nommé pair de France à la veille de la révolution de Juillet, il aura, cependant, joué la mauvaise carte, alors que de Marsay, de longue date, aura joué la bonne, ayant compris, comme le Don Juan de Molière, qu'il fallait renoncer au plaisir et à ses gaspillages pour conquérir le pouvoir politique : *Le Contrat de mariage* sert à préparer cette grande mise en perspective. Mais il ne l'aurait fait que très incomplètement s'il n'était pas parti de ce structural profond qu'est la comédie des mœurs, le spectacle quotidien des habitudes et des manœuvres qui ne s'imaginent guère être de l'Histoire, mais qui la font et la nourrissent en profondeur. A partir de là, les portraits hauts en couleur de Mme Évangélista et des deux notaires, la tragédie feutrée, « comique », comme on aurait dit au XVIIᵉ siècle (c'est-à-dire moderne), la chronique du bel air provincial et du « paroistre », comme aurait dit Stendhal, de la France profonde prennent tout leur sens. Le ton est d'abord ironique, satirique, quelque peu distant, mais à la fin, cette lettre ouverte trop tard en plein océan, ce rendez-vous manqué avec une Histoire qui vient de prendre sa vraie vitesse et de révéler sa vérité profonde, c'est un peu le vertige au bord de l'infini, la découverte d'une grandeur de signification. A la fin du *Lys dans la vallée*, Natalie de Manerville, réflexion faite, ne voudra pas, ne voudra plus de l'amour de Félix de Vandenesse, qui est trop soumis encore au souvenir de Mme de Mortsauf (pour Arabelle, on s'en arrangerait) et qui aura, pour rien, finalement, raconté la longue histoire de son enfance et de sa jeunesse ; tout se refuse alors, décidément, au jeune vicomte que Charles X va cependant faire pair de France. Au même moment, le « gros Paul », lui, s'abîme également. Les médiocres et les héros de l'absolu ne figureront pas aux premiers rangs de l'Histoire nouvelle, alors que triomphera celui qui aura su maîtriser ses désirs, organiser sa vie. Quelle est l'unité profonde ? Un élément du récit fournit l'indication décisive : alors que de Marsay a su, et sait de mieux en mieux gouverner ses désirs et sa sexualité, Paul de Manerville et Félix de Vandenesse se seront laissé, finalement, gouverner et détruire par elle. Tous les secrets d'alcôve, toutes les manœuvres, toutes les misères de l'Eros (voir les notes pour l'explicitation de quelques passages surprenants), aussi bien dans cette lamentable aventure conjugale que dans le roman d'amour de Clochegourde et Natalie dans *Le Lys*, conduisent à cette grande constatation : l'homme fort, l'homme d'avenir est celui qui, comme le dit aussi Vautrin, ne se laisse pas « embarbouiller » dans ces affaires-là et qui sait s'organiser *entre hommes*. Les Treize reparaissent à la fin du *Contrat de mariage* de manière très significative : alors que les femmes viennent de détruire Manerville et Vandenesse, la fraternité virile triomphe avec ceux qui vont prendre le pouvoir. Faut-il rappeler que l'un de ces triomphateurs à venir,

Serizy, est, lui aussi, l'époux d'une gourgandine, d'une femme qui tue, mais dont il a su se guérir et s'éloigner (voir *Un début dans la vie* et la fin de *Splendeurs et Misères des courtisanes*). Les femmes, décidément... En ce sens, *Le Contrat de mariage* répond, bien sûr, aux questions que Balzac avait posées dans *La Physiologie du mariage* en 1829, mais aussi à l'antique questionnement de Panurge. Autre manière spectaculaire de dépasser et de faire signifier le pseudo-médiocre de la vie privée.

Le Contrat de mariage serait assez bien l'un de ces *Caractères* que commençait à écrire le jeune Beyle vers 1805 : textes assez courts qui décrivent de manière exacte et fouillée des personnages et des situations modernes mais, avec en plus par rapport aux *Caractères* de La Bruyère, un certain sens plus appuyé, plus avoué du drame. *Caractères*, d'ailleurs, ou *Scènes* (comme dans *Armance, ou quelques scènes d'un salon de Paris en 1827*, comme dans les *Scènes de la vie privée*), c'est bien la même revendication à la fois de réalisme exact (la théorie du miroir tendu à la nature, ou promené le long d'une route) et d'« histoire », avec tous les développements possibles. Les *Caractères* de Beyle présentaient, par exemple, des portraits d'ambitieux et de carriéristes sans scrupule dès le démarrage même de la nouvelle société (en opposition, l'histoire de ce polytechnicien qui se suicidait en 1805, écœuré par la corruption du système et du régime, par son aveuglement aux valeurs scientifiques et humaines, montrait toute une jeunesse qui attendait autre chose). Du sang avait ainsi coulé sur la nouvelle comédie, qui ne faisait plus rire. Nul sang, dans *Le Contrat de mariage*, mais bien — ce qui est plus important —, une vie avalée, le triomphe du mal, et cette absurdité d'une autre révolution qui vient, absurde et sans rayons, mais aussi et quand même occasion perdue. Tous les absurdes cumulent ici, en l'absence même de tragique immédiat. Et l'on pourrait ajouter que Natalie, ayant floué Paul, ayant finalement repoussé Félix de Vandenesse, n'aura plus rien devant elle que le néant. A partir du *Lys*, en effet, elle ne jouera plus aucun rôle. Voilà comment une pochade de circonstance devient, en sauvant les apparences de la «comédie» (les plaisanteries interminables sur le gros Paul) une bien sinistre image, et qui sait cependant demeurer dans les limites du genre familier. Le romantisme, dans *Le Contrat de mariage*, intériorise la négation sous forme de mort lente.

Le travail de l'écrivain

Le Contrat de mariage parut pour la première fois sous le titre *La Fleur des pois* en novembre 1835 au deuxième volume de la troisième édition des *Scènes de la vie privée*. En 1839, il y eut une réédition sans grands changements dans la Bibliothèque Charpentier. En 1842, dans *La Comédie humaine*, tome III, le titre actuel apparut, avec des corrections destinées à mieux intégrer le texte au grand ensemble narratif.

Le premier titre, qui demeure dans le corps même du texte pour désigner Paul de Manerville, était une citation du vieux langage de l'Ancien Régime (la belle jeunesse mondaine, brillante mais éphémère). Il correspondait au premier état du projet : faire une sorte de monographie du dandy, d'un *autre* dandy (à comparer, par exemple, avec le de Marsay de *La fille aux yeux d'or*). Le second titre prend en compte, assez tardivement, le glissement qui s'était opéré d'un texte descriptif à un texte dramatique. Ce titre avait été utilisé à plusieurs reprises par d'autres écrivains avant Balzac.

Balzac a travaillé au *Contrat* pendant qu'il

achevait *Le Lys dans la vallée* (correction des épreuves) et alors qu'il venait de refaire en *Gobseck* son ancienne *Scène de la vie privée* de 1830, *Les Dangers de l'inconduite*. Comme on l'a remarqué de bonne heure, alors que *Le Lys* et *Gobseck* insistaient sur la responsabilité des maris dans les malheurs des femmes mariées, *Le Contrat* allait inverser le propos en montrant des femmes détruisant un homme. Ainsi se continuait la grande méditation conjugale commencée dès la première *Physiologie du mariage* de 1824, dès le roman *Wann-Chlore* de 1822. Mais, comme *Le Lys* en cours d'achèvement était évidemment très présent à l'esprit de Balzac, il eut l'idée de rattacher l'œuvre nouvelle à l'autre : mal mariée, la jeune épouse de Paul de Manerville serait aimée du jeune narrateur du *Lys* bien après que se soit terminée sa première histoire avec Mme de Mortsauf. La conséquence ne se fait pas attendre : sur les épreuves du *Lys*, Balzac ajoute la lettre liminaire à Natalie, qui ne figurait pas dans le manuscrit. Dans le manuscrit de *La Fleur des pois*, la jeune femme que devait épouser Paul était anonyme ; la voilà qui s'appelle Natalie. Et ce n'est pas tout : la réponse finale de Natalie à Félix, dans *Le Lys*, conséquence de l'addition de la lettre liminaire, complète évidemment la « leçon » reçue par Paul dans *Le Contrat*. Et la nomination de Félix comme pair de France par Charles X en 1829 (faux triomphe à la veille de la catastrophe) est en évidente relation avec la catastrophe de Paul de Manerville, alors que vont triompher de Marsay et ses amis des Treize.

Ainsi, à l'été 1835, voit-on Balzac (dont *Le Père Goriot* date alors de quelques mois seulement) mettre en pratique, et de manière dynamique, son système de retour des personnages et d'interconnection entre ses romans. Il ne s'agit pas ici en effet de raccordement plus ou moins laborieux entre deux textes : il s'agit d'écriture *simultanée*, chaque texte recevant un effet de ce qui se passe dans l'autre, les personnages et leur passé naissant du besoin de mieux expliquer dans le « second » texte ce qui est dit et raconté d'eux dans le « premier ». Le Félix amoureux de Natalie dans *Le Contrat* se voit attribuer un passé dans *Le Lys*, et la destinataire du récit du *Lys* en reçoit un dans *Le Contrat*.

L'entrecroisement des deux romans permet d'autre part de repérer la fascination qu'exerce sur Balzac la formule du *roman par lettres* : la seconde moitié du *Contrat* est en grande partie occupée par quatre lettres : de Paul à sa femme, de Natalie à son mari, de Paul à de Marsay, de de Marsay à Paul ; et *Le Lys* n'est, finalement, qu'une immense lettre avec sa réponse, au sein de laquelle se trouve intégrée une autre lettre (celle de Mme de Mortsauf à Félix au moment de son entrée dans la carrière parisienne). Plusieurs années plus tard, Balzac écrira les *Mémoires de deux jeunes mariées*, qui sont l'une des dernières, et l'une des meilleures manifestations en France du roman par lettres. Le rapprochement permet d'avancer cette idée : le roman balzacien par lettres, beaucoup plus qu'un roman lyrique (*La Nouvelle Héloïse* de Rousseau) est un roman didactique, explicatif. La lettre, ici, sert moins à dire des états d'âme qu'à exposer des points de vue, à donner des leçons. De même sa fonction n'est pas essentiellement dramatique (*Les Liaisons dangereuses* de Laclos). Au fond, la lettre romanesque balzacienne est l'équivalent des *discours*, comme celui de Vautrin à Rastignac (*Le Père Goriot*) ou de d'Arthez et Lousteau à Lucien (*Illusions perdues*). Le roman balzacien se veut profondément *démonstratif*, et la lettre (qui joue alors un rôle très important dans la vie quotidienne, ne l'oublions pas) est l'un des moyens qui se veulent « réalistes » et crédibles de cet effort de démonstration.

Etude des personnages

Il n'y a pas vraiment d'intrigue dans ce récit, mais plutôt une suite d'études (dont notamment celle des deux notaires). Chaque personnage est ainsi fortement typé, n'évolue guère, ayant dit une fois pour toutes ce qu'il avait à dire. *Le Contrat* doit beaucoup aux *Treize*, et se trouve hériter de leur mode de composition, fortement emblématique (la coquette du Faubourg Saint-Germain, le dandy, le père martyr, etc.). Ainsi l'ensemble est-il dominé et tenu par de Marsay, à qui l'on a sans cesse recours et qui commande tout, qui commande à tout avant de commander à la France. Mais de Marsay est fixé pour l'essentiel une fois pour toutes et il se contente de moduler ses refrains, ses analyses, ses diatribes ironiques et froides. De Marsay est un mythe nouveau, un mythe renouvelé au moment où s'effritent les anciens mythes, politiques comme privés. Il faut dire, cependant, que dans cet univers de médiocres et d'aveugles, de Marsay a la singulière carrure que donnent la lucidité, le refus de n'être dupe, l'aptitude supérieure à ne pas l'être. Là où tout grenouille, de Marsay voit clair, agit, réussit. De Marsay a toujours raison, même si l'on n'a pas à s'en réjouir. L'une des raisons majeures de le trouver intéressant, c'est de constater à quel point il a su se détacher de sa classe d'origine, l'aristocratie. De Marsay est l'homme supérieur. Il ne lui manque qu'une chose : nulle femme, jamais, ne sera digne de lui, ne sera son égale.

Paul de Manerville ne présente aucun intérêt, et Balzac l'a voulu ainsi. Nobliau mondain, platement consommateur, assez lâche, pas de mauvaise foi cependant, et capable d'être amoureux. Mais complètement désarmé dans le monde moderne. Il rate tous les coches, ne comprend jamais rien, ne voit pas l'importance des divers messages de de Marsay. Sa catastrophe finale le rend assez sympathique. Mais, en dernière analyse, il vient surtout grossir l'important bataillon des héros balzaciens qui se sont perdus pour avoir cru dans la femme. Et il n'a la poésie, le charme, ni de Victurnien d'Esgrignon (*Le Cabinet des antiques*) ni de Calyste du Guénic (*Béatrix*). C'est sans doute, tout simplement, qu'il est riche, qu'il est né avec tous les avantages sociaux. Où trouverait-il des moyens et des raisons d'être un héros ?

Mme Évangélista et sa fille servent à développer certains des grands thèmes de la féminité balzacienne. La mère est souvent à la limite du satirique pur. Elle réussit, cependant, à assurer le succès d'une sorte de matriarcat, remplaçant par l'argent les amours qu'elle ne peut plus rêver. Elle n'attache jamais, cependant, en ce sens qu'elle ne pose pas de vrai problème. Sa fille, par contre, doit au grand échange épistolaire que sera *Le Lys dans la vallée* une dimension infiniment autre. Natalie pourrait n'être qu'une peste. Elle deviendra ce petit sphinx froid, intrigant, qui dira non à Félix de Vandenesse. Natalie est dressée par sa mère à jouer la comédie de l'amour. Résultat : elle meurt à l'amour. A quoi pourrait-elle croire ? Il y a, dans cette transformation d'une petite dinde en personnage problématique, une opération fascinante. Natalie, un jour, émerge dans sa propre histoire, et devient sujet à part entière. A sa manière, elle échappera ainsi à la grande mécanique destructrice qui a happé Paul de Manerville et tant d'autres. Elle deviendra une sorte de double (mais stérile) de de Marsay. Pendant que sa mère accumule les éléments d'une nouvelle fortune, Natalie devient une figure de la conscience. Mais où est passée en elle la femme ?

Le livre et ses lecteurs

Le Contrat de mariage n'est pas l'une des œuvres les mieux connues de Balzac, et n'a donné lieu à aucun débat important. Au mieux l'a-t-on rangée parmi ces textes secondaires qui reprennent, un peu à l'infini, les thèmes de la vie privée. La préface de Maurice Bardèche (*Œuvres complètes de Balzac*, Club de l'honnête homme), puis celle de Pierre Citron (Garnier-Flammarion), celle enfin d'Henri Gautier (nouvelle édition de la *Pléiale*, tome III) ont fait avancer la lecture sur trois points : relations avec *Histoire des Treize* et *Le Lys dans la vallée*, érotologie balzacienne, entours documentaires (qui est Mme Évangélista, par exemple). Cependant, sur le premier point, on n'a pas assez montré l'extrême importance de la préparation de la révolution de 1830, sur le second on a largement laissé dans l'ombre tous les secrets d'alcôve du ménage Manerville, et l'on n'a pas bien vu comment Natalie devenait la destinatrice du *Lys*. Il n'y a que sur le troisième point que l'érudition universitaire ait été à la vraie hauteur. Ainsi, il est intéressant de constater que c'est à propos du sexe et de la politique que la lecture s'est montrée timide, quand ce n'est pas aveugle. Le travail le plus intéressant à faire sur *Le Contrat de mariage* serait de le considérer comme un point d'où partent des fils qui tiennent, en amont, à la trilogie des *Treize* et à leur cheville ouvrière, de Marsay, en aval au *Lys dans la vallée* et au double échec (politique, amoureux) de Félix de Vandenesse. *Le Contrat*, dès lors, n'existerait sans doute pas sans ce qui y conduit et sans ce qui en sort. Il est ainsi un bon exemple de la manière dont travaille Balzac à partir de

1835 : on ne peut pas lire *Le Contrat* tout seul, parce qu'il n'est pas une monographie. Enfin, ce texte nécessite, ce qui n'a guère été fait, une étude technique extrêmement précise des diverses opérations notariales et financières qui y sont racontées.

BIOGRAPHIE

1799. — Naissance à Tours. Le père, notable de l'Empire d'origine paysanne ; la mère, petite-bourgeoise issue du commerce parisien. Honoré est mis en pension à Saint-Cyr jusqu'à quatre ans. Laure, l'*alma-soror*, naît en 1800, Laurence, la mal aimée de sa mère, en 1802. En 1807, naîtra Henri, d'une liaison de Mme Balzac avec M. de Margonne, châtelain de Saché.

1807. — Entrée au collège de Vendôme (Oratoriens). Six années d'internat sans vacances (Chateaubriand, lui, reviendra chaque été à Combourg...). Voir *Louis Lambert.*

1814. — Départ pour Paris, où Bernard-François Balzac continue à faire carrière malgré la chute de l'Empire. Lycée Charlemagne et pension Lepitre (voir *Le Lys dans la vallée).*

1816. — Début des études de droit chez Guyonnet Merville, qui sera Derville (voir *Le colonel Chabert* et *Un Début dans la vie*).

1818. — Reprise d'un projet « philosophique » qui date de Vendôme. *Notes sur l'immortalité de l'âme.*

1819. — Retraite des parents à Villeparisis, où ils ont pour voisine une certaine Mme de Berny. Honoré décide d'écrire. Il obtient de s'installer rue Lesdiguières dans une mansarde (voir *La Peau de chagrin)* où il écrit un *Cromwell.*

1820-1821. — *Falthurne* et *Sténie*, deux romans « romantiques » qui seront publiés au XXe siècle par les érudits.

1822. — Honoré devient l'amant de Mme de Berny (la Dilecta) et, pour vivre, se met à écrire des romans sous les pseudonymes de Lord R'Hoone et Horace de Saint-Aubin. Le plus intéressant, *Wann-Chlore*, ne sera publié qu'en 1825. Succès nul. Balzac entre dans le système de la « littérature marchande » qu'il peindra dans *Illusions perdues* et dans *La Peau de chagrin.*

1825. — Liaison avec la duchesse d'Abrantès qui va lui fournir de nombreux sujets. Mort de Laurence, tuberculeuse et abandonnée.

1826-1828. — Balzac essaie de faire fortune comme imprimeur puis comme fondeur. Il fait faillite et n'est sauvé que grâce à l'argent de sa mère (qu'il ne parviendra jamais à rembourser complètement) et de Mme de Berny. Il décide de jouer à nouveau la carte de la littérature et il écrit *Le Dernier Chouan*, qu'il signe du nom de Balzac. Le roman obtient un certain succès.

1829. — Début d'importantes relations mondaines et parisiennes : Mme Gay, baron Gérard, Mme Récamier.
En décembre, succès de la *Physiologie du mariage*, anonyme.

1830. — Balzac, très lancé, va devenir « l'homme

du monde ». *Revue de Paris, Revue des Deux Mondes, Feuilleton des journaux politiques* (saint-simonien), *La Mode, La Silhouette, Le Voleur, La Caricature.* Il devient l'ami de Girardin et signe *de Balzac.* Amitié également avec Nodier.

En mars, premières *Scènes de la vie privée,* plus divers contes historiques, philosophiques, etc., publiés dans des revues qui paient bien.

1831. — *La Peau de chagrin* est le manifeste de l'après-1830, déçu, colérique, rageur, ironique. Balzac, jusqu'alors de tendance assez nettement libérale, mais avec des sympathies pour les doctrines d'autorité et d'organisation, vire à droite en haine de la monarchie nouvelle. Ambitions politiques et électorales, qui échouent.

1832. — Adhésion officielle au parti néo-carliste du duc de Fitz-James. Abandon de l'inspiration fantastique et philosophique au profit du réalisme et de l'intimisme nés avec les premières *Scènes de la vie privée : Le colonel Chabert, La Femme de trente ans, La Femme abandonnée.*

En juin, *Louis Lambert,* à l'automne, *Le Médecin de campagne* (publié en 1833), deux œuvres qui manifestent les deux orientations majeures du Balzac d'alors : vertige intérieur et folie, entreprise et utopie organisationnelle. Catastrophe sentimentale avec la duchesse de Castries (*La Duchesse de Langeais).*

1833. — Début de la liaison, d'abord épistolaire, avec Mme Hanska. Les *Études de mœurs* sont la première ébauche de *La Comédie humaine.* Balzac réédite et organise ses écrits antérieurs et entreprend de les relier par une théorie générale. *Eugénie Grandet* (article de Sainte-Beuve).

1834. — *La Recherche de l'absolu* et *Histoire des Treize*, qui contredisent l'orientation intimiste d'*Eugénie Grandet.*

1835. — *Études philosophiques. Le Père Goriot* (retour des personnages). *Séraphîta* et *Melmoth réconcilié.*

1836. — Mort de Mme de Berny ; *Le Lys dans la vallée* rend un dernier hommage à la Dilecta. Échec de *La Chronique de Paris. La Vieille Fille* va paraître en feuilleton dans *La Presse* (tournant décisif dans la pratique et l'inspiration balzaciennes).

1837. — *César Birotteau* ; première partie d'*Illusions perdues.*

1838. — Amitié avec George Sand et installation aux Jardies, à Sèvres. Début de *Splendeurs et Misères des courtisanes.*

1839. — Échec à l'Académie française. *Vautrin* (qui sera interdit l'année suivante) manifeste la persistance d'une vocation théâtrale. Balzac, qui est toujours couvert de dettes, s'échine pour devenir, quand même, un homme riche et puissant. *Le Cabinet des antiques. Béatrix* (première partie).

1840. — Article retentissant sur *La Chartreuse de Parme.*

1841. — Traité avec Furne pour *La Comédie humaine,* qui paraîtra à partir de 1842. *Le Curé de village* reprend la thématique du *Médecin de campagne* ; le livre est salué avec intérêt par les fourriéristes ; Balzac y manifeste une grande admiration pour Lamennais.

1842. — *Les Ressources de Quinola* à l'Odéon. *Mémoires de deux jeunes mariées. Un début dans la vie* (de tonalité parfois « flaubertienne »).

1843. — Balzac à Saint-Pétersbourg. Mme Hanska est veuve depuis 1841. Naissance d'un nouveau mirage : le mariage russe. *Paméla Giraud* à l'Odéon. Fin d'*Illusions perdues.*

1844. — *Les Paysans* (roman capital sur les rapports socio-économiques de la France nouvelle, sur la peur d'une révolution qui vient).

1845. — Nouvel échec à l'Académie, mais pendant l'été voyage en compagnie de Mme Hanska.

1846. — Rome avec Mme Hanska. Un enfant, ardemment désiré et qui devait s'appeler Victor-Honoré, meurt dès sa naissance. *La Cousine Bette* marque le retour à la grande création romanesque, en même temps que les *Petites Misères de la vie conjugale* témoignent d'une habile fidélité à la « littérature marchande ».

1847. — Mme Hanska à Paris. Installation de Balzac dans la maison de la rue Fortunée, qu'il va se ruiner à installer et meubler. *Le Cousin Pons.* Fin de *Splendeurs et Misères des courtisanes.*

1848. — Retour d'Ukraine le 15 février. Balzac est violemment hostile à la révolution de février, qui, selon lui, le ruine en compromettant ses projets de théâtre (*La Marâtre,*

Mercadet). Les journées de juin le font délirer. Il appelle de tous ses vœux la répression.

1849. — Nouvel échec académique (il ambitionnait de succéder à Chateaubriand...). Graves crises cardiaques.

1850. — Mariage (enfin) avec Mme Hanska, en Ukraine. Rentré à Paris le 20 mai, Balzac meurt le 18 août. Discours de Victor Hugo au Père-Lachaise («qu'il l'ait voulu ou non [il est de] la forte race des écrivains révolutionnaires»). Dans les années qui suivent, Mme veuve de Balzac, pour faire de l'argent et payer les dettes, publie divers romans qu'elle a fait terminer par divers nègres. En 1855, premières *Œuvres complètes* (Houssiaux).

NOTES

Le colonel Chabert

P. 17

1. Le texte commence directement sur le mode du dialogue, et toute cette première « scène » pourrait être *dite.* On a tous les procédés du théâtre : caractérisation par le vocabulaire, opposition entre l'en-cours et le survenant, rapidité des échanges.

2. Mais, aussitôt et simultanément, le romancier reprend le contrôle des opérations par le commentaire, l'information, la description. Balzac réalise vraiment le mélange des genres que demandait toute la théorie romantique mais qu'elle ne réalisait que très imparfaitement dans le drame. Le roman devient actif, mais l'action doit être informée et orientée par le récit.

P. 19

1. Double effet : collage d'un texte écrit dans un texte supposé parlé, et donc collage du stéréotypé, du ritualisé sur le vivant ; mais aussi rappel ironique, en 1832 (et à plus forte raison dans les rééditions des années suivantes), d'une vieille réalité complètement dépassée. La monarchie légitime est ici détrônée une seconde fois, et aussi Balzac renvoie aux chères vieilles histoires du début du siècle. Tout va vite, dès la deuxième année qui suit la Révolution de Juillet.

P. 20

1. Les italiques signalent l'argot, le langage spé-

cialisé, ésotérique (sens, ici : « était en train de travailler aux papiers dont on aurait besoin pour les audiences du jour »). Mais cet argot ne va pas être le seul : il va se composer, par exemple, avec l'argot militaire. C'en est fini de l'unité artificielle de la langue classique. Les *conditions* l'emportent sur les caractères abstraits.

P. 22

1. Type de la description balzacienne, un peu pédante et appliquée, assortie de commentaires et maximes visant à signifier le texte (voir aussi le début du *Père Goriot*) : le réalisme tient à signaler clairement qu'il n'est pas vulgaire, et qu'il ne faut pas se tromper sur les effets qu'il produit.

P. 23

1. Reprise active du dialogue de théâtre. Mais ce qui suit a plus de force qu'une simple indication scénique ou que des conseils de mise en scène. C'est *du texte*, que l'on n'est pas libre *d'interpréter*.

P. 25

1. Cette suite d'onomatopées et autres exclamations renvoie directement aux énumérations et échanges comparables de *La Peau de chagrin* (qui venaient de Charles Nodier). Il s'agit de produire un effet de cacophonie qui est un effet d'absurde et de déshumanisation. Ces coassements de gnomes et de nains autour du héros ne disent nullement la vie mais la mort, la non-perception du réel tel qu'il est, son acceptation cynique par les exécutants les plus modestes de la machine sociale.

P. 27

1. Notation politique : en 1818, aller voir Talma c'est faire acte d'allégeance au libéralisme. Talma,

ancien tragédien de l'Empereur, était suspect (il s'agit ici du Néron de *Britannicus*).

P. 29

1. Derville est bien dans le siècle. Mais tout ce qui est d'abord accumulé pour faire de lui un ambitieux en cours de réalisation aura finalement pour effet de donner plus de force à sa décision finale de s'en aller.

P. 30

1. Articulation intéressante entre le croquis et le portrait. Le croquis signale le réalisme quotidien, le portrait l'importance et la dignité du sujet.

2. Eylau est une victoire sanglante, un peu inutile, assez absurde. Liée à la neige, à la mort, la victoire d'Eylau est celle d'un Empire qui s'éloigne de son soleil levant. Balzac n'a pas choisi au hasard sa référence. Elle renvoie à une Histoire qui, malgré la neige ou à cause d'elle, s'obscurcit.

P. 33

1. D'autres signes de même nature suivront : Derville est fasciné, déstabilisé dirait-on aujourd'hui, comme Hamlet, comme Rastignac. Les certitudes de l'homme de fonction vacillent devant la révélation de l'Histoire. De plus, Derville a, notoirement, des sympathies libérales et bonapartistes ; il découvre donc ici toute la part de ténèbre de l'épopée. Le cheminement vers une nouvelle conscience commence.

P. 35

1. Série de notations brutales, choquantes, en 1832 mais auxquelles tout le réalisme subséquent nous a rendus moins sensibles. Là où les « disparus » de la tradition littéraire avaient connu des aventures présentables, on a ici une constitution

de ces aventures en sujet *plein*, et traité volontairement sur le mode de la brutalité. C'est assez une technique de peintre (faire voir des cadavres, etc.; voir *Le Radeau de la Méduse* de Géricault).

P. 37

1. Situation classique ici renouvelée: la société accepte de cesser de considérer le fou comme fou pourvu qu'il renonce à lui-même, pourvu qu'il accepte la lecture du réel que fait cette société, conformément à ses intérêts.

2. Voir note 1 de la p. 33. Ces idées qui se brouillent sont les idées sur la société *nouvelle*, révolutionnée, libérale, moderne. On savait à quoi s'en tenir sur l'ancienne. Mais un certain optimisme officiel bourgeois occultait, évidemment, les réalités de la société bourgeoise.

P. 38

1. Voir note de la p. 29. Avoir sa fortune à faire (voir Derville jeune étudiant en droit dans *Gobseck*) définissait une nature, une innocence, et c'est bien tout cela qui va se trouver brouillé: peut-on chercher à faire sa fortune sans se rendre complice de tous ceux qui voudraient bien détruire Chabert? A noter également: «faire sa fortune» ne signifie pas seulement ni platement «s'enrichir», mais devenir quelqu'un, passer de la non-existence à l'existence.

P. 40

1. Ambivalence signalée du langage réaliste: il désigne des choses mais conduit à des symbolisations.

P. 41

1. En termes clairs, un bordel. Et Chabert trouvera son épouse au Palais-Royal...

1. Autre effet d'argot, ici militaire. L'argot signale une seconde nature, une impossibilité d'être exactement comme tout le monde. Mais il y a aussi la connotation du vagabondage, qui se retrouvera à l'hospice de Bicêtre.

2. Le Mont-Blanc était l'un des départements de la Convention. Chaussée-d'Antin ramène à l'Ancien Régime. De même on a supprimé le calendrier républicain (dès 1805...), et on est revenu aux anciens grades (colonel, précisément, et non plus chef-de-demi-brigade). Balzac, de plus, « prépare » la suite de sa *Comédie* : ses banquiers habiteront tous la Chaussée-d'Antin, alors que les aristocrates habitent le Faubourg-Saint-Germain. Manière de situer l'actuel Chabert parmi les nouveaux riches de la société moderne. Le drame de Chabert c'est d'abord qu'il est exclu de la Chaussée-d'Antin.

3. Confirmation : la spéculation nouvelle détruit la spéculation ancienne, comme la Banque détruit Birotteau. La bourgeoisie progresse désormais en dévorant du bourgeois.

1. Type de la proposition qui exclut tout compromis. Alceste disait déjà : « J'ai tort ou j'ai raison », ce qui peut être, selon la situation, une formule de fou, d'irréaliste, ou de héraut de la vérité.

1. Par le recours à son propre argot pour désigner Derville, Chabert le *reconnaît*. Le sens est multiple : rappel des sympathies politiques de Derville, équivalence du dramatique civil avec le dramatique militaire dans la société nouvelle, héroïsme de Derville, propreté morale, etc., qui préparent sa sortie finale et sa décision exceptionnelle de quitter la société (accessoirement : l'héroïsme et la lucidité sont, souvent, dans l'abs-

tention, dans la non participation-complicité ;
c'est l'une des formes de la récurrence du thème
Peau de chagrin).

2. Le cigare est, à cette époque, d'usage beaucoup moins répandu qu'aujourd'hui. Il signale ici
une certaine grossièreté (les dandiés fument de
petits cigares), mais aussi un substitut de la viri-
lité et de l'héroïsme (il ne reste à Chabert que ses
cigares). Également : pour Chabert, même si ce
héros se réduit peu à peu à quelques obsessions
portant sur le langage et sur les objets, le cigare
fait partie de son *costume* et de son *apparence*,
eux-mêmes fortement mécanisés.

3. On appelait demi-solde ce qui était versé par
la Restauration aux anciens soldats licenciés (et
souvent sous surveillance policière) de l'ancienne
armée ; ce fut l'un des ferments du mythe bonapartiste. Mais ici cette expression connote à nouveau la solidarité politique de Derville avec l'idéologie bonapartiste.

P. 47

1. Voilà l'une des charnières *dramatiques* et
techniques du texte (d'où le mot *sérieux*) ; mais
aussi Derville entrevoit un problème, une affaire
grave, aux implications politiques et sociales multiples : on verra plus loin quelle utilisation il
aurait pu faire de ce *dossier* explosif qui lui tombe
entre les mains.

2. Allusion aux événements qui se passent dans
César Birotteau (César va être ruiné par la décon-
fiture et la fuite de Roguin). Type de l'addition de
La Comédie humaine qui ne pouvait, évidemment, avoir le moindre sens dans l'édition originale. De plus la nomination de Roguin comme
agent dramatique achève de faire du notaire un
personnage littérairement important (à la différence de ce qui se passait au dernier acte des
comédies classiques, voir *Le Barbier de Séville*).

P. 48

1. Bon exemple de « chose vue », d'effet de réel, qui se retrouvera dans toute la tradition des caricaturistes, journalistes, etc., du XIXᵉ et du XXᵉ siècle.

P. 50

1. C'est là que le caractère problématique de la « victoire » d'Eylau produit son effet. Chabert a contribué au gain d'une « victoire », qui n'en est pas une.

P. 53

1. Deux niveaux de lecture : Derville reconnaît que la Justice n'est pas nécessairement la justice ; mais aussi il signale l'importance des rapports civils (fortune, familles, système de protection des intérêts) que ne perçoit pas la tradition héroïque. Après tout, l'épouse de Chabert a été de bonne foi, et ses enfants ne sont pas responsables. La complexité du droit n'est pas qu'un mensonge, un masque.

P. 55

1. Quasi-citation d'Alceste : « J'ai, pour moi la justice, et je perds mon procès ».

P. 56

1. Allusion à *Gobseck*. Derville n'est pas libre ; il est, lui aussi, sous la domination de la société nouvelle et de l'argent.

2. Logorrhée, fuite en avant, agression : c'est l'exact envers d'aphasi-retraite-fuite, qui caractérisera bientôt la conduite de Chabert. Alceste déjà fonctionnait ainsi. A noter aussi que Charenton et la médecine psychiatrique légale joue ici le rôle des lettres de cachet sous l'Ancien Régime pour la protection de la famille et de la société. Lire, sur

ce point, les travaux de Michel Foucauld. Voir aussi le film de Rossellini, *Europe 51.*

P. 57

1. Le mot *spleen* est alors fortement connoté du côté d'un certain style distingué. Balzac, en l'utilisant à propos de Chabert, élargit donc le champ du « romantisme » et de ses héros. Mais il renvoie aussi à l'une de ses théories favorites : l'influx vital, le fluide vital, les mystères de l'organisation psychosomatique, ainsi que la profonde liaison entre le corporel et le spirituel.

P. 60

1. Retour en arrière typique. Balzac fournit le dossier de son personnage (voir aussi *Goriot*), sans même chercher à justifier son intrusion d'auteur. Flaubert procédera encore ainsi dans *Madame Bovary* pour présenter le père de Charles...

P. 63

1. Effet ironique en 1832, alors que la Restauration est tombée depuis deux ans. Les « esprits élevés » désignent clairement l'idéal politique de Balzac : Louis XVIII a été un grand politique, on ne l'a pas compris, etc., et ce sont uniquement les *intérêts* qui ont fait 1830.

P. 65

1. « Vieux sénateurs » n'est pas une expression noble à l'ancienne pour désigner les membres de la Chambre Haute ; il s'agit bel et bien des anciens sénateurs de l'Empire passés avec armes et bagage au gouvernement des Bourbons.

P. 67

1. Voilà le passage qui, sans doute avec le plus de force, signale la supériorité de Derville. Qui l'empêcherait de faire chanter la comtesse ? de

passer le dossier aux journalistes, etc.? Le déchaînement des clercs laisse, bientôt, assez à entendre ce qu'une presse sans scrupules aurait pu faire. Même les effets d'audience ne sont pas ici envisagés. Derville n'est pas un corsaire de la vie parisienne. Il se rattrapera.

P. 70

1. « Nos actes » est d'abord une manière de parler professionnelle (tout avocat, tout avoué se solidarise ainsi avec son client); mais c'est aussi, pour Derville, une manière de dire, au second degré, quel est, clairement, son camp.

P. 71

1. « à deux maris », évidemment. Rappel d'un titre abandonné. Mais surtout, déchaînement (que l'arrivée de Chabert interrompt) de l'esprit destructeur et cynique des clercs. Les propos d'étude sont ici, facilement, des propos de corps de garde, et le problème profond des êtres n'est pas vu, volontairement pas vu.

P. 73

1. Effet de théâtre, mais aussi renvoi à toute une symbolique de l'apparition qui était plutôt celle de la tragédie et des genres nobles. On pense ici au spectre de Banco, au spectre du père d'Hamlet, etc. Le roman noir a probablement contribué à naturaliser et moderniser ces procédés des antiques genres « graves ».

P. 74

1. Manque, évidemment, le nom de la maquerelle ou de la taulière. La croûte mondaine comme la croûte héroïque ne tient guère longtemps sous la pression des nécessités.

P. 75

1. Deuxième accès de folie de Chabert, qui se

trompe de moyen. Mais il ne s'agit pas seulement de cela : il s'agit aussi de pulsions meurtrières (ce que n'ignorait pas Alceste) et qui sont liées à un bouleversement profond de la personnalité.

2. Le voyage en voiture, qui permet, de manière magique, le changement de lieu, figure également dans *La fille aux yeux d'or*. On le retrouve dans *Madame Bovary* (l'épisode de la Vaubyessard) et dans *Le Grand Meaulnes* (le voyage qui conduit à la fête étrange).

P. 81

1. « Parole » s'oppose à « authentique » (c'est-à-dire certifié authentique par passation devant un officier de justice). C'est la vieille opposition de la chevalerie à l'écrit, en tant que langage de la bourgeoisie (voir aussi Alceste sur ce point).

P. 83

1. Grand journal de la gauche libérale, mais dès longtemps cible des artistes, des « intellectuels », etc., en tant que journal des bourgeois bornés, et surtout déconsidéré après 1830. Chabert est donc mystifié par l'idéologie libérale, et se montre ici naïf. Balzac se sert de Chabert pour conduire son propre combat contre le libéralisme triomphant depuis 1830.

P. 84

1. Balzac a choisi : la comtesse aurait pu, à partir de sa bonne foi, manifester qu'elle avait *changé*. Mais il fallait que la comtesse fût un monstre, et que la continuité soit affirmée entre l'ancienne fille et la grande dame. *Le colonel Chabert*, ainsi, n'est pas une *Etude de femme* mais bien une *Scène de la vie privée*, dans laquelle l'élément féminin joue un rôle exclusivement négatif.

P. 86

1. Même retournement que dans *Le Misan-*

thrope (« Allez, je ne vous tiens pas digne de ma colère »). Mais le mépris est le contraire de l'action, et il implique la retraite. Comparer avec la décision de Montriveau et des Treize de *punir* la duchesse de Langeais, pour repartir.

P. 87

1. La décision de Derville est logique : pensant que l'affaire s'est arrangée dans le cadre de la loi civile et en accord avec les principes de cette loi et de la société qu'elle régit, il demande, lui qui a sa fortune à faire, que la règle du jeu soit respectée en ce qui le concerne ; il avait pu mettre son métier entre parenthèses tant que l'affaire était exceptionnelle ; dès lors qu'elle semble être redevenue « normale », Derville se considère comme *libre*, ce qui conduit à l'écriture.

P. 90

1. « vie extérieure » : vie du monde, vie des événements. Pour un ancien soldat de l'Empire, la conversion est surprenante, mais d'autant plus signifiante. « La plupart des hommes », c'est « les hommes vulgaires » de Stendhal, dans *Armance*, ou bien la société, dont ne voulait pas Alceste. En plein siècle de l'ambition, cette affirmation est d'une profonde résonance philosophique et critique.

2. Il y mourra trois ans plus tard, en 1821.

3. Cette datation est évidemment très tardive. A mesure que Balzac rééditait son texte, il étirait la durée totale de son histoire pour lui donner plus de portée. La date de 1840, finalement décidée, n'est pas indifférente : c'est l'année du retour des Cendres et l'une des années-sommets de la constitution du mythe napoléonien. Or, cette année-là, on retrouve Chabert à Bicêtre. Qu'en pense M. Thiers, organisateur de la grandiose cérémonie ?

P. 91

1. Derville narrateur est évidemment bien placé pour tirer la morale de l'affaire. Balzac n'avait pas pensé d'abord à cette solution, et faisait raconter l'histoire par le lecteur lui-même.

P. 92

1. Il a bu, fait la fête, etc. Le lundi était chômé et c'était le jour de gloire des cabarets, qui n'avaient pas le droit d'ouvrir le dimanche, jour du Seigneur.

P. 93

1. Allusion à d'autres textes clefs de *La Comédie humaine*, dont surtout le *Père Goriot*. Derville s'identifie ici au romancier, à la conscience, etc.

2. Derville s'en va, comme Alceste. Pour quoi faire ? Pour écrire, sans doute, *La Comédie humaine*.

Le Contrat de mariage

P. 100

1. Situation classique dans le roman de second rayon depuis la Restauration ; le vieux libertin rescapé de la douceur de vivre et l'intendant au grand cœur qui a su, par son dévouement, faire sa carrière en même temps qu'il sauvait les propriétés de son maître. Pour tout un public, il s'agissait là, depuis longtemps, d'un stéréotype, désignant une certaine permanence structurelle du capital terrien à travers les orages, et, bien entendu, une certaine fragilité du discours révolutionnaire.

2. Faut-il rappeler que Balzac y a été, longuement, pensionnaire, et qu'il en a tiré *Louis Lam-*

bert? Le collège de Vendôme était un peu spécialisé dans les enfants dont les parents étaient aux « Isles ». Mais Balzac, ici, n'accorde aucun brevet de « poésie » ni de la moindre intellectualité à son ancien « condisciple ». Y a-t-il là une « source » ?

P. 101

1. On ne saurait mieux dire l'articulation vie mondaine et consommatrice/liquidation de la propriété traditionnelle/passage à la spéculation mobilière garantie par l'État.

P. 102

1. On ne saurait, non plus, mieux dire la retraite de l'aristocratie, d'abord sur la vie de pure et simple consommation, ensuite sur une vie locale de pure pratique opportuniste, ensuite sur cette autre forme d'embourgeoisement qu'est le mariage, puis l'entrée dans le système parlementaire. Toutes les références de Balzac (agent de change, stage, examens) disent clairement que l'entrée dans la vie moderne, même et surtout pour un gentilhomme, est d'abord acceptation de la *véritable* Révolution française.

P. 103

1. Discrète (ou fracassante ?) entrée en texte de l'un des personnages clefs du texte et de toute *La Comédie humaine*. Tout le discours qui suit montre que de Marsay a, impitoyablement, diagnostiqué la faillite, la mort du système monarchique et aristocratique traditionnel. Il y a, pour lui, deux erreurs : celle des faibles, comme Paul, qui se laissent « avoir » par la vie de consommation et de paraître, sans être capable de la relancer et de la recréer ; celle des « fidèles » qui s'imaginent que les lois anciennes, notamment celle de la géniture, jouent encore. Se marier est l'indice bourgeois de la modernité, alors que l'homme fort

reste sans autre descendant que sa propre légende et que sa propre trace.

P. 104

1. A la date d'énonciation, qui est visé? Louis XVIII est sans descendants, et Charles X a le duc de Berry (mais à quoi bon?). A la date d'énoncé, il est évident que le sens est: la Restauration n'avait pas, *n'avait plus* d'avenir. Les dandies, les hommes de main de la modernité ont, eux, leur propre descendance, qui n'est autre que leur propre projet.

P. 109

1. Cette mise en forme sincère et ouverte du thème misogyne est du plus haut intérêt. De Marsay ne ruse pas, et il renouvelle la question. Et il a le mérite supplémentaire d'historiser cette même question. Balzac commente ici sa propre *Physiologie du mariage*: Boileau, comme Pantagruel, semblaient inscrire la femme dans une problématique éternelle, éternalisable. Balzac (comme Stendhal), en se référant à Waterloo, à toute une thématique militaire *moderne*, signale qu'il ne traite pas un lieu commun pour moraliste ou poète (les poètes sont d'ailleurs explicitement récusés par de Marsay) mais bien une question *actuelle* et en des termes *actuels*.

P. 111

1. 1821: Année tournant pour la Restauration: le centre gauche (Decaze) perd le pouvoir au profit de la droite ultra (Villèle), qui le conservera jusqu'en 1827. Cette date était loin d'être muette pour des lecteurs de quinze ans plus tard seulement. Paul de Manerville, homme de la droite comme il convient, va obtenir à Bordeaux, où il fait retraite, « la royauté fashionable », au moment où son parti accède au pouvoir politique, mais selon quel envers? Balzac continue le procès

commencé dans *La Duchesse de Langeais,* d'une aristocratie qui n'a pas su jouer son rôle politique, et donc a préparé sa propre chute.

P. 112

1. La double équation vie parisienne = célibat, et vie de province = mariage, est ici fondée essentiellement sur la difficulté, en province, des « liaisons irrégulières », c'est-à-dire les actrices, mais aussi les grandes dames plus disponibles de la capitale (voir les filles de Goriot). La province, ainsi, n'est la vertu que parce que son contraire y est impossible. Balzac ne constitue nullement la province en réservoir de valeurs ; il y décrit, simplement, des situations différentes de celles de la ville.

P. 113

1. Classique retour en arrière destiné à présenter un ou une protagoniste. Ce genre de dossier, dont le romancier s'attribue sans hésitation le privilège, est l'une des techniques contre quoi protestera le plus fort la critique moderne du roman « classique ». Il faut comprendre que ce roman, fortement pédagogique, didactique, repose sur une théorie de la connaissance que le positivisme devait consacrer au plus haut niveau : non seulement le réel est connaissable, mais encore cette connaissance est transmissible sans problème. L'absence de tout tremblé dans ces sortes de présentation tient à l'absence de toute hésitation philosophique sur la relation sujet-réalité. Le roman « classique », ou traditionnel, continue ici les Lumières.

P. 115

1. Toute cette présentation vise à constituer Natalie en *intouchable.* Or, ce qui est intéressant, c'est que Natalie sera, pratiquement, *une intouchée.* Les mystères de son mariage (voir plus

loin), le refus qu'elle opposera à Félix de Vandenesse (voir la fin du *Lys dans la vallée*) la maintiendront dans une sorte d'univers étranger à
l'amour. C'est par l'argent, le statut social que
tout commence, mais Balzac va, de manière
magistrale, transmuter cette distance en *séparation*, en inaptitude à l'amour. Natalie va devenir
l'un des sphinx de *La Comédie humaine.* C'est à
cela que servent ces préparatifs, en apparence
exclusivement descriptifs ou satiriques.

P. 117

1. Toute cette stratégie préconjugale, toutes ces
précautions et aptitudes sans lesquelles un
mariage risque de tourner à la catastrophe, sont
une mise en roman des préceptes et analyses de
La Physiologie du mariage. Il s'agit de faire durer
ce qui se trouve exposé aux risques, précisément,
de la durée. Il n'y a pas là que du cynisme (cf. la
lecture de la *Physiologie* faite par Simone de
Beauvoir dans *Le Deuxième Sexe*) ; il s'agit de la
prise en compte de ce qu'avait voulu ignorer la
tradition classique : les lendemains du mariage,
son inscription dans le temps. Balzac constate
que, le mariage étant ce qu'il est, seule une stratégie calculée peut en faire une institution vivable
et durable.

P. 118

1. Le thème de la mère encore désirable au
moment où elle marie sa fille (et qui donc peut
faire naître une équivoque sur les relations avec
le futur gendre) se trouve dans *Wann-Chlore*, le
roman que le jeune Balzac écrivit entre 1822 et
1825. Mais il vient alors de la réalité la plus
proche : Mme Balzac mère, au moment du
mariage de sa plus jeune fille, Laurence, se trouvait dans cette situation, parfaitement normale
en un temps où, mariées très jeunes, les femmes
avaient des filles à marier à leur tour quand elles

mêmes avaient bien moins de quarante ans. L'intervention de la mère de Natalie dans son mariage aura d'autres origines que le désir de ménager fortune, situation, etc. Ce sera aussi une manière d'être en tiers dans l'union qui se prépare de la part d'une femme qui en est encore une, au plein sens du terme.

P. 121

1. Notation à multiple détente. Tout le monde connaissait la situation de Thiers et de sa belle-mère, Mme Dosne, qui avait fait sa fortune à Paris, et cette situation n'était nullement exceptionnelle : les jeunes épouses n'avaient pas l'envergure nécessaire pour l'ambition. Il y fallait d'autres protectrices (voir Mme de Mortsauf conseillant Félix dans *Le Lys*). Il y a donc là une notation sociale. Mais aussi, le passage des « premiers sentiments de la vie » à l'ambition marque bien ce qu'est la base réelle de cette ambition, une forme sublimée, transformée du désir amoureux, de la recherche de la prouesse amoureuse. Or c'est très exactement ce qui se produisait à la fin de *Histoire des Treize* : de la recherche des femmes, on passe à la recherche du Pouvoir, et c'est ce que va vérifier et théoriser de Marsay dans sa grande lettre à Paul. Mme Évangélista parle exactement le langage des *Treize*, qui était déjà celui du Don Juan de Molière.

P. 125

1. Le caractère général de la remarque ne doit pas tromper. S'il est vrai que, n'étant encore rien, les jeunes filles ont vocation à être des sphinx ; s'il est vrai qu'en elles la femme (et donc l'avenir) est dissimulée ; s'il est vrai qu'ainsi elles sont un *risque*, Natalie, depuis le début du récit, voit s'accumuler autour d'elle, en tant qu'individu, des notations qui en font non pas une promesse (voir *Eugénie Grandet*) mais une menace, un péril. La

beauté est clairement liée à la froideur, et cette froideur ne s'explique pas seulement par les habitudes sociales. Natalie est le premier mystère dans la vie de Paul : Balzac sait sans doute où il va et il travaille, ne l'oublions pas, à faire aboutir *Le Lys dans la vallée*. Natalie est préparée à jouer son rôle de femme sinon sans cœur, du moins de femme étrangère au cœur.

P. 129

1. Cette personne, normalement, est morte depuis 1819 (voir *Ferragus*). Mais peu importe cette inadvertance. Il est beaucoup plus intéressant de voir Balzac tenir à établir un lien avec *Histoire des Treize.* Ainsi se prépare la lettre de de Marsay et sa proposition à Paul.

P. 132

1. A bien noter que rien ne se discute entre Paul et sa future épouse. Aucun échange ne se produit entre les futurs époux, et le seul couple existant est celui de la belle-mère et du gendre.

2. Vérification de ce qui précède. Mais surgit aussitôt le problème du notaire, qui n'intervient pas ici seulement au dénouement mais qui fait partie de l'intrigue elle-même. Mme Évangélista doit rendre ses comptes de tutelle, ce qui est incompatible avec sa vie personnelle et mondaine. Il lui faut donc réaliser une escroquerie légale. Ce qui était sans problème dans la littérature classique (et encore dans *René* : voir le don que fait Amélie de ses biens à son frère) devient ici *le* problème, *le* sujet. Comme dans *Le colonel Chabert*, l'intervention de l'homme de loi est étroitement liée au maintien des intérêts sociaux et du progrès.

P. 134

1. Balzac insiste et persiste : l'élément amou-

reux n'est pas séparable de l'exercice, de la possession du pouvoir, et le pouvoir vient de l'amour, du désir ; il en est une transformation.

P. 138

1. Zola ira beaucoup plus loin dans *Pot-Bouille.* Mais l'essentiel est déjà là. Un mari est une proie. Une mère qui marie sa fille est une maquerelle. Une fille qui se marie entre, nécessairement, dans la grande stratégie sociale.

P. 148

1. Tout ce passage vérifie de plus en plus explicitement l'articulation argent-désir-pouvoir. Le collégien qui désire une courtisane est tout près, ne l'oublions pas : il s'agit de Félix de Vandenesse (voir l'épisode de l'expédition manquée au Palais-Royal dans *Le Lys).*

P. 152

1. Voilà la phrase qui justifie le couplage, dans cette édition, du *Colonel Chabert* et du *Contrat de mariage.* Le mot *transaction* figurera de nouveau p. 158.

P. 160

1. Depuis plusieurs pages, les références et métaphores militaires se multiplient, comme pour établir une relation profonde entre cette histoire parfaitement « civile » et les guerres de jadis, la relève civile n'étant pas seulement juridique mais mondaine. Les troupes fraîches, qui décident du gain des batailles, évoquent facilement ici Waterloo, qui sera nommé en clair à la fin du texte. On notera également la correspondance plus que suggérée troupes fraîches-argent frais, qui établit évidemment l'équivalence argent-troupes.

P. 164

1. Le « cours d'économie politique » qui suit, comme le dit très bien Solonet, est à la fois parfaitement en situation (le problème va pouvoir, d'un point de vue dramatique être débloqué), et parfaitement efficace d'un point de vue théorique. Là où il y avait nature, immobilité, éternité des problèmes, il y a mouvement de l'Histoire, novation profonde dans les conditions, dans les rites sociaux, dans les projets. Le notaire devient acteur à part entière parce que l'Histoire a bouleversé le Droit.

Le majorat dont il va être question, était l'une des dérogations prévues à la loi nouvelle du partage égal des fortunes ; il s'agissait d'une partie inaliénable réservée à un enfant (le plus souvent un aîné) à qui était promis un titre, une sénatorerie, une pairie. La constitution du majorat devait être autorisée par une décision expresse du gouvernement. Napoléon avait vu là un moyen de reconstituer une noblesse avec une forte assise territoriale et financière.

P. 166

1. Il est clair que Paul, homme à femmes et ancien complice de de Marsay, se flatte de dompter sa future épouse. L'illusion machiste va trouver ici ses limites dans les lois civiles. Il suffit que Paul et Natalie n'aient pas d'enfant pour que la clause du majorat devienne caduque. Tout va donc dépendre de la vie intime des deux époux, et c'est là que va reparaître Mme Évangélista.

P. 176

1. On chantait un *Te Deum* après la victoire. Dans *Candide*, déjà, mais avec d'autres connotations, Voltaire avait raconté l'histoire des Abares et des Bulgares qui, après la boucherie héroïque de leur bataille, avaient fait eux aussi, chanter un *Te Deum* chacun de leur côté.

P. 178

1. On ne saurait mieux montrer l'absurdité des placements anciens et l'intérêt des placements nouveaux (en rentes d'Etat). Même remarque, à plusieurs reprises, dans *La Comédie humaine* sur la rentabilité comparée des terres et des investissements en Bourse (notamment *Mémoires de deux jeunes mariées).*

P. 183

1. Preuve, donc, qu'il ne s'agissait nullement de justice et que l'opinion publique n'est ici que mondaine.

P. 187

1. Bel et lumineux exemple : il ne s'agissait nullement de l'intérêt de la famille, de la collectivité, mais uniquement des individus, et des individus *consommateurs.* Balzac démasque ici la bourgeoisie, la société nouvelle moins soucieuse de construire et de fonder que de dépenser.

P. 202

1. Cette « tartine » sur Rousseau et les mœurs nouvelles indique bien l'origine des problématiques nouvelles (vie privée, mariage, etc.). Les couples modernes, qui vivent de manière plus bourgeoise qu'autrefois (même appartement, mêmes occupations, mêmes plaisirs et distractions) ne ressemblent absolument plus aux couples aristocratiques de l'ancienne société. Il y a là les éléments d'un enfer, alors que toute l'idéologie bourgeoisie y voit et y veut voir la naissance d'une nouvelle morale. L'exemple des Birotteau montre que seule la communauté *par le travail* peut donner, effectivement, aux couples nouveaux, une force et une valeur morale véritables. Mais on va, ici comme ailleurs, avoir la cumulation de tout ce

qu'il y a de pire : l'obligation de la cohabitation et l'absence de tout autre projet que mondain.

P. 203

1. En clair, si Paul te fait jouir et s'il te domine, tu ne pourras pas conduire ta vie. Il importe donc au plus haut point que Natalie soit insensible.

P. 210

1. On est à Bordeaux... Mais aussi, rappel de la proximité entre les affaires mondaines, « nobles », et... les autres. Périphérique, l'univers marchand revient quand même en force dans le texte. Voir également *Gobseck*.

P. 213

1. Il s'agit d'obtenir la promesse de ne pas faire un enfant à Natalie. L'épisode n'est pas absolument clair. Il demeure que Paul, qui se faisait fort de dompter Natalie, se fait gouverner par les deux femmes dans sa vie la plus intime. N'oublions pas qu'en cas de stérilité du mariage, le majorat retombe dans la communauté des biens.

P. 219

1. Paul s'est ruiné par des dépenses folles. Mais aussi parce que Natalie fait jouer les droits qu'elle a sur la part de fortune qui lui a été reconnue. Et Paul, toujours amoureux, a accepté la fiction d'une séparation de biens, qui ne peut jouer que contre lui.

P. 220

1. Voilà bien la sanction la plus haute de la promotion du notaire : il a sa propre histoire, il fait sa propre fortune, au lieu de simplement servir à gérer celle des autres. Et Mathias lui-même a placé ses enfants.

P. 222

1. Il est donc clair que Paul a accepté de faire en sorte que Natalie ne soit jamais enceinte. Comme il vient d'être longuement question de plaisir, il ne s'agit donc nullement d'un mariage blanc, mais bien probablement de contraception. Pour la morale de l'époque, Natalie s'est donc conduite comme une prostituée, comme une simple fille à plaisir, et Paul, ancien habitué des boudoirs parisiens, s'y est laissé prendre. L'erreur, comme le dit bien Mathias, est d'avoir confondu mariage avec amour, ce qui est contraire à la loi sociale.

P. 235

1. Vérification : le lien érotique est bien le seul qui ait existé entre les époux ; et Natalie a su s'en servir. Comparer avec le ménage Birotteau, si nettement désexué dès les premiers temps de sa constitution, et donc si durable.

P. 236

1. Passage, cette fois sans équivoque : comment Natalie peut-elle être enceinte, compte tenu des « habitudes » des époux. Mais Paul ne peut plus rien vérifier...

P. 241

1. Tout l'échec de Paul est ici diagnostiqué avec clairvoyance. Il fallait aimer la belle-mère, faire un enfant à la fille et gouverner tout cela. Mais seul un homme comme de Marsay, libéré par rapport à l'illusion féminine, pouvait réaliser ce programme.

P. 242

1. Couture avec *Le Lys dans la vallée*, c'est-à-dire avec l'univers, comme ici, des illusions de l'amour. Comme le dit clairement ce qui suit, les

affaires de femmes des *Treize* sont terminées, la duchesse de Langeais est morte, et l'on va commencer la grande opération de la conquête du pouvoir. Pendant ce temps, des naïfs (Paul, mais aussi Félix) pensent encore à l'amour, aux femmes, etc.

P. 243

1. Nouvelle vérification : ce triomphe de Félix de Vandenesse n'aura pas lieu...

P. 245

1. C'est clair : Natalie a fait semblant, et Paul ne s'en est pas aperçu, trompé par son propre orgueil de mâle. L'échange érotique, qui a empêché la naissance d'un fils, n'était lui-même qu'un jeu, et seule la naïveté de Paul a pu y croire. Reste que Natalie elle-même, à ce jeu, s'est stérilisée, glacée, déshumanisée. Sa victoire sera donc une victoire inutile, et seule sa mère aura vraiment gagné quelque chose. Ce sera un Waterloo universel.

P. 248

1. Balzac ne laisse pas refroidir son *Père Goriot*, qui date de l'année précédente. Mais, surtout, la Bande des dix Mille ne parviendra à rien, alors que les Treize fonderont la monarchie de Juillet. Vautrin sera tout au plus ministre de la Police après avoir sauvé la mise de grandes familles dans l'affaire Rubempré (voir *Splendeurs et Misères des courtisanes*). Les vrais vainqueurs seront, il faut y insister, les Treize, à la fois parce qu'ils auront dépassé l'illusionnisme amoureux et parce qu'ils auront su pratiquer d'autres effractions que celles de simple droit commun.

P. 249

1. *Nation* : mot de 1789, mais aussi de 1830... De Marsay ne donne évidemment pas au mot son

sens habituel. *Nation* est ici pour ambition, lieu du désir le moins inauthentique, le moins trompeur.

2. *Personnelles :* dynastiques ; le mot *doge*, un peu plus loin, implique l'idée d'élection, mais aristocratique. Balzac règle un compte évident avec tout un carlisme affectif et fétichiste, auquel il oppose une politique rationnelle.

P. 252

1. Tout ce programme matrimonial s'oppose évidemment à la folle équipée bricolée de Paul. Mais jamais, chez de Marsay, ni le désir ni l'amour n'entrent en ligne de compte.

P. 255

1. Prendre le pouvoir et réduire Mme Évangélista qui, en dindonnant Paul, a quand même atteint son ami de Marsay et tous les hommes : la lutte contre les femmes est bien inséparable de la vraie lutte politique.

P. 257

1. On ne saurait mieux faire le lien entre Paul et Félix de Vandenesse, lycéen tourmenté par le désir.

P. 258

1. C'est bien la fin des *Treize*, ou leur véritable commencement. Waterloo, quelques lignes plus loin, va établir fermement le parallèle entre les vainqueurs et les vaincus. Il ne reste à régler que le cas Natalie. On attendra, un tout petit peu, la conclusion du *Lys dans la vallée*.

TABLE

COMMENTAIRES

Le colonel Chabert

Le Contrat de mariage

NOTES

Composition réalisée par KAPPA

IMPRIMÉ EN FRANCE PAR BRODARD ET TAUPIN
Usine de La Flèche (Sarthe).
LIBRAIRIE GÉNÉRALE FRANÇAISE - 6, rue Pierre-Sarrazin - 75006 Paris.
ISBN : 2 - 253 - 03404 - 5

30/5907/8